Meja Mwangi
Die Wilderer

UT *metro* wird
herausgegeben von
Thomas Wörtche

Zu diesem Buch

Wenn die beiden Ranger Kimathi und Burkell auf ihren langen Fahrten durch die kenianische Savanne die Geier am Horizont kreisen sehen, wissen sie: Die Wilderer haben wieder zugeschlagen. Das Elfenbein der Elefanten und Nashörner ist eine weltweit gesuchte Schmuggelware.

Plötzlich aber sind die Banden mit modernsten Waffen aufgerüstet und scheuen sich nicht, auch den Rangers aufzulauern. Kimathi steigt aus, um sein Privatleben zu retten. Als er in Nairobi einen kleinen Laden eröffnet, muss er feststellen, dass auch dort die Banden regieren. Er und Frank machen sich auf die Suche nach den Hintermännern und erkennen, dass sie es mit der Globalisierung zu tun haben. Mit der Globalisierung des organisierten Verbrechens, das nicht nur hinter Elfenbein her ist.

Der Autor

Meja Mwangi wurde 1948 in Nanyuki, Kenia, geboren. Trotz Zulassung zum Studium entschied er sich, als technischer Angestellter in Nairobi zu arbeiten. Seit dem Erfolg seines Romans »Kill Me Quick« (1973), der mit dem Jomo Kenyatta Award ausgezeichnet wurde, arbeitet er als freier Schriftsteller. Er erhielt zahlreiche internationale Auszeichnungen, unter anderem den Deutschen Jugendbuchpreis 1992 für sein Kinderbuch »Kariuki«. Neben dem Schreiben ist er für den Film tätig und war unter anderem Regieassistent bei Sidney Pollacks Film »Out of Africa«. Die Verfilmung von »Die Wilderer« wurde in Kenia verboten.

Von Meja Mwangi ist im Unionsverlag außerdem lieferbar:
»Nairobi, River Road«

Mehr über Buch und Autor
im Anhang oder auf *www.unionsverlag.ch*

Meja Mwangi

Die Wilderer

Aus dem Englischen von Peter Friedrich

Unionsverlag

Die Originalausgabe erschien 1979
unter dem Titel *The Bushtrackers* bei
Longman Kenya in Nairobi.

Deutsche Erstausgabe

Die Übersetzung aus dem Englischen wurde unterstützt
durch die Gesellschaft zur Förderung der Literatur aus
Afrika, Asien und Lateinamerika e.V. in Zusammenarbeit
mit der Kulturstiftung PRO HELVETIA.

Auf Internet
Aktuelle Informationen
Dokumente, Materialien
www.unionsverlag.ch

Unionsverlag Taschenbuch 218

Rieterstrasse 18, CH-8027 Zürich
Telefon 0041-1-281 14 00, Fax 0041-1-281 14 40
mail@unionsverlag.ch

Umschlaggestaltung: Heinz Unternährer, Zürich
Umschlagfoto: Tony Stone/Jerry Kobalenko
Druck und Bindung: Clausen & Bosse, Leck
ISBN 3-293-20218-7

Die äußeren Zahlen geben die aktuelle Auflage
und deren Erscheinungsjahr an:
1 2 3 4 5 - 04 03 02 01

1

Der Anruf kam kurz nach eins.

Al Haji ruhte bequem zurückgelehnt in der niedrigen Samtcouch in seinem Arbeitszimmer. In der rechten Pranke hielt er ein Glas Brandy, in der linken den Monatsbericht von Africa International Inc., seiner eigenen Import-Export-Firma.

Das Telefon klingelte mehrere Male, bevor er aufstand und zum ausladenden Schreibtisch in der Mitte des Raums ging. Er warf den Bericht auf den Tisch und griff zum Hörer.

»Ja?« Das Grollen seiner Stimme kam tief aus dem Brustkorb.

»Guten Morgen?«, tönte es fragend aus dem Hörer.

»Wie man's nimmt«, antwortete er.

»Oder ist es Nacht bei euch?«, fragte die Stimme. »Diese verrückten Zeitzonen kapiere ich nie. Schlafen Sie?«

»Ich rede doch mit Ihnen, oder?«

Al Haji war ein großer Mann. Er maß beinahe zwei Meter und wog mindestens hundertunddreißig Kilo. Sein eng anliegender seidener Morgenmantel betonte seine muskulöse Brust und die mächtigen Boxerarme.

»Hier ist Rio«, sagte die Stimme mit leichtem Akzent.

»Ich weiß«, sagte Al Haji ungeduldig. »Ich warte schon die halbe Nacht auf Ihren Anruf. Wie geht's Maria?«

»Ihre Schwester ist heute Nachmittag angekommen.«

»Bei guter Gesundheit?«

»Bei bester Gesundheit.«

»Das freut mich.«

»Wie steht es in Nairobi?«

»Erträglich«, antwortete er.

Eine zögernde Stille folgte. Er nahm eine Zigarre aus der Kiste auf dem Schreibtisch, zündete sie an und sog daran, während er wartete.

Rio sagte: »Sie hat eine Menge Gewicht zugelegt, Ihre Schwester.«

»Das musste sie«, sagte Al Haji. »Auf ärztliches Anraten.« Pause. »Ist das ein Problem?«

Rio antwortete nach einigem Nachsinnen. »Wir mussten ein paar ... Vorbereitungen für sie treffen«, sagte er unglücklich. »Sie hätten mich vorwarnen sollen, dass sie so viel Gewicht zugelegt hat.«

»Ich wusste es nicht. Das sind diese Trottel, die für mich arbeiten.« Er setzte sich müde auf eine Ecke seines Schreibtischs. Sein hartes Gesicht war von tiefen Sorgenfalten gezeichnet und auf seinem Kopf zeigten sich die ersten grauen Strähnen. Er war noch keine fünfzig, aber seit er mit dem Boxen aufgehört hatte, fühlte er sich viel älter und schrecklich langsam auf den Beinen. »Man hat mir berichtet, dass Sie ausgezeichnete Schneider haben. Hören Sie, warum ändern Sie nicht einfach die Kleider?«

»Das dauert seine Zeit«, sagte Rio.

»Na, dann fangen Sie am besten sofort an«, sagte Al Haji. »Sie muss am Mittwoch in New York sein.«

Schweigen in Rio.

Al Haji fragte: »Wollen Sie mir etwa erzählen, dass Sie damit überfordert sind?«

»Nein«, sagte Rio.

»Na, dann legen Sie mal los.«

»Diese Änderungen ...« Rio klang schwach und weit entfernt. »Sie kosten extra.«

»Ihr Mann bezahlt«, sagte Al Haji. »Er schickt Ihnen einen Scheck, sobald sie in New York eintrifft.«

»Alles klar«, sagte Rio.

»Er wird sie am Flughafen abholen«, fügte Al Haji hinzu. »Strengen Sie sich an.«

»Das ist nicht so einfach ...«

»Ihr Ehemann ist sehr ungeduldig.«

»Okay«, sagte Rio.

»Und trödeln Sie nicht rum«, sagte Al Haji.

»Okay«, wiederholte Rio und fügte dann unsicher hinzu: »Wenn

Sie ihn sprechen, würden Sie ihm bitte von den Mehrkosten erzählen?«

Al Haji sagte: »Das wird er verstehen.«

»Werden diesen Winter noch mehr Ihrer Verwandten hier durchkommen?«, fragte Rio.

»Kommt darauf an, wie zufrieden meine Schwester war.«

»Okay.«

»Ich melde mich wieder«, sagte Al Haji. Er legte auf. Eine schwere Last war von seinen Schultern genommen. Zwei Tonnen Haschisch zehntausend Meilen weit zu Land und zu Wasser zu transportieren war kein Kinderspiel. Wenn Rio damit nicht zurechtkam, war das eben Pech. Rios Rech. Al Hajis hatte seinen Part erledigt.

Er setzte sich an den Schreibtisch und griff nach dem Bericht. Er las langsam und hielt ab und zu inne, um ein paar schnelle Berechnungen anzustellen. Während er die Liste durchging, nickte er manchmal zögernd, bis er zu dem Eintrag kam, der knapp als »Sicherheitsdienst« bezeichnet war. Er studierte die daneben stehenden Zahlen und schüttelte ungläubig den Kopf.

Die dicke Zigarre qualmte fast vergessen in seiner linken Hand vor sich hin. Das Whiskyglas stand ebenfalls vergessen neben dem Telefon. Der große, rote Rubinring an seinem rechten Zeigefinger tickte auf die Schreibtischplatte. Abermals schüttelte er den Kopf. Kuria würde eine Menge zu erklären haben. Da passte vieles nicht zusammen.

Er stand auf und ging über den dicken Teppichboden des Arbeitszimmers zum Kamin. Er kniete sich hin und zog mit beiden Händen kräftig an zwei Metallringen, die an den Seiten des verrußten Gitterrostes eingelassen waren. Die gesamte Feuerstatt glitt heraus und er hievte sie auf den dunkelgrünen Teppich.

Tief in die Wand eingelassen war ein schwerer Safe. Er kniete sich davor hin und fing an, die Kombinationen der Zahlenschlösser einzustellen. Der Safe hatte drei tiefe Fächer. Eines davon enthielt zwei automatische Pistolen, eine abgesägte Schrotflinte und Schachteln mit Munition.

Das mittlere Fach war vollgestopft mit Stapeln von Geldscheinen in ausländischen Währungen. Er hatte immer fünfzigtausend Dollar Bargeld hier liegen – für den Fall, dass er das Land überstürzt verlassen musste – und außerdem den Schmuck seiner Frau. Auch einige persönliche Papiere und mehrere Pässe mit verschiedenen Namen und Nationalitäten bewahrte er hier auf. Das unterste Fach des Safes enthielt geheime Akten und die heikelsten seiner Geschäftsunterlagen.

Das Klingeln des Telefons ließ ihn hochschrecken. Es war zwei Uhr morgens. Er ging wieder zum Schreibtisch. »Ja«, gähnte er.

»Al?« Die Stimme am Telefon klang kalt und geschäftsmäßig. »Arturo hier.«

Das war der letzte Mensch, mit dem Al Haji um zwei Uhr morgens sprechen wollte. Aber er legte eine gewisse Tatkraft in seine Stimme, als er schließlich antwortete. »Hallo, Arthur.«

»Arturo, nicht Arthur«, sagte der Italiener ärgerlich. »Wie oft muss ich Ihnen das eigentlich noch sagen? Ich bin doch kein heruntergekommener Zuhälter von der Park Avenue, Herrgott noch mal! Soll ich's Ihnen buchstabieren? He?«

»Regen Sie sich nicht auf, Arthur«, sagte Al Haji. »Sie wissen doch, was Happy Joe immer sagt – das ist Gift für Sie.«

Arturo Spinelli war die rechte Hand von Giuseppe »Happy Joe« Deloris, Kopf der Deloris-Familie. Er war ein harter Bursche, der sich nichts vormachen ließ. Außer Hunden, Kindern und Inkompetenz hasste Spinelli jeden, den er nicht gerade mochte. Aber am meisten verabscheute er es, wenn man ihn für etwas anderes hielt als er war: ein ausgekochter sizilianischer Gangster.

Und weil Al Haji ihn seinerseits auch nicht ausstehen konnte, nannte er ihn Arthur. Das brachte ihn auf die Palme. »Arturo«, betonte Spinelli. »Das sollten Sie sich merken.«

»Morgens um zwei Uhr denkt man eben nicht an alles«, sagte Al Haji. »Was wollen Sie von mir?«

»Nichts«, sagte Spinelli. »Happy Joe will mit Ihnen reden.«

Al Haji wappnete sich für das Kommende. Happy Joe rief nur

an, wenn er unglücklich war. Er hatte keine Zeit, Höflichkeiten auszutauschen. Spinelli stellte ihn durch.

»Al?« Die Stimme am Apparat klang heiter, ganz im Gegensatz zu Spinelli zuvor.

»Hallo Joe«, sagte Al Haji und setzte sich auf eine Ecke des Schreibtischs.

»Lang nicht gesehen, Al.« Happy Joe lachte unentwegt. »Was ist los, Mann? Warum kommen Sie nicht mal wieder rüber nach New York?«

»Zuviel Arbeit, Joe«, sagte Al nicht allzu enthusiastisch.

»Überarbeiten Sie sich nur nicht, Al. Machen Sie mal Urlaub. Sie müssen lernen, ein glücklicher Großvater zu werden wie ich.«

»Ich werde mir Mühe geben«, sagte Al Haji ohne rechte Überzeugung. »Vielleicht an Weihnachten.«

»Tun Sie das, Al«, riet ihm Happy Joe. »Zuviel Arbeit tut Ihnen nicht gut.«

Al Haji wusste nicht, was er dazu sagen sollte. Also grunzte er nur.

Schließlich fragte Happy Joe: »Und wie geht's Ihrer Schwester?«

»Sie ist unterwegs«, antwortete Al Haji.

»Monrovia?«

»Rio.«

»Warum Rio?«

»Empfehlung eines Verwandten.«

Deloris wurde still. Al Haji wartete besorgt. »Warum Rio?«, wiederholte Deloris.

»Fragen Sie Arthur«, empfahl ihm Al Haji. »Er weiß Bescheid.«

»Okay. Und wie ist das Wetter in Nairobi?«

»Erträglich.«

»New York ist ein einziger Backofen. Der heißeste Sommer, an den ich mich erinnern kann.«

»Ich hab's in der Zeitung gelesen«, erwiderte Al Haji.

»Sowas habe ich noch nicht erlebt, Al. Und wie steht's in Nairobi?«

»In Nairobi ist alles bestens.«

»Sind Sie sicher?«

»Ich bin doch hier.«

»Keine Probleme?«

»Keine Probleme.«

Deloris schwieg. Dann fragte er: »Aber was muss ich da hören … Sie können die Verabredung mit der weißen Lady nicht einhalten?«

Es ging das Gerücht, dass Happy Joe bei seinem Aufstieg an die Spitze der Familie gerne mit alten Freunden gescherzt hatte, um ihnen dann in den Mund zu schießen, wenn sie zu lachen begannen.

Al Haji sagte: »Ich arbeite dran.«

»Sie arbeiten dran?« Happy Joe lachte jetzt nicht mehr. »Was soll das Gerede, Al? Wenn Sie arbeiten, liefern Sie auch.«

»Wir sind da auf ein kleines Hindernis gestoßen«, berichtete Al Haji.

Er vermeinte über die Entfernung von siebentausend Meilen beinahe hören zu können, wie sich die Rädchen in Deloris' Gehirn drehten. Dann ein Seufzer, wie eine gigantische Welle, die über einem Korallenriff zusammenschlägt.

Deloris fragte: »Wie schlimm ist es?«

»Nicht allzu schlimm«, sagte Al. »Nichts, womit wir nicht zurechtkämen.«

»Bullen?«

»Sozusagen«, antwortete Al Haji. »Wildhüter. Aber machen Sie sich keine Sorgen.«

»Sind Sie sicher, dass Sie zurechtkommen?«

»Selbstverständlich.«

»Ganz sicher, Al?«

»Ja, Joe, ganz sicher.«

Deloris dachte nach. »Gut«, sagte er endlich. »Aber wenn Sie Verstärkung brauchen, lassen Sie mich es sofort wissen, hören Sie? Ich hab ein paar gute Jungs, die in der Hitze hier bloß herumhängen.«

»Ich komme allein zurecht.«

»Schön, aber machen Sie schnell«, sagte Happy Joe. »Wir haben nicht das ganze Jahr Zeit.«

Dann legte er auf.

Al Haji hatte New York vor sechs Jahren verlassen, nur eine halbe Stunde, bevor die FBI-Agenten an der Tür standen. Obwohl er sich eine völlig neue Identität zugelegt hatte, war er nicht besonders scharf darauf, in nächster Zeit nach New York heimzukehren. Das FBI hatte ein gutes Gedächtnis, wie er aus Erfahrung wusste. Außerdem fühlte er sich sehr wohl hier, an der Spitze seines kleinen afrikanischen Reiches.

Er schob die Geschäftsbücher zurück in den geheimen Safe und schlug die Tür zu. Dann setzte er den Rost wieder ein, hinter dem sich der Safe verbarg. Er goss den letzten Tropfen Brandy hinunter, zündete seine inzwischen erloschene Zigarre wieder an und rauchte, während er im Arbeitszimmer auf und ab ging.

Es war ein geräumiges Zimmer, ganz in Olivgrün und Gold gehalten und luxuriös eingerichtet, mit samtgepolsterten Möbeln. An einer Wand stand eine gut bestückte Bar aus Mvuli-Holz, ausgestattet mit einem kompakten Kühlschrank, kristallenen Karaffen und Gläsern. Eine gesamte Wand wurde von einem verglasten Bücherregal eingenommen, vollgepackt mit ungelesenen Büchern und einer großen Sammlung von *objets d'art* aus der ganzen Welt. Da waren Jadedrachen aus China, goldene Buddhas aus Burma, silberne Glöckchen und Kerzenhalter, Messinggongs, Krüge, Vasen und verschiedene Masken und Holzschnitzereien, die alle ein stattliches Sümmchen gekostet hatten.

Al Haji schaffte sich diese Dinge mehr wegen des Eindrucks an, den sie auf Besucher machten, als wegen ihres Geldwerts. Wenn er hochrangige Regierungsbeamte oder Geschäftsfreunde bewirtete, lud er sie nach dem Essen gerne auf einen Brandy in sein Arbeitszimmer ein, füllte ihre Gläser, zündete ihre Zigarren an und sah zu, wie ihre gierigen Augen sich an der schieren Fülle weideten.

Manchmal nahm er sie mit auf eine Rundfahrt über seine sechshundert Morgen Land voller Wiesen, Gärten und Orangenplantagen. Sie durften dann auch eine Runde Golf auf seinem privaten 9-Loch-Kurs spielen, schwimmen oder sich an dem 50-Meter-Pool sonnen, der hinter dem Herrenhaus mit zehn Schlafzimmern lag. Bei gutem Wetter lud er sie gelegentlich am Nachmittag zum Angeln ein, an einem der beiden Forellenbäche, die seinen Besitz durchzogen. Al Hajis häufigste Gäste waren Zollbeamte, Polizisten und auch eine erkleckliche Anzahl von Regierungsbeamten. Haschisch war nicht die einzige Handelsware, die Al Haji für die Deloris-Familie schmuggelte.

Nachdem er minutenlang im Arbeitszimmer auf und ab getigert war, drückte er seine Zigarre aus, legte sich auf die Couch und schloss die Augen. Er war seit fast dreißig Stunden auf den Beinen und in Aktion. Die Sorgen wuchsen ihm allmählich über den Kopf.

Eine Stunde später weckte ihn seine Frau.

»Komm ins Bett, mein Lieber«, sagte sie und massierte ihm die Schläfen. Es war vier Uhr morgens.

Tess war dreißig Jahre alt, eine schwarze Suaheli-Schönheit aus Mombasa, die Al Haji im Urlaub an der kenianischen Küste kennen gelernt hatte. Sie waren verschiedener Meinung über fast alles, was er tat. Aber er war ein starker Mann und sie eine sanfte Frau, und die Ehe hatte vier schwierige Jahre überlebt. Obwohl sie etwas gegen seine Geschäftsverbindungen hatte, war sie klug genug, es dabei zu belassen. Er hatte sie auf ihren angestammten Platz in der Ehe gestellt, so, wie er es bei ihrer moslemischen Hochzeitszeremonie vor einem Kadi in Mombasa gelobt hatte. Sie hatte sich im Hintergrund zu halten, wenn er geschäftlichen Besuch hatte, nur zu sprechen, wenn sie angesprochen wurde, und durfte ihn niemals bei der Arbeit stören. Al Haji musste alles und jeden unter Kontrolle haben. Ein Bruch der Loyalität konnte ihn ins Gefängnis oder unter die Erde bringen.

Er hob seine Hand und berührte die Wange seiner Frau. »Geh wieder ins Bett«, sagte er.

»Komm mit«, sagte sie. »Ich liege schon die ganze Nacht wach.«

»Nimm eine Schlaftablette«, riet er ihr. »Ich habe noch zu tun.«

Sie liebkoste sein Gesicht, spielte mit seinen buschigen Augenbrauen und dem schwarzen Schnurrbart. »Komm mit ins Bett, Al«, sagte sie.

»Um Himmels willen, Frau, siehst du nicht, dass ich arbeite?«

Als sie wieder sprach, klang ihre Stimme belegt vor Leidenschaft. »Ich will dich lieben«, bat sie. »Bitte, Al!«

Er gab sich einen Ruck und sagte: »Zeit fürs Bett.«

Die Hähne krähten schon, als er den Arm um ihren warmen, weichen Körper legte und sie die Treppe hinauf zu ihrem Schlafzimmer führte. Zu erschöpft, um noch in sein eigenes Schlafzimmer zu gehen, stieg er zu ihr ins Bett. Aber für die Liebe war er zu müde. Während er in den Schlaf glitt, hörte er Tess schluchzen.

Morgen, nahm er sich vor.

2

Zwei Männer, der eine schwarz, der andere weiß, fuhren in einem grün-weißen Landrover durch die Morgendämmerung. Am Steuer saß der weiße Mann, Frank Burkell. Er nahm die scharfen Kurven der holprigen Schotterpiste mit sicherer Hand. Im gedämpften Glühen der Instrumentenbeleuchtung wirkte sein scharfgeschnittenes Gesicht fest und entschlossen. Seine Augen starrten ohne zu zwinkern auf den schmalen Streifen Erde, der sich aus dem Grasland vor ihnen abspulte und unter den Rädern des Wagens zurückblieb.

Der schwarze Mann war wie sein Begleiter Anfang dreißig. Er hatte ein ernstes, glattrasiertes Gesicht, eine breite, hohe Stirn und große schwarze Augen, die mit beeindruckender Intensität leuchteten.

Sie waren fast die gesamte Nacht durchgefahren, auf einigen der schlimmsten Nebenstraßen Afrikas, aber sie waren hellwach, und aus ihren Mienen sprach die Anspannung. Sie fuhren schweigend dahin, immer auf der Hut vor Wildtieren, die die Straße vor ihnen überquerten. Einmal kreuzte eine Giraffe schwankend ihren Weg. Ansonsten sahen sie nur ein paar kleine Antilopen und Wildkatzen, vom plötzlichen Aufblitzen des grellen Lichts am Wegrand überrascht, deren Augen bernsteingelb und blau und rosa funkelten.

Der Landrover schoss aus einer scharfen Biegung heraus und dann lag eine Strecke geraden Wegs vor ihnen.

Der schwarze Mann sagte: »Abblenden.« Der Fahrer schaltete auf Standlicht und fuhr noch einige Kilometer weiter, bevor der Schwarze sagte: »Langsam, und dann die nächste rechts ... Hier!«

Der Landrover bog unvermittelt von der Straße ab und holperte über einen kaum erkennbaren Fahrweg. Etwa hundert Meter weiter gab der schwarze Mann das Zeichen zum Anhalten. »Licht aus«, sagte er.

Sie holten eine wetterfeste Detailkarte des Nationalparks aus dem Handschuhfach. Der schwarze Mann breitete sie auf seinen Knien aus, während der Weiße eine Taschenlampe zückte. Sie studierten die Karte mehrere Minuten lang und folgten der Route von der gegenwärtigen Position zu ihrem Ziel, das mit einem roten Kreuz knapp südöstlich des Tiva-Sumpfes markiert war.

»So weit, so gut.« Sagte Frank Burkell, der weiße Mann.

Kimathi hatte seine Zweifel, aber er wollte sie in diesem kritischen Augenblick nicht äußern. »Von jetzt an führt der Weg ständig bergab«, sagte er und deutete auf die Karte. »Jedes Licht auf diesem Abhang wäre kilometerweit sichtbar. Wir müssen warten, bis es hell genug ist.« Er zog ein Päckchen Zigaretten hervor und sie steckten sich beide eine an. »Du hättest ein bisschen Kaffee mitnehmen sollen«, sagte er.

»Du hättest mir sagen sollen, dass wir halbwegs bis zur Hölle fahren müssen«, erwiderte Frank.

Schweigend saßen sie da und sahen zu, wie der Tag anbrach, gefangen von jenem magischen Augenblick der Savanne, wenn die Finsternis zu Licht zerschmilzt, so langsam und doch so schnell, dass man sich eine Sekunde später schon nicht mehr an die Dunkelheit zuvor erinnern kann.

Frank Burkells Frau Paula hatte ihn vor kurzem verlassen, nachdem sie sich jahrelang vergeblich bemüht hatte, ihn zur Aufgabe seines gefährlichen Berufs zu überreden. Er hätte es nur ungern zugegeben, aber er war ohne sie besser dran. Irgendwann zwischen Hochzeit und trautem Heim war ihm aufgegangen, dass eine Ehe sich mit seinem Beruf einfach nicht vertrug. Er hatte versucht, mit Kimathi über das Thema zu diskutieren, war aber auf standhaften Widerstand gestoßen. Kimathi war fest entschlossen, seine Freundin Sofia zu heiraten und eine Familie zu gründen.

Als der erste Hauch der orangeroten Glut der Morgendämmerung den östlichen Horizont tönte, fuhren sie weiter. Es war noch immer ziemlich düster, aber sie konnten einzelne Details ausmachen. Der Weg war nicht mehr als ein alter Wildwechsel, auf den sich seit langem kein Fahrzeug mehr verirrt hatte. Um sie herum erstreckte sich die Weite der Savanne, gesprenkelt mit in der Dürre vertrockneten Grasbüscheln und zahllosen Dornbäumen mit flachen Schirmkronen. Die Fahrspur wurde immer abschüssiger und felsiger. Frank stellte schließlich den Motor ab und ließ den Wagen das Gefälle hinabrollen, bis Kimathi Stopp sagte.

Es war jetzt halb sieben. Die Sonne verbarg sich immer noch hinter den Daka-Hügeln, aber es war inzwischen ziemlich hell geworden. Sie sprangen aus dem Wagen und streckten sich. Kimathi kletterte auf die Motorhaube des Landrovers und spähte Richtung Norden über die Dornbäume. Ungefähr einen halben Kilometer entfernt entdeckte er Rauch, der über den Wipfeln der Akazien aufstieg und sich träge in der stillen Morgenluft kräuselte.

Er sprang herunter und nickte Frank zu. Frank schloss den Gewehrständer auf, nahm die automatischen Gewehre heraus und reichte Kimathi eines hinunter. Sie trugen staubige Rangeruniformen, ausgestattet mit Patronengürteln, Jagdmessern und widerstandsfähigen Segeltuchstiefeln.

Während Frank sein Gewehr überprüfte und lud, schaltete

Kimathi die Funkanlage ein und das Gerät erwachte knisternd zum Leben. Er drückte die Sprechtaste und sagte: »Einheit Zwei.«

»Kommen, Einheit Eins«, meldete sich eine Stimme laut und deutlich, ohne jegliche atmosphärischen Störungen.

»Einheit Eins in Position«, sagte Kimathi ins Mikrofon.

»Einheit Zwei in Position. Over.«

»Bereithalten«, sagte Kimathi und hängte ein. Er schaltete das Funkgerät aus. Sie sahen sich an und Franks Gesicht verzog sich zu seinem gewohnten, müden Grinsen. Er hängte sich das Gewehr über die Schulter, rieb die Hände zusammen und sagte: »Ich erfriere.«

»Dir wird schon noch warm werden«, sagte Kimathi.

Er zog das Magazin seines Gewehrs heraus und betätigte den Abzug, um den Mechanismus zu testen. Das war das Erste, was man bei der Ausbildung zum Ranger lernte: niemals ein ungeprüftes Gewehr anlegen. Manchmal verirrten sich Staubkörnchen in die Tragehüllen und das konnte sich verheerend auf den Verschluss auswirken. Es passierte nicht oft, aber einmal war gefährlich genug. Beruhigt, dass sein Gewehr in einwandfreiem Zustand war, schob er das Magazin wieder ein und legte den Sicherungshebel um.

»Keine Sorge, Frank«, sagte er zu seinem Gefährten. »Dir wird sehr bald sehr warm werden.«

»Wie willst du die Sache angehen?«

»Wie immer«, sagte Kimathi.

»Wie steht es mit Gefangenen?«

»Was meinst denn du?«

»Ich weiß nicht, Mann.« Frank schüttelte den Kopf. »Es ist nur, seit die Dreckskerle Vince erschossen haben …«

Kimathi legte ihm eine Hand auf die Schulter und sagte: »Ich weiß, was du meinst.«

»Und Vince hat sich an die Vorschriften gehalten«, meinte Frank bekümmert.

»Wie ich es ihm beigebracht habe«, sagte Kimathi.

Die Vorschriften waren strikt. Man sollte die Wilderer überwältigen und gefangen nehmen. Sie konnten wertvolle Informationen über Auftraggeber und Organisationen liefern, die hinter dem illegalen Elfenbeinhandel steckten.

Vincent, Sofias Schwager, hatte sich im Alter von erst sechsundzwanzig Jahren die Kugel eines Wilderers eingefangen, während er sich an die Vorschriften zu halten versuchte. Es war nichts Ungewöhnliches, dass ein Ranger sich eine Kugel einfing, aber was Vincents Tod so unfassbar machte, war die Tatsache, dass er erst seit sieben Monaten verheiratet und seine junge Frau im ebenso vielten Monat schwanger gewesen war. Und jetzt standen Sofias Eltern vor der schweren Entscheidung, ob sie ihr erlauben sollten, ebenfalls einen Wildhüter zu heiraten.

»Versuchen wir einfach, nach den Regeln zu spielen, und warten ab, was passiert«, meinte Kimathi zu Frank.

»Ganz wie du willst«, antwortete der. »Ich hoffe nur, dass deine Informationen stimmen.«

»Bis jetzt haben sie immer gestimmt, oder?«

»Bis jetzt.«

Der anonyme Anruf hatte ihnen nur die allernötigsten Informationen geliefert. Zu viel Detailwissen hätte den Wilderern die Identität des Verräters enthüllen können, und er fürchtete ihre Rache. Sie hatten lediglich den Ort erfahren, keine Namen, nicht die Anzahl der Gegner.

»Und jetzt?« Frank hängte sich das Gewehr über die Schulter und trat an einen Busch.

»Jetzt musst du pissen«, sagte Kimathi.

»Du solltest auch noch einmal anständig pinkeln«, sagte Frank. »Es könnte das letzte Mal sein.«

Das glaubte Kimathi nicht. Alles, was sie zum gegenwärtigen Zeitpunkt zu tun hatten, war, die Angaben zu überprüfen, das Gelände zu studieren, die Chancen abzuwägen und Einheit Zwei zu rufen, bevor sie sich auf irgendetwas einließen.

Er gab Frank sein Gewehr zum Halten, lenkte ihren Wagen von der Fahrspur herunter und versteckte ihn in einer Gruppe von

Dornbäumen rechts des Weges. Er schloss ab und kehrte zu seinem Begleiter zurück. Frank reichte ihm sein Gewehr, schlug flüchtig ein Kreuz und grinste von einem Ohr zum anderen. Es war mehr ein Zähnefletschen. Die Gewehre im Anschlag, setzten sie sich in Bewegung, schlichen sich leise durchs hohe Elefantengras und Gebüsch. Nach einer Weile trennten sie sich und gingen parallel zueinander in einem gewissen Abstand weiter, blieben aber immer in Sichtweite. Abgesehen vom Rascheln des Windes in den Blättern hörte man nur das Zirpen der Grillen und das morgendliche Gezwitscher der Vögel.

Frank entdeckte den Land Cruiser als Erster. Er wäre fast gegen die kunstgerecht getarnte Karosse im Unterholz geprallt. Er blieb abrupt stehen und gab Kimathi ein Zeichen. Sie durchsuchten den umliegenden Busch nach Wachposten, und als sie keine fanden, wandten sie ihre Aufmerksamkeit dem Laster zu. Frank schlug die Plane zurück, die die Ladefläche bedeckte, und sog plötzlich scharf die Luft ein. Das Heckteil des Kleinlasters war vollgeschichtet mit Elefantenstoßzähnen, Rhinozeroshörnern und allen möglichen Arten von Fellen. Einige der Stoßzähne waren an den Wurzeln noch blutig, wo man sie einfach herausgehackt hatte.

»Sieh mal einer an«, murmelte Kimathi.

Dann hörten sie ein Geraschel in den Büschen. Frank reagierte blitzschnell und schwang sich auf die Ladefläche auf die stinkenden Stoßzähne und Häute. Kimathi warf die Plane über ihn und duckte sich hinter einen Busch.

Aus seinem Versteck beobachtete er, wie die Wilderer näher kamen, zwei abgerissene Kerle, jeder mit einem kräftigen Stoßzahn über der Schulter. Sie waren mit Buschmessern bewaffnet, die in Lederscheiden an ihren Gürteln baumelten. Sie wechselten ein paar unausgeschlafene, unterdrückte Worte und der Atem kondensierte vor ihren Mündern in der kalten Luft. Einer setzte seinen Stoßzahn ab und löste die Plane am Heck des Lasters. Sie wollten gerade gemeinsam den ersten Stoßzahn in den Laster hieven, als Franks ruhige Stimme ertönte:

»Keine Bewegung!«

Sie erstarrten. Die Ungläubigkeit in ihrem Blick wich der Furcht, während ihnen langsam die Erkenntnis dämmerte. Franks Gewehr war auf den Mann gerichtet, der die Plane zurückgeschlagen hatte, denjenigen, der nicht mit dem vollen Gewicht eines Stoßzahns auf seiner Schulter belastet war. Er würde am ehesten alles stehen und liegen lassen und türmen. Genau das tat er auch. Er duckte sich unter der Heckklappe des Lasters hindurch und stürmte in der Richtung davon, aus der die Wilderer gekommen waren. Kimathi erhob sich aus dem Gras und sein Gewehr war direkt auf den Kopf des Wilderers gerichtet.

»Stehen bleiben!«, befahl er.

Die Furcht des Mannes verwandelte sich in Todesangst, als Kimathi ihm das Gewehr gegen die Brust stieß und ihn zum Lastwagen zurücktrieb. Sein Kumpan stand mit seiner Elfenbeinlast halb auf der Schulter, halb auf dem Wagen, und starrte wie hypnotisiert in die Mündung von Franks Gewehr. Kimathi zog Handschellen hervor, kettete die beiden aneinander, knebelte sie und stieß sie auf den Laster. Dann türmte Frank schwere Stoßzähne über ihnen auf, bis sie kein Glied mehr rühren konnten, und brachte die Plane wieder an.

Kimathi öffnete die Motorhaube, klemmte die Batterie ab, riss ein ganzes Stück Kabel heraus und steckte es in die Tasche. Dann schloss er lautlos die Haube. Er nickte Frank zu und sie machten sich wieder auf die Pirsch.

Das Camp der Wilderer lag zweihundert Meter weiter den Abhang hinunter in einer gerodeten Senke, umgeben von hohen Dornbäumen und Schilfrohr. Soweit die Ranger feststellen konnten, gab es keine Wachposten. Es war ein friedvoller Morgen und die Vögel zirpten in ihren Nestern. Zwei Männer kauerten beim Feuer und kochten. Drei weitere saßen mit ihren Waffen auf einem Felsvorsprung und diskutierten miteinander, wobei der eine ein Notizbuch in seinen Händen zu Rate zog. Noch zwei Männer schliefen in alte Armeedecken gerollt nahe dem Feuer. Es waren insgesamt sieben, bewaffnet mit einem Sortiment von Flinten, Schrotflinten und Sturmgewehren.

Kimathi zählte noch einmal nach, stutzte dann verwirrt. Da war ein nagender Gedanke in seinem Hinterkopf, dass in der Lichtung unter ihm etwas nicht stimmte. Er wandte sich um, um Frank ein Zeichen zu geben, aber aus zwanzig Meter Entfernung winkte ihm Frank bereits zu. Er hob die linke Hand, spreizte die fünf Finger und fügte dann noch zwei mit der rechten hinzu. Sieben Finger.

Sieben war die Anzahl der Männer in der Lichtung. Sieben? Wieder packte ihn der nagende Zweifel, dass da unten auf der Lichtung etwas faul war. Er zählte die Waffen in Sichtweite. Zwei Gewehre und eine Schrotflinte lehnten an dem Felsvorsprung, auf dem die drei Männer in ihre Unterhaltung vertieft saßen. Aber diese drei Männer hatten alle schon Gewehre über die Schulter geschlungen! Es befanden sich zehn Gewehre im Camp, aber nur sieben Männer waren zu sehen. Sieben plus die zwei im Laster ergab neun. Wo war der zehnte Mann?

Er fuhr herum, um Frank zu warnen, aber der spähte angespannt durch den Busch auf die Lichtung und vermutlich dämmerte es ihm gerade, dass die Rechnung mit den Waffen nicht aufgehen konnte. Da sah Kimathi den zehnten Mann. Er stieg wie eine Kobra aus dem Gebüsch auf, in dem er sich erleichtert hatte, kaum vier Meter schräg hinter Frank. Der Mann zog seinen Reißverschluss hoch, sah sich an, was er da gerade produziert hatte und schien unzufrieden. Er schüttelte den Kopf, wandte sich um und erblickte Frank. Augenblicklich duckte er sich, zog seine Machete und schlich sich von hinten an Frank an.

Kimathi versuchte verzweifelt, seinem Begleiter ein Zeichen zu geben. Frank starrte immer noch ins Camp hinunter, völlig vertieft in die Vorgänge dort. Kimathi stellte sein Gewehr auf Einzelfeuer, hob es an die Schulter und zielte. Der Wilderer hatte Frank beinahe erreicht, richtete sich verstohlen hinter ihm auf und hob die Machete zum Schlag.

»Frank«, schrie Kimathi und feuerte im selben Moment.

Der Knall zerriss die beschauliche Morgenstimmung, während die Kugel ihr Ziel fand und den Wilderer von den Füßen riss und zu Boden schleuderte. Frank wirbelte geduckt herum, sah den toten Wilderer liegen und wandte sich augenblicklich wieder der Lichtung zu. Der Schuss hatte die anderen Wilderer aufgestört. Sie rannten hektisch nach ihren Waffen und warfen sich in Deckung. Frank feuerte und einer brach tot über dem rauchenden Feuer zusammen. Die beiden in Decken gewickelten Schläfer versuchten verzweifelt, sich frei zu strampeln, während plötzlich die Hölle in ihre Träume hereinbrach.

Kimathi schoss abermals und traf einen der Schläfer, gerade als er sich von seiner Decke befreit hatte. Ein Wilderer, der hinter dem Felsvorsprung in Deckung gegangen war, ließ einen Stoß Maschinengewehrfeuer in Kimathis Richtung los. Kimathi duckte sich gerade noch rechtzeitig, rollte zur Seite und wartete darauf, dass der schreckliche Lärm verstummte. In seiner Angst und Verwirrung feuerte der Mann sein ganzes Magazin in einer einzigen, hysterischen Salve leer. Dann sprang Kimathi aus seiner Deckung und erwischte ihn, als er in den Busch flüchten wollte. Die Kugel streckte ihn nieder, bevor er noch zwei Schritt weit gekommen war.

Der Mann mit dem Notizbuch machte einen Ausfall in den Busch rechts von der Lichtung und Frank stürzte zwischen den Dornbäumen hindurch, um ihm den Weg abzuschneiden. Die Fluchtgeräusche des Wilderers schienen von links vor ihm zu kommen. Er hetzte durchs Gebüsch und behielt das Dickicht zu seiner Linken mit scharfem Blick im Auge, während er gleichzeitig auf Löcher und Baumstümpfe in seinem Weg achtete. Plötzlich sah er aus den Augenwinkeln eine schemenhafte Gestalt von rechts auftauchen. Er sprang vor, legte sein Gewehr an und stieß einen Ruf aus.

Der Wilderer duckte sich, schlug einen Haken und warf, ohne seinen Schritt zu verlangsamen, ein schweres Jagdmesser mit Horngriff. Frank hatte erwartet, dass er seine Flucht fortsetzen würde, aber nicht mit dem geschickt geworfenen Messer gerechnet. Er feuerte und duckte sich. Das Messer grub sich in seinen linken

Oberarm und der Schuss ging fehl. Er schrie vor Schmerz auf, während der Wilderer an ihm vorbeiflitzte und im Busch verschwand. Frank riss das Messer heraus, warf es beiseite und hetzte hinter dem Wilderer her.

Dann blieb er abrupt stehen und lauschte den Geräuschen des flüchtenden Wilderers, die in der Ferne verklangen. Der Busch um ihn herum wurde totenstill, bis auf sporadisches Gewehrfeuer aus der Richtung des Wilderercamps. Frank machte kehrt und kletterte in einer anderen Richtung den Hügel hinauf, das Gewehr mit der Rechten umklammert.

Seine linke Hand war mittlerweile so gut wie unbrauchbar und betäubende Kälte breitete sich langsam bis in die Finger hinein aus. Seine Jacke war blutdurchtränkt und klebte wie eine kalte, nasse Masse an seinem Arm. Er verbannte den Schmerz aus seinem Bewusstsein und hoffte, dass er in die richtige Richtung rannte. Hinter sich hörte er weiter das sporadische Rattern eines Maschinengewehrs, akzentuiert durch das nachhallende Donnern von Kimathis schwerer Waffe. Der Klang beruhigte Frank ein wenig. Sein langjähriger Gefährte war noch im Geschäft.

Er war außer Atem, als er den getarnten Land Cruiser erreichte. Sein linker Arm baumelte nutzlos herunter, über und über bedeckt von klebrigem Blut. Seine Beine schmerzten von der Anstrengung. Irgendwo auf dem Weg hatte er seinen Stoffhut verloren, und sein Haar war schweißverklebt und hing voller Blätter und trockener Zweige.

Ohne Atem zu holen stolperte er zu dem Land Cruiser, steckte den Lauf seines Gewehrs durchs Fenster und brüllte: »Keine Chance!«

Der Mann mit dem Notizbuch hatte wütend das Zündschloss bearbeitet und versucht, den Land Cruiser anzulassen. Jetzt wandte er den Blick seiner geröteten Augen zu Frank, lächelte schwach und sagte: »Das denkst du.«

Der Mann war kräftig gebaut und stank am ganzen Körper nach Schweiß und Staub. Sein Maschinengewehr lag in Griffweite auf dem Sitz neben ihm.

»Hände aufs Lenkrad!«, befahl Frank heiser.

Widerstrebend gehorchte der Mann.

»Und lass sie da«, befahl Frank.

Frank riss die Tür auf und trat zurück, das Gewehr immer noch auf den Wilderer gerichtet.

»Raus«, ordnete er an. »Langsam.«

Der Mann glitt aus dem Sitz und stand dann mit dem Rücken zum Wagen. Er war nicht größer als Frank, aber er hatte zwei gesunde Arme. »Gesicht zum Wagen«, wies Frank ihn an.

Das Krachen von Kimathis Gewehr kam jetzt aus weiter Entfernung. Das Maschinengewehr ratterte kurz. Frank dachte: »Johnny ist am Leben.«

Der Wilderer kehrte ihm jetzt den Rücken zu. »Und jetzt«, befahl Frank, »drei Schritte zurück. Ganz vorsichtig.«

Nach drei langsamen Rückwärtsschritten stieß der Wilderer mit dem Rücken gegen die Mündung von Franks Gewehr. Die Schmerzen in seinem Arm zerrten an Franks Nerven und er fühlte sich versucht, den Abzug zu drücken und der mühsamen Pflicht hier und jetzt ein Ende zu setzen. »Die Vorschriften«, dachte er. »Denk an die Vorschriften.«

»Runter auf den Bauch«, zischte er mit zusammengebissenen Zähnen. »Los schon, vorwärts!«

Frank hob den Fuß, setzte dem Mann seinen Stiefel in den Steiß und trat zu. Der Wilderer ging zu Boden, und noch bevor er aufgeprallt war, hatte Frank ihm die Gewehrmündung ins Genick gesetzt. »Stillliegen«, schrie er und fischte mit der schmerzenden linken Hand die Handschellen aus seiner Jacke. »Hände hinter den Rücken.«

Die Hände erschienen hinter dem Rücken. Frank ließ einen Ring der Handschellen um das linke Handgelenk des Wilderers zuschnappen. Dann befahl er dem Mann aufzustehen, eine Hand durch das offen stehende Fenster des Land Cruisers zu stecken und den zweiten Ring der Handschellen um seine rechte Hand zu legen, sodass er an den Fensterrahmen gefesselt war.

Weit entfernt bellte Kimathis Waffe, gefolgt vom Geknatter des russischen Automatikgewehrs. Der Schweiß lief Frank in Strömen herunter. Sein gesamter linker Arm brannte wie Feuer. Der Schmerz schien sich durch die Knochen einen Weg bis zu den Fingern zu bahnen, so dass sie ebenso pochten wie der ganze übrige Arm. Er vergewisserte sich, dass der Wilddieb sicher gefesselt war, bevor er sich das Gewehr über die Schulter hängte. Er nahm das Maschinengewehr vom Beifahrersitz und legte es auf das Dach des Land Cruisers. Dann lehnte er sein eigenes Gewehr gegen die Motorhaube und fing an, seine Wunde zu versorgen.

Er zog die Jacke aus und legte einen tiefen Schnitt mit geschwollenen Wundrändern frei, der durch den Riss in seinem Hemdsärmel sichtbar wurde. Blut sickerte in langsamem, aber stetigem Fluss heraus. Er fand sein Taschentuch, faltete es einhändig zu einer Bandage und knotete es über der Wunde zusammen, wobei er das eine Ende mit den Zähnen festhielt, während er das andere mit seinem gesunden Arm festzog.

Alles Gewehrfeuer war verstummt.

Frank durchsuchte seinen Gefangenen und entdeckte das Notizbuch. Er steckte es in die eigene Tasche.

»Und jetzt wollen wir mal sehen, was für eine Farbe *dein* Blut hat.«

Mit aller angestauten Wut der letzten zwanzig Minuten schmetterte er dem Wilderer die Faust ins Gesicht. Blut schoss ihm aus Mund und Nase. Frank riss das Knie hoch und rammte es dem Wilddieb zwischen die Beine. Der Mann keuchte auf, ging in die Knie und hing dann, nur noch vom Fensterrahmen zwischen seinen gefesselten Händen gehalten, schlaff an der Tür. Frank spuckte ihn an, ergriff sein Gewehr und machte sich auf den Rückweg zu dem Versteck der Wilderer.

Das Wilderercamp, noch vor wenigen Minuten Schauplatz eines wilden Feuergefechts, war still und verlassen. Einer der Wilderer lag mit ausgebreiteten Armen quer über das Lagerfeuer hingestreckt.

Der Geruch von verkohltem Stoff und Fleisch hing in der Luft. Die Leichen von vier weiteren Männern lagen in der Lichtung verstreut. Zwei davon hatte Frank persönlich erschossen. Aber keine Spur von Kimathi und den anderen beiden Wilddieben. Frank zerrte die Leiche aus dem Feuer, ließ sie liegen und kehrte zum Land Cruiser zurück.

Seine Gefangenen waren noch da, die beiden auf der Ladefläche und auch der dritte, der mit bloßen Händen versuchte, die Tür des Lasters aus den Scharnieren zu reißen. Frank verpasste ihm einen weiteren Tritt in die Leisten, damit er sich abregte, und ging denselben Weg zurück, den Kimathi und er am Morgen gekommen waren. Er brauchte zehn Minuten, um den Landrover wiederzufinden. Er fischte seinen Schlüsselbund heraus, sperrte auf, kletterte schmerzgepeinigt in den Wagen und machte die Tür hinter sich zu. Dann öffnete er beide Fenster und schaltete das Funkgerät ein.

»Einheit Eins.« Das Funkgerät erwachte augenblicklich krächzend zum Leben.

»Reden Sie, Einheit Eins.« Der Funker klang hysterisch. »Wo zum Teufel sind Sie gewesen?«

Frank ließ ihn noch eine Weile weiter quasseln, während er wieder zu Atem kam und seine Gedanken ordnete. Er hatte eine Menge Blut verloren und konnte spüren, wie die Kräfte nachließen.

»Ich rufe Einheit Eins«, sprach der Funker aufgeregt weiter. »Können Sie mich hören? Over.«

Laut und deutlich, dachte Frank. Aber mein Gott, was für eine Pleite. Den Kerl mit dem Messer so nahe herankommen zu lassen. Was für ein verdammter Schlamassel!

»Einheit Zwei ruft Einheit Eins«, wütete es weiter aus dem Radio. »Bitte kommen, Einheit Eins … verdammt noch mal, meldet euch … Johnny! Frank! Wo zum Teufel steckt ihr?«

In der Scheiße, dachte Frank. Bis zum Hals.

Dann griff er zum Mikrofon.

»Einheit Eins«, sagte er.

»Wer spricht da?«, mischte sich drängend die Stimme des Chief Warden, des obersten Wildhüters, ein. »Sind Sie das, Frank?«

»Brüllen Sie nicht so«, sagte Frank. »Hier ist Einheit Eins.«

»Was ist los, Frank?«, wollte der Chief Warden wissen. »Sie sind seit zwanzig Minuten überfällig. Waren das Schüsse? Was ist passiert?«

»Ein bisschen Aufregung, das ist alles«, meinte Frank.

»Ein bisschen was ... Wo ist Johnny?«

»Johnny geht es gut.«

»Geben Sie ihn mir.«

»Er ist nicht da«, sagte Frank. »Ich weiß nicht genau, wo er ist.«

»Was, Sie wissen es nicht?«

»Wir sind getrennt worden«, sagte Frank. »Es geht ihm gut. Johnny geht's immer gut.«

»Ihnen scheint es aber nicht besonders gut zu gehen. Sind Sie verletzt?«

»Ein bisschen, nicht schlimm.«

»Wo sind Sie?«

Frank sah aus dem Fenster. Wo zum Teufel war er hier? Dann erinnerte er sich an die Karte, aber alles schien vor seinen Augen zu verschwimmen. Ich sterbe, dachte er. Das Messer war vergiftet und ich sterbe.

»Frank?«, bellte es aus dem Funkgerät. »Wo zum Teufel sind Sie?«

»Position A«, erinnerte er sich. »Wir ... wir haben das Zielobjekt angegriffen, Sir.«

»Ohne uns?« Der Chief Warden brüllte vor Zorn.

»Wir hatten keine Wahl«, meinte Frank.

Der Chief Warden fluchte gotterbärmlich in einer Sprache, die Frank nicht verstand.

»Sie können jetzt nachrücken, wenn Sie so weit sind, Sir«, sagte Frank. »Over und Aus.«

Das Mikrofon entglitt seiner Hand und baumelte unter dem Lenkrad herab.

Mein Gott, was für ein Schlamassel, dachte er.

Dann ließ er den Landrover an, legte den ersten Gang ein, steuerte ihn einhändig aus dem Dickicht, kroch langsam auf die Fahrspur zurück und stellte den Wagen dort ab. Seine Gedanken umnebelten sich zusehends. Er versuchte nachzudenken, sich zu erinnern, was die Vorschriften über Stichverletzungen mit einem vergifteten Messer sagten, aber es war viel zu anstrengend.

Er fand eine Zigarette und zündete sie an. Es schien Jahre her zu sein, seit er zuletzt geraucht hatte. Der Rauch strömte in seine Lungen und erfüllte ihn mit der vertrauten Wärme. Erst jetzt bemerkte er, dass die Sonne in einen wolkenlosen blauen Himmel aufgestiegen war und das kalte Grau der jüngst vergangenen Nacht abgelöst hatte.

Hoch über dem Wilderercamp versammelten sich die Bussarde zu ihrem Festmahl. Es würde nicht lange dauern, bis der Anführer zur Landung blies. Der Geruch des Todes würde die Schakale und Hyänen und all die anderen Aasfresser der Savanne hervorlocken.

Aber wo war Kimathi abgeblieben? Frank hoffte, dass er genügend Verstand besessen hatte, nicht auf eigene Faust die entkommenen Wilderer durch das unüberschaubare Wildreservat zu verfolgen.

»Johnny kommt schon durch«, dachte er laut.

Dann erinnerte er sich, dass einer der entkommenen Wilderer mit einem Automatikgewehr bewaffnet war.

3

Der Hubschrauber traf fünf Minuten später ein und huschte auf der Suche nach dem Landrover dicht über die Baumwipfel. Der Pilot entdeckte das weiße Dach des Wagens und landete gleich dahinter auf dem Weg. Eine Truppe von zehn schwer bewaffneten Scouts stürmte heraus und die einheimischen Fährtensucher besetzten eine Verteidigungslinie um den Helikopter herum. Der

Chief Warden sprang als Letzter hinterher und rannte gebückt auf den Landrover zu. Er war ein kleingewachsener Mann, fast so breit wie hoch. Durch jahrelanges Herumsitzen im Hauptquartier der Ranger in Lali Hills hatte er einen weichen, runden Bierbauch angesetzt, der ihm das Rennen fast unmöglich machte, vor allem gebückt. Er trug einen schweren Militärrevolver in einem Segeltuchhalfter an der Hüfte.

Als er die fünfzig Meter zum Landrover zurückgelegt hatte und durchs Fenster sah, war er bereits schweißgebadet. Frank war über dem Lenkrad zusammengesunken und hatte Mühe, die Augen offen zu halten. Beim Anblick seines Chefs teilten sich seine trockenen, aufgesprungenen Lippen langsam zu einem müden Lächeln.

»Zeit, nach Hause zu gehen«, sagte der Chief Warden und öffnete die Tür. Dann sah er den blutdurchtränkten linken Arm und zischte durch die Zähne. Frank hatte viel Blut verloren. Er zog ihn aus der Fahrerkabine und bettete ihn ins Gras, riss ihm die Jacke herunter und untersuchte die inzwischen aufgedunsene, hässliche Stichwunde im Arm. Erleichtert stellte er fest, dass keine verräterischen Schwärzungen vorhanden waren, wie sie bei Wunden auftreten, die durch vergiftete Pfeile oder Speerspitzen verursacht sind.

»Sie werden es überleben«, sagte er zu seinem Ranger, der am Rande des Deliriums stand.

Sie legten Frank auf eine Tragbahre und trugen ihn in aller Eile zum Hubschrauber, der unverzüglich abhob und Kurs auf das Krankenhaus in Voi nahm, einhundertunddreißig Kilometer weiter im Süden.

Einheit Zwei brauchte zehn Minuten, um sowohl das Camp der Wilderer als auch den Land Cruiser zu finden. Die fünf Leichen aus dem Camp wurden den Hügel zum Laster hochgeschleift und in einer Reihe im Gras hingelegt. Aus verschiedenen Verstecken in der Umgebung des Lagers bargen sie acht Gewehre und mehrere tausend Schuss Munition. Außer einem ganzen Haufen von Campingausrüstung fanden sie Handäxte, Buschmesser, Köcher voller Giftpfeile und jede Menge Fallen und Schlingen. Die Wilderer hatten genug Lebensmittelvorräte angelegt, um eine lange Belagerung überstehen zu können – Tee, Kaffee, Zucker, Reis, Corned Beef und Milch in Dosen.

Die Aufräumaktion dauerte fast eine Stunde. Als sie mit der Arbeit fertig waren, schwitzten sie in der Hitze. Mittlerweile blieben Franks Gefangene genau da, wo er sie gelassen hatte, der eine an die Tür des Lastwagens gekettet, die anderen auf der Ladefläche unter ein paar hundert Kilo Elefanten-Stoßzähnen begraben.

Sie ließen drei bewaffnete Scouts zur Bewachung der Gefangenen und ihrer Beute zurück, und der Rest der Gruppe spaltete sich in zwei Trupps, um den Spuren Kimathis und der beiden entflohenen Wilderer zu folgen. Falls sie sie innerhalb von drei Stunden nicht gefunden hätten, sollten sie umkehren.

Der Chief Warden selbst führte die Gruppe an, die einem breiten Pfad entlang des trügerischen Tiva-Sumpfs folgte. Im Sumpf war es heiß und feucht und sie mussten sich vorsichtig bewegen, immer auf der Hut vor Krokodilen, Nilpferden und tödlichen Sumpfschlangen. Kein Lufthauch drang durch die Fülle dichten Schilfrohrs, und bald lief jedem aus der Gruppe der Schweiß in Strömen herunter.

Die Spur war an zahlreichen abgebrochenen Ästen und Zweigen leicht zu verfolgen. Einmal stießen sie auf zwei abgefeuerte Patronenhülsen, eine Bestätigung, dass sie auf der richtigen Fährte waren. An ein paar schlammigen Stellen fanden sie deutliche Fußabdrücke, die in östlicher Richtung am Fluss entlang führten.

Siebzig Minuten später stießen sie auf Kimathi, der sich durch den Sumpf zurückkämpfte und einen abgerissenen, zerschlagenen und mit Handschellen gefesselten Wilddieb hinter sich her zerrte.

Er hatte den leichtfüßigen Wilderer in einem zwei Stunden dauernden, nervenaufreibenden Versteckspiel mit dem Tod mehr als sieben Kilometer weit verfolgt. Wie sich herausstellte, war der Kerl zwar ein Heckenschütze mit Adleraugen, aber ein schlechter Waldläufer. Er hatte eine allzu deutliche Spur hinterlassen, die in einen allzu offensichtlichen Hinterhalt führte. Wahrscheinlich hatte erst die absolute Entschlossenheit des Wilderers zu entkommen in Kimathi den Wunsch geweckt, ihn lebend zu fassen.

Kimathi hatte eine Taktik entwickelt, sich langsam und geduldig heranzupirschen, absichtlich daneben zu schießen, wenn die Beute sich zeigte, und den Flüchtenden dazu zu verleiten, seine Kugeln zu vergeuden. Diese Manöver setzten sich mehrere strapaziöse Kilometer weit fort, bevor dem Wilderer die Munition ausging. Als Kimathis Waffe das nächste Mal knallte und Staub zu seinen Füßen aufspritzen ließ, gab der Wilddieb seine Deckung auf und rannte auf den Sumpf zu.

Kimathi spurtete ihm hinterher.

Der Tiva ist ein breiter, langsam dahinströmender Fluss, der den Nationalpark Tsavo Ost durchschneidet. Seine Wasser sind dunkel gefärbt vom schwarzen Schlamm, den er vom Yatta-Plateau im Kitui-Distrikt heranschwemmt. Am Morgen sonnen sich Krokodile groß wie umgestürzte Bäume am westlichen Ufer, wo die ersten Strahlen der Sonne hintreffen, wenn sie über den Daka-Hügeln aufsteigt. Am Abend setzt eine Völkerwanderung ein und die schuppigen Baumstämme verlagern sich zum Ostufer, wo die letzten Strahlen der Sonne liegen, bevor sie über den Rand der Savanne aus dem Himmel sinkt.

Entlang dieses im Moment verlassenen Ostufers verfolgte Kimathi den flüchtigen Wilderer. Drei Minuten später ließ er das Gewehr fallen und brachte den Flüchtenden mit einem Hechtsprung im schlammigen Uferwasser des krokodilverseuchten Flusses zum Sturz. Der Wilderer wehrte sich bis zuletzt verzweifelt, schlug und trat wild um sich. Schließlich schaffte er es, sich loszureißen und watete in den Fluss hinein.

»Pass auf!«, rief Kimathi. Eine Flottille monströser Krokodile löste sich vom anderen Ufer und steuerte auf den einsamen Mann im Fluss zu.

Der Wilderer blieb stehen, als Kimathis scharfe Warnung in seinen von Furcht umnebelten Verstand eindrang. Er blickte über den träge dahinströmenden Fluss vor sich, in dem es plötzlich von Krokodilen wimmelte, die alle wild darauf waren, ihn mit Haut und Haaren zu verspeisen. Hinter ihm ein Wildhüter, der einladend ein paar Edelstahl-Handschellen schwenkte. Er zögerte und sein Blick wanderte zwischen den schnell näher kommenden Krokodilen und dem Ranger hin und her. Dann watete er hastig zurück, die Arme vor sich ausgestreckt, bereit für die Handschellen.

Sie starrten einander an, ungewiss, wie es weitergehen würde. »Eigentlich sollte ich dich erschießen, das ist dir klar«, grollte Kimathi, als er die Handschellen zuschnappen ließ. Und dann, damit der Wilderer nicht zu erleichtert dreinsah, verpasste er ihm ein paar Fausthiebe, packte ihn grob am Ellbogen und stieß ihn in die Richtung, aus der sie gekommen waren.

Bald darauf trafen sie mit dem vom Chief Warden angeführten Suchtrupp zusammen.

Kimathis Uniform hing in Fetzen. Verkrustetes Blut klebte an den unzähligen Kratzern und Schrammen, die er sich bei der langen Jagd zugezogen hatte. Wie sein Gefangener war er von Kopf bis Fuß mit angetrocknetem Schlamm bedeckt und Rinnsale von Schweiß malten Streifen auf sein Gesicht. Er hatte zwei leergeschossene Gewehre über die Schulter geschlungen, das des Wilderers und sein eigenes.

»Wo ist Frank?«, waren seine ersten Worte.

»Es geht ihm gut«, sagte der Chief Warden und wischte sich mit einem feuchten Taschentuch den Schweiß vom Gesicht. Er schwitzte unmäßig. Sein fetter Körper war an lange Fußmärsche unter der äquatorialen Hitze und an die hohe Luftfeuchtigkeit in den Sumpfgebieten um den Flusslauf nicht gewöhnt. »Was«, schnaufte er, »was zum Teufel ist eigentlich in euch beide gefahren?«

Kimathi zuckte die Achseln und stieß den Wilderer zu ihm hin. »Fragen Sie den Mistkerl«, sagte er.

Der Chief Warden betrachtete die blutverkrustete Nase und den zerschlagenen Mund des Wilderers. Er schüttelte den Kopf. »Na schön«, sagte er. »Machen wir uns auf den Weg.«

Als sie ihren Ausgangspunkt erreichten, war der Hubschrauber bereits aus Voi zurück. Der andere Suchtrupp war ebenfalls schon da und meldete eine grausige Geschichte: Sie hatten ein Löwenrudel entdeckt, das sich gerade die letzten Stücke des zweiten entkommenen Wilderes teilte, während ihre Jungen in der Nähe mit dem blutigen Schädel spielten.

»Wo ist Frank?«, fragte Kimathi.

»Im Krankenhaus von Voi«, informierte ihn der Chief Warden.

»Er kommt wieder auf die Beine«, ergänzte der Pilot, der ihn hingeflogen hatte.

Der Chief Warden ließ sich auf einen Baumstumpf fallen, um auszuruhen. In früheren Zeiten war er in Hochform gewesen, ein Anwärter auf den Landestitel im Federgewichtsboxen. Einmal hatte er sogar versucht, in der Rangerstation von Lali Hills ein Boxteam aufzuziehen. Das war hauptsächlich daran gescheitert, dass die Scouts seinen sportlichen Ehrgeiz nicht vollumfänglich teilten. Also hatte er es aufgegeben und Fett angesetzt.

Sichtlich erregt sagte er: »Was ist nur in euch beide gefahren? Konntet ihr euch nicht wenigstens an euren eigenen Plan halten? Ihr solltet uns zu Hilfe rufen, verdammt noch mal, und es nicht ganz alleine mit einer halben Armee aufnehmen.«

»Aber wir haben es ihnen gezeigt, oder?«, sagte Kimathi.

»Gezeigt!« Der Chief Warden zitterte vor Zorn. »Ist das alles, was euch einfällt? Es ihnen gezeigt!«

»Haben wir aber«, sagte Kimathi.

»Ihr hättet dabei draufgehen können.«

»Sind wir aber nicht«, sagte Kimathi.

Der Chief Warden winkte ab. Er war müde. Eine kleine Razzia, die sie bei vernünftiger Koordinierung in ein paar Minuten hätten durchziehen können, hatte einen ganzen Morgen lang gedauert und war zu einer regelrechten Schlacht ausgeartet. »Einen bewaffneten Mann quer durch den halben Park zu jagen ist einfach dumm.«

»Habe ich ihn erwischt oder nicht?« Kimathi hob die Stimme.

»Worüber zum Teufel regen Sie sich eigentlich so auf? Dass Sie den Spaß verpasst haben?«

»Spaß!«, bellte der Chief Warden. »Herrgott, das nennen Sie Spaß? Ihr zwei seid verrückt. Ich weiß wirklich nicht, warum ich euch noch zusammen einsetze.«

»Wir haben Erfolg, das wissen Sie. Und dafür werden wir schließlich bezahlt.«

»Aber ohne dass ihr euch den Hintern wegschießen lasst«, fügte der Chief Warden hinzu.

»Wer lässt sich hier den Hintern wegschießen?«, fragte Kimathi. Dann: »Sekunde, wollen Sie damit sagen ... Was ist mit Frank?«

»Nicht angeschossen«, berichtete der Warden. »Eine Stichwunde am Arm.«

»Ich will ihn sehen«, sagte Kimathi.

»Zuerst will ich einen vollständigen Bericht über das Vorgefallene haben.«

Kimathi schüttelte den Kopf. »Sie bekommen keinen Bericht, bevor ich nicht Frank gesehen habe. Er hat die zweite Hälfte meines Berichts.« Er warf den anderen das Kabel zu, das er aus dem Land Cruiser gerissen hatte. »Falls ihr starten wollt«, sagte er.

Der Warden wischte sich über den triefenden Nacken.

Er sollte ein bisschen abnehmen, dachte Kimathi. Für solche Jobs ist der fette Sack nicht geschaffen ...

Die Sonne stand senkrecht und allmählich wurde es wirklich heiß. Der Warden breitete das Taschentuch, das inzwischen zu nass war, um noch von Nutzen zu sein, zum Trocknen über seinen ergrauenden Haarschopf aus und stand auf, um das Einladen zu beaufsichtigen.

Sechs Scouts wurden zurückgelassen, um die erbeuteten Waffen und Trophäen in den beiden Fahrzeugen zur Rangerstation von Lali Hills zu schaffen, hundert holprige Kilometer weiter im Süden. Der Hubschrauber, schwer beladen mit der zusätzlichen Last der Gefangenen und ihrer toten Kumpane hob ab zur Polizeistation in Voi.

Abgerissen und schlammbedeckt lief Kimathi von der Polizeistation quer über die belebte Verbindungsstraße Mombasa–Nairobi zu dem kleinen Provinzkrankenhaus, das unter Schirmakazien nur einen Steinwurf entfernt von der Straße lag.

4

Giuseppe Deloris' Privatjet setzte eines heißen Spätnachmittags am Wilson Airport in Nairobi auf, nach einem 9000-Meilen-Flug von New York über den Atlantik und Afrika, lediglich unterbrochen von einem einzigen Tankstop in Abidjan. Er beförderte zwei Piloten, zwei reisemüde Passagiere und vier durchschnittlich große Koffer.

Einer der Passagiere war ein eleganter, weißhaariger Mann von etwa fünfundfünfzig Jahren. Er trug einen dunkelblauen Anzug mit Krawatte und hielt eine schlanke, schwarze Aktentasche in der rechten Hand.

Sein Reisebegleiter war ein schwarzhaariger, robuster Mann von ein Meter neunzig, mit dunkelbraunen Augen und einem Gesicht kantig wie ein Steinbruch.

Die Einreiseformalitäten am Flughafen waren einfach, direkt und stereotyp.

»Wie lange wollen Sie bleiben, Sir?«

»Zwei Tage.«

»Haben Sie etwas zu verzollen?«

»Nein.«

»Und Sie, Sir?«

»Dasselbe.«

»Willkommen in Kenia«, sagte der Beamte. »Genießen Sie Ihren Aufenthalt.«

Zehn Minuten später holte der dreisitzige Hubschrauber sie ab. Es war nur ein kurzer Hüpfer zu dem weiter westlich gelegenen

Gut. Der Pilot war gut gedrillt darin, wichtige Besucher zu dem Anwesen fünfundzwanzig Kilometer vor der Stadt zu fliegen. Einmal über dem Gelände von Orange Estate angekommen, schlug er einen weiten Bogen über das Hunderte von Morgen große Gut: Über die Wälder, den Golfplatz, die beiden Staubecken, die Forellenbäche und die riesige Orangenplantage, von der das Gut seinen Namen hatte.

Die schweigsamen Passagiere nahmen sein Manöver zur Kenntnis, äußerten aber weder Erstaunen noch Begeisterung.

Endlich bot sich ihnen aus dem Hubschrauber eine Luftansicht des Herrenhauses, eines prachtvollen modernen Bauwerks mit zehn Schlafzimmern. Es lag auf einem zwei Hektar großen Areal inmitten von gepflegten Gärten, die mit einem Maschendrahtzaun umgeben waren. An den schweren, schmiedeeisernen Toren konnte man bewaffnete Wächter erkennen. Eine saubere Asphaltstraße, beiderseits flankiert von einer blühenden Hecke, schlängelte sich vom Haupttor zu der gewaltigen Auffahrt. Ein langer, schwarzer Mercedes und ein hell orangeroter Range Rover standen dort geparkt. Ein grauhaariger Schwarzer war gerade dabei, den orangefarbenen Wagen zu waschen.

Der Helikopter stieß über dem Haus herab und landete auf einem Rasenplatz direkt davor. Die Rotorblätter kamen heulend zum Stillstand, als der Pilot die Maschine abgestellt hatte. Dann war es still. Alle blieben sitzen, die beiden Passagiere wechselten anerkennende Blicke.

Graue Stufen senkten sich sanft zu dem grünen Rasen herab. Die großen Glastüren am Kopf der Treppe standen offen. In der Stille konnte man die Vögel in den blühenden Büschen und den ein paar hundert Meter entfernten Bäumen singen hören.

Plötzlich erschien ein großer Mann in einer der Glastüren und kam ohne Hast auf den Helikopter zu. Er trug einen locker sitzenden weißen Anzug, ein braunes Hemd und braune Schuhe. Eine ebenso bequem und doch elegant gekleidete Frau folgte ihm und setzte sich auf die Stufen, die zum Rasen herabführten.

Der Pilot des Hubschraubers sprang heraus, öffnete die Passagiertür und ließ die einstufige Trittleiter herunter. Seine Passagiere kletterten auf den Rasen und gingen dem großen Mann mit dem ergrauenden Haar entgegen, der die Arme zu einer Umarmung ausgebreitet hielt. Die Umarmung fiel weniger enthusiastisch aus als die Geste hätte erwarten lassen.

»Al, Bruder«, sagte Arturo Spinelli, als er den riesigen Schwarzen umarmte. »Lange nicht gesehen.«

Al Haji sagte: »Nur drei Monate, Arthur.«

»Drei Monate, mir kommt es vor wie Jahre«, sagte Spinelli. Dann trat er zurück und warf in einer übertriebenen Geste den Kopf in den Nacken, um den schwarzen Mann zu begutachten. »He, du siehst gut aus, Mann.« Er schlug ihm auf die Schulter.

»Man bemüht sich«, sagte Al Haji und dachte: Hör schon auf mit dem Scheiß und lass die Katze aus dem Sack.

»Ehrlich, Al«, schwärmte der Italiener. »Du siehst wirklich großartig aus. Wie machst du das eigentlich?«

»Ich versuche, mich nicht mit Schmeicheleien aufzuhalten«, sagte Al Haji. »Ihr Jungs solltet mir früher Bescheid sagen, wenn ihr kommt.«

»Du hast doch Happy Joes Anruf bekommen«, meinte Spinelli.

»Er hat nicht erwähnt, dass du selbst kommst«, erwiderte Al Haji.

»Dann hat er's wohl vergessen«, sagte Spinelli. »Er hat eine Menge um die Ohren, das musst du zugeben. Aber er hat doch sicher ein Telegramm geschickt?!«

»Ich habe das Telegramm vor einer Stunde bekommen.« Al Haji zeigte seine Unzufriedenheit ganz offen. »Und es hat lediglich zwei Besucher angekündigt, ohne Namen zu nennen.«

»Das ist aber eigenartig«, sagte Spinelli und spielte den Unwissenden. Schließlich hatte er das Telegramm selbst verfasst und dafür gesorgt, dass es erst ein paar Stunden vor seiner Ankunft in Nairobi in New York aufgegeben wurde. »Na egal«, meinte er jetzt. »Da sind wir. Gesund und munter.« Er bemerkte, dass Al Haji über seine

Schulter den schwarzhaarigen Mann musterte, der ihn begleitete. »Ach, das ist Ricardo. Er redet nicht viel, aber er ist in Ordnung.«

Al Haji und Ricardo sahen sich an und versuchten, sich gegenseitig einzuschätzen.

»Nettes Plätzchen hast du hier«, meinte Spinelli, um die Spannung zu lockern. »Willst du uns nicht hereinbitten?«

»Kommt rein«, sagte Al Haji und ging voraus.

Seine Frau erhob sich von den Stufen und kam ihnen entgegen. Der lose, grüne Plisseerock und die tief ausgeschnittene, weiße Bluse betonten ihre Schönheit und ließen sie größer erscheinen, als sie war.

Spinelli umarmte sie, verlieh seiner Bewunderung Ausdruck und sagte, sie sehe schöner aus denn je. Ricardo starrte sie ausdruckslos an, eher geringschätzig als lüstern. Al Haji gab ihr einen Wink mit dem Kopf und sie murmelte eine vage Entschuldigung bezüglich Orangen und ging über den Rasen auf den Orangenhain zu.

Die drei Männer standen unschlüssig auf der Treppe.

Arturo Spinelli räusperte sich. »Nettes Plätzchen hier.«

Al Haji blickte hoch zu Ricardo, dessen Augen Tess' schwingenden Hüften auf ihrem Weg über den Rasen folgten.

»Wir bleiben über Nacht«, sagte Spinelli.

»Für zwei ist immer Platz.«

»Vier«, sagte Spinelli. »Unsere beiden Piloten warten am Flughafen auf den Hubschrauber.«

Al Haji lag die Bemerkung auf der Zunge, dass er hier kein Hotel führte, aber er schluckte sie hinunter. Er führte die beiden Männer in sein feudales Wohnzimmer und bot ihnen einen Brandy an.

Sie widmeten sich ihren Getränken in nachdenklichem Schweigen, das erst gebrochen wurde, als der ältere Italiener sich entschloss, Al Haji vom heißesten Sommer in New York seit zwanzig Jahren zu erzählen.

»Das stand in *Newsweek*«, sagte Al Haji knapp und damit war das Thema erledigt. Es fiel kein weiteres Wort, während sie austranken. Die beiden Besucher wurden zu ihren Zimmern geführt, wo sie sich bis zum Abendessen ausruhen und umkleiden konnten.

Nach dem Essen zogen sich Al und Arturo in das riesige Arbeitszimmer zurück, um übers Geschäft zu sprechen. Al Haji schenkte den Brandy ein, zündete die Zigarren an und kam gleich zur Sache. »Also, wo liegt das Problem?«, fragte er.

»Du weißt, wo das Problem liegt«, sagte Spinelli. »Das ist jetzt meine dritte Reise hierher in vier Monaten. Es sind über neuntausend Meilen und ich werde langsam zu alt für so etwas.«

»Du hättest nicht kommen müssen. Ich habe Happy Joe gesagt, dass ich sehr gut zurechtkomme.«

»Happy Joe ist aber gar nicht mehr glücklich.« Spinelli sog an seiner Zigarre. »Sonst wäre ich nicht hier. Sieh dir nur an, was aus Schwester Maria geworden ist!«

»Die ist letzte Woche angekommen«, sagte Al Haji.

Spinelli spuckte ein paar Bröckchen Tabak aus und meinte: »Letzte Woche ... Wir haben sie aber schon vor zwei Monaten erwartet. Das hattest du jedenfalls versprochen. Also haben wir eine Menge Brötchen investiert und durch deine verspätete Lieferung einen Haufen Zinsen verloren.«

Al Haji stand auf, um sich nachzuschenken.

Spinelli sagte: »Und sieh dir an, was mit der weißen Lady passiert ist. Wir haben noch nicht viel von den zwanzigtausend Kilo zu sehen bekommen, für die du dich vor sechs Monaten verbürgt hast.«

»Ich arbeite daran«, erwiderte Al Haji.

»Und wird das noch was zu deinen Lebzeiten?« Spinellis Stimme klang ausdruckslos, aber so unheilverkündend wie immer.

»Man bittet den Jumbo nicht einfach, seine Zähne auszuspucken, weißt du. Man braucht dazu einen Zahnarzt.«

»Und der ist wohl ein Kurpfuscher, oder was?«

Al Haji starrte ihn an. »Das ist nicht komisch.«

»Das kannst du laut sagen«, konterte Spinelli. »Wir sitzen schon den ganzen Sommer wie auf Kohlen und warten, dass du endlich lieferst. Ein paar Leute werden langsam ungeduldig, das ist alles.« Er hielt Al sein Glas zum Nachfüllen hin. »Und ich werde auch ungeduldig«, fügte er hinzu.

»Was ist mit dem Geld, das ihr mir für die letzte Sendung schuldet?«, fragte Al Haji von der Bar aus.

Arturo Spinelli griff in die Tasche und warf einen dicken Umschlag auf den Tisch.

Al Haji reichte ihm sein wieder aufgefülltes Glas, hob den Umschlag auf und wog ihn in der Hand. »Alles da?«

»Zähl es.«

»Ich vertraue dir.«

»Mir musst du nicht trauen«, sagte Arturo. »Sondern Happy Joes Brüdern in New York.«

Al Haji fegte den Umschlag in eine offene Schublade und knallte sie zu. »Denen traue ich auch.«

»Wenn ein Mann so viel Geld bezahlt, dann erwartet er schnelle Resultate«, fügte Spinelli hinzu.

»Sie müssen noch warten«, erwiderte Al Haji.

»Sie warten nicht gerne.«

»Pech.«

»Für dich«, sagte Spinelli. »Denn wenn die Ware nicht bis Herbst in Hongkong ist, bist du draußen.«

»Draußen aus was?«

»Gefeuert!«

»Gefeuert?« Al Haji wirkte eher amüsiert als schockiert. »Gefeuert! Ihr Jungs seid ja richtige Komiker. Ihr könnt einen Mann nicht aus seiner eigenen Firma feuern.«

Arturo lächelte ein kaltes, unheilverkündendes Lächeln. »Deine Firma, Al?«

»Ich habe sie selbst aufgebaut«, sagte Al Haji.

»Und mit wessen Geld, hm? Kannst du mir das sagen?«

»Es war ein Darlehen. Ich habe alles zurückgezahlt.«

Arturo Spinelli schüttelte düster den Kopf. »Hör zu, mein Freund«, sagte er. »Du hast anscheinend vergessen, für wen du arbeitest. Geld bedeutet der Deloris-Familie gar nichts. Was zählt, ist die Ehre. Happy Joe ist von seinen Freunden in Hongkong bezahlt worden. Wenn sie das Elfenbein nicht bis September bekommen, hat er sein Wort gebrochen. Happy Joe hasst es, sein Wort zu brechen.«

Al Haji überlegte eine Weile. Sechs Wochen reichen nicht, dachte er. »Ich brauche mindestens zwei Monate«, sagte er. »Die letzte Lieferung wurde von Wildhütern beschlagnahmt.«

Spinelli sprang abrupt auf und ging zum Bücherregal. Er dachte nach.

»In zwei Monaten kann ich liefern«, ergänzte Al Haji.

Spinelli griff nach einer Jadefigur, bewunderte sie und stellte sie wieder ins Regal zurück. Als er sich zu dem Mann am Schreibtisch umwandte, war sein Gesicht eine ausdruckslose Maske. »Du hast hier ein schönes Leben, Al«, sagte er nickend. »Wir haben dich gut ins Geschäft gebracht.«

»Das leugne ich nicht«, gab Al Haji zu.

»Ein Mann sollte niemals vergessen, wo er herkommt«, sagte Spinelli. »Du kommst aus dem Dreck und dahin wirst du auch wieder zurückgehen, wenn du nicht am Ball bleibst. Du hast die Sache mit dem Haschisch vermasselt, du vermasselst die Elfenbeingeschichte und die Devisengeschäfte und so ziemlich alles, von dem du behauptet hast, du könntest es organisieren. Wir verlieren die Geduld, Al.«

Al Haji schluckte schwer. »Ich muss hier mit einem Haufen unerfahrener Jungs arbeiten«, meinte er unbehaglich. »Die meisten Menschen in diesem Teil der Welt sind nicht gerade von der schnellen Truppe.«

»Dann musst du ihnen eben Beine machen«, sagte Spinelli und sah ihm direkt ins Gesicht. »Greif energisch durch. Mach ihnen Feuer unterm Hintern. Brich ein paar Knochen, wenn's sein muss. Wir wollen schnelle Resultate sehen, das ist alles.«

Al Haji schüttelte den Kopf, noch bevor Spinelli ausgeredet hatte. »Hör zu«, sagte er nachdrücklich. »Du verstehst nicht. Das hier ist nicht Chicago. Ihr Jungs habt noch nie in diesem Teil der Welt gearbeitet. Ihr wisst nicht, was es bedeutet, so ein Unternehmen zum Laufen zu bringen.«

Spinelli kam zum Schreibtisch zurück und setzte sich ihm gegenüber hin. »Du hattest vier Jahre, um die Sache zum Laufen zu bringen«, sagte er. »Und du sinkst immer tiefer in die Scheiße. Ich habe es satt, dich in Schutz zu nehmen, Al. Du wirst langsam zu einem Klotz am Bein, Mann. Jedes Mal, wenn du Mist baust, schickt mich Happy Joe hier rüber und das gefällt mir nicht. Und jetzt sag mir mal: Was soll ich tun?«

»Ich weiß, dass du mir den Rücken frei hältst«, sagte Al Haji. »Aber ich habe schon eine Menge Dinge in Gang gebracht und alles, was ich brauche, ist ein bisschen mehr Zeit. Das ist alles ...«

Das Herrenhaus von Orange Estate lag in tiefer Stille.

Al Haji sagte ohne Überzeugung: »Happy Joe würde mir das nicht antun.«

»Aber seine Brüder schon«, meinte Spinelli. »Du kennst Happy Joe, er ist ein demokratischer Mensch. Wenn seine Brüder alle gegen dich stimmen ...«

»Hör zu, Arturo«, sagte Al Haji ernst. »Du musst ihnen das einfach klarmachen. Sie müssen begreifen, dass ich hier keine Elefantenzucht habe, und dass es so etwas wie eine Anti-Wilderer-Armee in diesem Land gibt. Sie haben letzte Woche eine unserer Einheiten im Feld angegriffen und völlig aufgerieben. Das war ein Teil des Elfenbeins, auf das eure Chinesen warten.«

»Dann schlag zurück«, schlug Spinelli vor.

»Wir sprechen hier von einer höchst disziplinierten Regierungstruppe, Arthur, nicht von einer rivalisierenden Gang auf der West Side.«

Spinelli sagte ruhig: »Begreife bitte die Lage, Al. Die Chinesen wollen ihr Elfenbein oder ihr Geld zurück. Happy Joes Brüder wollen das Geld behalten, verstehst du? Und du ... du willst dieses Plätzchen hier behalten. Willst du zulassen, dass eine Bande von Cops sich zwischen dich und eine so gute Sache stellt?«

Al Haji begann, in seinem Arbeitszimmer auf und ab zu gehen. »Es wäre Selbstmord, einen offenen Krieg anzufangen ...«

»Jeder hat seinen Preis«, sagte Spinelli.

»Ich müsste jeden Einzelnen im Umweltministerium bestechen«, meinte Al Haji nachdenklich. »Das sind Hunderte. Nein, das funktioniert nicht …«

Spinelli zuckte die Achseln. »Es ist dein Spiel, Al.«

Ganz Orange Estate mit Ausnahme der Nachtwachen lag in tiefem Schlaf, als die beiden endlich in den frühen Morgenstunden zu Bett gingen.

Al Haji tat kein Auge zu.

Um sieben Uhr am nächsten Morgen spielten die beiden eine Partie Golf auf dem noch taunassen Platz. Es war ein klarer, aber kalter Morgen. Die Sonne hatte ihre Reise in den tiefblauen Himmel gerade erst begonnen. Spinelli spielte die Runde schnell und hart, eine Zigarre zwischen den spitzen kleinen Zähnen, das Gesicht in tiefe Falten der Konzentration gelegt.

Golf war das einzige Gesprächsthema.

Um neun Uhr gingen sie über den Rasen zum Haus zurück, nachdem der Italiener einen leichten Sieg über den großen, schwarzen Mann erzielt hatte, dessen Gedanken immer wieder von dem kleinen Ball abschweiften, egal, wie sehr er sich bemühte.

»Wirklich ein nettes Plätzchen, das du hier hast«, sagte Spinelli, als sie am ersten Abschlag vorbeiliefen, der nur zehn Meter vom Pool entfernt lag.

»Wie wär's mit Schwimmen?«, fragte Al Haji.

»Nein.« Spinelli schüttelte den Kopf und sagte abermals: »Wirklich ein nettes Plätzchen, Al. Lass es dir nicht wegnehmen.«

»Bestimmt nicht«, erwiderte Al stolz, und er meinte es ernst.

Er hatte Orange Estate aus der unberührten Wildnis aufgebaut. Der Gedanke, dass irgend jemand es ihm wegnehmen würde, ließ sein Herz zu Eis werden. Sie hatten kein Recht, ihm das Beste wegzunehmen, das er jemals besessen hatte.

»Könnte aber passieren«, sagte Spinelli und blieb stehen, um die Strecke zurückzublicken, die sie seit dem letzten Grün zurückgelegt hatten. Zwei deutliche Spuren auf dem taunassen Gras markierten ihren Weg. »Deinetwegen muss ich nach Hongkong reisen, um den

Chinesen zu erklären, was aus ihrem Elfenbein geworden ist. Sie haben in harter Währung dafür bezahlt, weißt du?« Er ließ seine Zigarre fallen und zermalmte sie im Gras. »Was ist bloß los mit dir, Al?«, fragte er und wandte sich um, um den sorgenvollen schwarzen Mann zu mustern. »In New York warst du doch immer auf Zack.«

»Hier ist nicht New York.«

»Dieser Tatsache verdankst du dein Leben«, meinte Spinelli. »Ein paar Leute da drüben denken, wir sollten dir eine Fahrt den Hudson hinunter spendieren. Du weißt schon, ohne Boot.«

»Ist das eine Warnung?«

»Natürlich nicht.« Spinelli lächelte breit und legte Al seine Hand auf den Arm. »Aber wenn ich du wäre, würde ich keine überraschenden Einladungen nach New York annehmen.«

Al sah ihm in die Augen. »Happy Joe?«

»Besonders nicht von Happy Joe«, sagte Spinelli.

Die Worte klangen Al in den Ohren nach, während sie zum Frühstück ins Haus gingen. Frisch gepresster Orangensaft, Spiegeleier, Speck und Kaffee.

Um zehn Uhr stieg der Hubschrauber mit den beiden Piloten zum Wilson-Flughafen auf, damit sie den Jet für den Flug nach Hongkong klarmachten.

Al Haji und Spinelli diskutierten noch eine Weile übers Geschäft, während sie auf die Rückkehr des Hubschraubers warteten. Nach elf kam er mit der Nachricht zurück, dass der Lear Jet startbereit war.

Al Haji begleitete Spinelli zum Helikopter. Mitten im Lauf verhielt er plötzlich verwirrt. Er hatte die Anwesenheit des jüngeren Italieners völlig vergessen. Der vierschrötige Ricardo stand auf der obersten Treppenstufe vor dem Haus und machte keinerlei Anstalten, zum Hubschrauber zu kommen.

Al Haji wandte sich zu Spinelli: »Was ist denn mit dem los?«

»Ach.« Spinelli spielte den Überraschten. »Habe ich dir das nicht gesagt?«

»Was?«

»Dass Ricky bei dir bleibt.«

»Was soll das heißen, er bleibt hier?« Al Haji wurde wütend.

Spinelli machte eine vage Geste mit der Hand. »Du weißt schon … Einfach da sein, dir zur Hand gehen. Wie schon gesagt, du brauchst mehr als nur mehr Zeit.« Er lächelte breit und kletterte in den Helikopter.

Al Haji hob die Hand, um den Piloten zurückzuhalten. »Sag mir nur eins, Arthur«, sagte er zu Spinelli. »Soll der Gorilla hier die Leitung übernehmen, oder was? Wenn das nämlich so ist, steige ich aus.«

»Immer mit der Ruhe, Al«, sagte Spinelli begütigend. »Ricky ist ein netter italienischer Junge. Er würde nie versuchen, dich hier zu verdrängen. Dazu hat er gar nicht genug Verstand. Aber du brauchst hier ein paar Muskelmänner mehr, und da ist er gerade richtig.« Er blickte zum Haus zurück, wo Ricardo sich inzwischen auf den Stufen niedergelassen hatte, eine Orange aß und die Schalen in hohem Bogen auf den gepflegten Rasen warf. »Ricardo kommt aus Miami«, sagte Spinelli mit unterdrückter Stimme. »Er muss eine Weile untertauchen … Deshalb dachte ich, ich bringe ihn hierher. Mach dir keine Gedanken wegen Kost und Logis, er isst alles, er schläft überall.«

»Isst alles«, stöhnte Al.

Beim Abendessen tags zuvor hatte sich Ricardo geweigert, das extra für die Gäste zubereitete Steak anzurühren und darauf bestanden, anständiges italienisches Essen zu bekommen, wie zum Beispiel Lasagne. Zuletzt hatte er sich mit Spaghetti Bolognese zufrieden gegeben, die der äußerst enttäuschte Koch speziell für ihn zubereiten musste.

»Vergiss den Lasagne-Scheiß«, sagte Spinelli jetzt. »Das macht er nur mit Leuten, die er nicht leiden kann. Zum Beispiel mit Serviererinnen. Glaub mir, Ricky isst alles, zumindest das hat er in Sing-Sing gelernt. Und noch eins: Du musst dir von ihm nichts gefallen lassen. Okay, Al?«

»Weiß er das auch?«

»Na komm schon, Al, das wirst du ihm doch noch klar machen können«, sagte Spinelli. »Oder was ist aus dem Schwergewichts-Champion mit dem harten Schlag und dem großen Mundwerk geworden?«

»Das hier ist eine andere Welt, Mann«, sagte Al Haji. »Du sagst, er muss untertauchen?«

»Das FBI ist hinter ihm her.« Spinelli zog eine Zigarre hervor und sagte zu dem schwarzen Piloten: »In Ordnung, wenn ich rauche, Fahrer?«

»In Ordnung«, antwortete der Mann und starrte weiter geradeaus durch die Plexiglashaube des Hubschraubers. Nichts hören, nichts sehen, möglichst wenig sprechen.

»Weißt du«, sagte Spinelli zu Al und ließ sich von ihm Feuer geben. »Du führst wirklich einen gut organisierten Haushalt. Zuverlässiges und höfliches Personal …«

»Sag das Happy Joe«, meinte Al und deutete dann auf Ricardo. »Und er … Weshalb wird er gesucht?«

»Er ist Joes bester Soldat«, sagte Spinelli. »Erstklassiger Safeknacker, Scharfschütze, ein Universaltalent. Joe glaubt, dass wir es uns nicht leisten können, ihn zu verlieren.«

»Und ich kann's mir nicht leisten, einen gesuchten Kriminellen hier zu beherbergen«, erwiderte Al bissig.

»He, pass auf, was du sagst«, meinte der Italiener und sah über Als Schulter zu den Stufen, wo Ricardo saß und sie mit seinen eiskalten Augen beobachtete. »Krimineller! Happy Joe würde es gar nicht gerne hören, dass man seinen Patensohn einen Kriminellen nennt.«

»Was hat er denn angestellt, um nach Sing-Sing zu kommen?«, fragte Al Haji.

»Mach dir darüber keine Gedanken«, sagte Spinelli.

»Weswegen wird er gesucht?«

»Vergiss das doch, Al …«

»Ich muss wissen, worauf ich mich einlasse«, fiel Al Haji ihm ins Wort. »Für den Fall, dass ihn jemand aufspürt. Was ist, wenn er in die Stadt geht und zufällig irgendeinem alten Feind begegnet? Nairobi ist nicht Timbuktu, weißt du?«

Spinelli sagte: »Er hat einen Bullen umgelegt.«

Sie starrten sich schweigend an. Al Hajis Blick schweifte zu dem gleichgültigen Ricardo und wieder zurück.

»Es war ein Unfall«, ergänzte Spinelli. »Woher hätte Ricky denn wissen sollen, dass der Bulle gleich stirbt, wenn er ihn in den Kopf schießt? Hör mal, Al, da ist noch etwas, was ich dir noch nicht gesagt habe. Ricky ist noch nie aus Miami herausgekommen. Also pass gut auf ihn auf.«

Al Haji schnaubte.

»Du weißt doch, wie es ist, gejagt zu werden«, sagte Spinelli. »Du warst doch selbst einmal auf der Flucht. Ricky ist Happy Joes Patensohn«, wiederholte Spinelli beiläufig. »Du weißt, was so etwas für uns bedeutet. Behalt ihn im Auge. Ricky hätte keinerlei Skrupel, dir den Kopf wegzublasen.«

Al Haji trat zurück und gab dem Piloten das Zeichen zum Start. Der Motor erwachte surrend zum Leben, und die Rotorblätter begannen, sich träge in der klaren Morgenluft zu drehen.

Spinelli warf seine Zigarre auf den Rasen und schnallte sich an. Al Haji runzelte die Stirn und hob die Zigarre auf.

»Hör zu, Al«, sagte Spinelli und musste die Stimme heben, um sich Gehör zu verschaffen. »Versuch bitte, nicht allzu viel zu vermasseln, ja? Die Aufregung wird zu viel für mich. Ein weiterer Blitzbesuch hier würde mich umbringen, klar? Wenn ich innerhalb eines Jahres wegen dir nochmal einen Besuch in dieser Bude abstatten müsste, wäre das mein Ende.«

Al Haji winkte dem Piloten abzuheben, und ging vom Hubschrauber weg. Der Motor dröhnte auf, und die Rotorblätter begannen, sich schneller zu drehen und den umliegenden Rasen und das Gebüsch mit heftigem Luftzug zu peitschen. Spinelli winkte einmal und ließ die Tür zugleiten. Der Helikopter erhob sich langsam vom Boden, beschrieb einen trägen Bogen über dem Haus und flog ostwärts davon.

Düster gestimmt sah Al Haji ihm nach. Er ließ ihn nicht aus den Augen, bis er hinter den höchsten Bäumen aus seinem Blickfeld verschwand. Dann ging er zum Haus zurück.

Aus einem Fenster im ersten Stock rief Tess seinen Namen und winkte. Er hob müde die Hand und las dann die Orangenschalen auf, die Ricardo ins Gras geworfen hatte.

Ricardo saß noch an der selben Stelle auf der Treppe, gleichgültig wie immer, und die Ausbeulung einer Waffe zeichnete sich unter seiner linken Achsel ab.

»Mein Rasen ist keine Müllkippe«, sagte Al Haji und schmiss ihm die Schalen vor die Füße.

Ricardo warf einen Blick auf die Schalen, dann stand er auf und langte unter sein Jackett. Einen fassungslosen Augenblick lang glaubte Al Haji, dass der Mann nach seiner Waffe griff.

Statt dessen zog Ricardo seinen Pass hervor und hielt ihn Al hin. Al zögerte, bevor er danach griff. »Was soll das?«

»Visum«, sagte Ricardo.

Al Haji blätterte den Pass bis zu der Stelle auf, wo der kenianische Beamte ein Zweitagesvisum eingestempelt hatte. »Sie hätten so viel Verstand haben sollen, denen gleich zu sagen, wie lange Sie bleiben wollen«, sagte er.

»Nicht daran gedacht«, war alles, was Ricardo dazu einfiel.

Al Haji blickte auf. »Das kostet mich wieder extra.«

Ricardo zuckte nur die Achseln.

Al Haji fragte ihn: »Müssen Sie unbedingt eine Waffe tragen, sogar hier?«

»Gewohnheit«, lautete die Antwort.

»Ist das Ihr echter Pass?«

»Einer davon.«

Al Haji sah ihn durch: zwei südamerikanische Visa, ein kanadisches und mehrere europäische. Arturo Spinelli hatte behauptet, dass Ricardo nie zuvor aus Miami herausgekommen sei.

»Gute Fälschung«, sagte er. »Ist Ricardo Ihr richtiger Name?«

»Einer davon.«

»Gut«, meinte Al. »Dann müssen wir jetzt anfangen, einen der anderen zu verwenden. Aber erst einmal muss Ricardo das Land verlassen. Sie werden heute Nachmittag einige Ausreisedokumente unterschreiben. Wenn sie abgestempelt sind und Sie offiziell ausgereist sind, werden wir Ihnen einen kenianischen Pass besorgen.«

Ricardo zuckte die Achseln. Er war wirklich kein Mann der vielen Worte.

Al Haji fuhr fort: »Sie sind hier als mein Gast, und ich möchte, dass Sie ein paar Dinge zur Kenntnis nehmen. Erstens: Sie werden nicht versuchen, das Anwesen ohne meine Erlaubnis zu verlassen. Der Westflügel, unser privates Wohnzimmer und die Schlafzimmer sind Off-Limits für Sie. Sie werden mein Arbeitszimmer nicht betreten, außer ich bitte Sie herein. Und Sie klopfen, bevor Sie eintreten. Die Küche ist Off-Limits für alle, außer für meine Frau Tess und das Küchenpersonal. Ist das klar?«

»Okay«, sagte Ricardo.

»Ansonsten können Sie sich hier frei bewegen«, sagte Al Haji. »Wie Sie sehen, trägt im Haus niemand Feuerwaffen außer den Wächtern. Also lassen Sie sich um Himmels willen nicht mit dieser Kanone blicken. Herrgott, wie haben Sie das Dinge überhaupt durch den Zoll gebracht?«

»Niemand hat mich danach gefragt«, sagte Ricardo.

»Und wenn es doch jemand getan hätte?«

Ricardo zuckte lediglich die Achseln.

5

Frank Burkell brachte genau fünf Tage im Krankenhausbett zu. Am fünften Tag holte ihn Kimathi der Anweisung des Arztes zum Trotz zu einer Nachtpatrouille nördlich des Galana ab.

Sie brachen um drei Uhr Nachmittags auf und machten zunächst auf zwei kühle Bier pro Nase Station in der Safari Lodge in Voi, deren Chefserviererin vom Taita-Stamm eine alte Freundin von Frank war. Zu seiner großen Enttäuschung hatte sie diese Woche frei und war nach Mombasa gefahren.

Um vier befanden sie sich auf einer verlassenen Buschpiste irgendwo zwischen Voi und den Lugard-Fällen und schleppten eine rote Staubfahne hinter sich her. Es war ein windiger Nachmittag und so weit das Auge reichte stand kein Wölkchen am Himmel.

Frank saß auf dem Beifahrersitz und hielt wie gewöhnlich seine grauen Augen unverwandt auf den grünen und blauen Horizont gerichtet. Er wirkte ausgesprochen frisch in der sauberen Uniform, die Kimathi ihm ins Krankenhaus mitgebracht hatte, das Haar unter dem Stoffhut zurückgebürstet. Sein linker Arm ruhte in einer weißen Schlinge, die sich vom Staub langsam braun färbte. Die Schwellung war stark zurückgegangen, aber der Arm war immer noch dick bandagiert. Der Schnitt hatte mit zwölf Stichen genäht werden müssen und laut Diagnose der Ärzte hatte das schwere Jagdmesser des Wilderers einen Haarriss am Oberarmknochen verursacht, der Zeit und Ruhe zum Verheilen brauchte.

Am Tag, als er verwundet wurde, hatte es Spitz auf Knopf gestanden. Er hatte bereits sehr viel Blut verloren, als der Hubschrauber ihn im Krankenhaus ablieferte, und dringend eine Transfusion benötigt. Aber es gab keine Konserven seiner Blutgruppe im Krankenhaus von Voi, und erst nach einem SOS-Ruf an den Flying Doctor Service konnte etwas aus Nairobi eingeflogen werden.

Jetzt saß er neben seinem Arbeitskollegen in dem holpernden Landrover und war fast wieder hergestellt, bis auf den bandagierten Arm. Zusätzlich zu ihrer Campingausrüstung, Schlafsäcken, Decken und Verpflegung hatte Kimathi eine Flasche Brandy mitgebracht, falls Frank danach sein sollte, seine schnelle Flucht aus einem Krankenhausbett zu feiern.

Ihre beiden Gewehre standen gesäubert, geölt und geladen in staubdichten Stofffutteralen im abschließbaren Gewehrständer hinter dem Fahrersitz.

Kurz nach fünf überquerten sie den Galana durch eine Furt gleich oberhalb der Lugard-Fälle. Weiter unten am Rei-Wasserloch wandten sie sich nach Osten, parallel zum Galana in Richtung Koito-Camp. Die Parkstraßen nördlich des Galana wurden kaum benutzt und waren daher holprig und in sehr schlechtem Zustand. Dies war Wildererland, ungezähmt und einsam. Sobald die Wilderer irgendein Fahrzeug mit vier Rädern oder einen tieffliegenden Helikopter sahen, konnten sie wie Chamäleons mit der Savanne verschmelzen, völlig eins werden mit der Umgebung. Aus der Luft waren sie nicht zu entdecken. Der einzige Weg, Wilderer in dieser Region zu fassen, war ein Überraschungsangriff.

Aber die Bodenpatrouillen mussten Tag und Nacht stattfinden, um, wie der Chief Warden sagte, die Wilderer nicht zur Ruhe kommen zu lassen und sie daran zu erinnern, dass die Regierung entschlossen war, sie bis zum letzten Mann zu fassen oder zu töten.

»Vergessen Sie nie: Wir sind im Krieg«, sagte der Chief Warden immer wieder. »Ein offener Krieg gegen eine Armee gut bewaffneter, gut organisierter, skrupelloser und bösartiger Gangster. Wenn wir versagen, hat das Ministerium für Tourismus und Umwelt versagt. Dem Land werden Millionen an Devisen entgehen, die die Touristen ins Land bringen. Ihr werdet euren Job und ich werde euch verlieren. Also, geht jetzt da raus und macht den Dreckskerlen die Hölle heiß!«

Der Chief Warden war in Ordnung, dachte Kimathi. Er schnauzte die Ranger oft an und legte zu viel Wert auf Details, aber er war trotzdem ein patenter alter Knabe.

Kimathi fuhr gleichmäßig, summte gelegentlich die halb vergessene Melodie einer Bierreklame vor sich hin und sprach ab und zu dem Landrover gut zu. Die beiden Männer wechselten während der Fahrt selten ein Wort miteinander. Sie hielten die Augen offen auf der Suche nach dem Rauch von Lagerfeuern und kreisenden Bussarden, zwei sicheren Anzeichen für die Anwesenheit von Wilderern, Tieren in einer Falle oder beidem.

An diesem Abend entdeckten sie nicht das geringste verdächtige Anzeichen und beschlossen um sechs Uhr, ihr Lager aufzuschlagen. Sie wählten dafür einen Punkt auf halbem Weg zwischen Ndatani und Koito, eine gut verborgene Vertiefung an der Flanke eines Hügels einen Kilometer vom Weg entfernt. Sie fuhren den Landrover zwischen die Akazienbäume, wo er von der Straße aus nicht zu sehen war. Es war nicht das erste Mal, dass sie bei einer Nachtpatrouille hier kampierten.

Eine Nachtpatrouille bedeutete keine großen Aktivitäten bei Nacht, auch wenn es so klang. Abgesehen von der Gefahr, unvorsichtige Wildtiere zu überfahren, bestand nicht die geringste Hoffnung, einen Wilderer bei Nacht zu erwischen. In der flachen Savanne konnte man näherkommende Scheinwerfer meilenweit sehen. Eine Nachtpatrouille bedeutete, dass man die ganze Nacht irgendwo unterschlüpfte und sich bei Tagesanbruch aufmachte, um über ein Camp der Wilderer herzufallen, bevor sie noch richtig wach waren.

Kimathi entlud den Landrover und breitete die Campingausrüstung aus. Mittlerweile schaltete Frank das Funkgerät ein und erstattete dem Hauptquartier Bericht. Es war Vorschrift für alle Nachtpatrouillen, der Basis bei Einbruch der Nacht ihre Lagerposition durchzugeben, für den Fall, dass sie irgendwann Wilderern den Weg abschneiden mussten, die vor anderen Patrouillen auf der Flucht waren.

Mit den Gewehren über der Schulter sammelten sie trockenes Holz für das Lagerfeuer und durchsuchten ihre Umgebung.

In den Ebenen von Ostafrika bricht die Nacht sehr plötzlich herein, beinahe, als hätte jemand die Sonne mit einem Eimer kalten Wassers übergossen. Sie erlischt einfach und die roten, orangefarbenen und grauen Farbtöne des Sonnenuntergangs werden mit einem Mal schwarz. Und während der Abendwind durch die Schirmkronen der Dornbäume pfeift, setzt die Kälte ein, eine beißende Kälte, die an den Ohren brennt und einem bis ins Mark dringt.

Sie entzündeten ein kleines Feuer, machten ein paar Dosen warm und aßen schweigend. Frank trank einen Schluck Brandy zu seinem Kaffee. Ihm war nicht danach, sein Entkommen aus dem Krankenhaus zu feiern. In der kalten Nachtluft hatte sein Oberarmknochen zu schmerzen begonnen. Er hüllte sich in seinen Schlafsack und kauerte sich ans Feuer, um die Wärme in sich aufzusaugen.

Um sie herum erwachte die Nacht. Ein Löwe brüllte in der Ferne. Kimathi packte das Geschirr zusammen und verstaute es wieder im Landrover. In ihrem Beruf lernte man, es sich in einem Lager nicht allzu gemütlich zu machen. Wenn man überstürzt aufbrechen musste, konnte man es sich nicht leisten, erst noch zu packen.

»Tut es sehr weh?«, fragte Kimathi Frank, dem das Licht des Feuers in den Augen tanzte.

Frank schüttelte den Kopf.

Kimathi legte noch ein paar Zweige ins Feuer und füllte Franks Tasse wieder mit Kaffee und Brandy. Er selbst trank keinen Brandy. Er war auf Nachtpatrouille, Frank aber im Krankenstand. »Vielleicht hätte ich dich nicht mitnehmen sollen«, sagte er. »Vielleicht hättest du im Krankenhaus bleiben sollen, wie der Arzt gesagt hat.«

»Noch eine Nacht in diesem weichen Bett hätte mich umgebracht«, meinte Frank. »Frische Luft ist die beste Medizin. Das hat unser Familiendoktor immer gesagt, auch wenn meine Großmutter geschworen hat, dass er ein Quacksalber ist.«

In der Ferne hörten sie den Ruf einer gefleckten Hyäne. In einem Dornbaum nahebei schrie eine Eule. Kimathi drehte gedankenverloren sein Erkennungsarmband in der Hand.

»Danke, Johnny«, sagte Frank unvermittelt.

»Wie bitte?« Kimathi blickte auf.

»Vielen Dank«, wiederholte Frank.

»Wofür zum Teufel?«, fragte Kimathi verwirrt.

»Dafür, dass du mir das Leben gerettet hast«, sagte Frank. »Bei der Razzia letzte Woche – der Bandit hinter mir, den du erschossen hast.«

»Komm schon, Frank, der Kerl war ein Wilderer. Meine einzige Sorge zu dem Zeitpunkt war, dass ich ihn verfehle und stattdessen dich treffe.«

»Wie rücksichtsvoll von dir«, sagte Frank grinsend. »Und wie steht es inzwischen?«

»Na schön, wenn du es genau wissen willst …« Kimathi gab vor, intensiv nachzudenken. »Ich denke, wir stehen zur Zeit pari pari.«

»Komm schon«, sagte Frank. »Du hast mir das Leben öfter gerettet als ich dir.«

»Manchmal frage ich mich, was du ohne mich anfangen würdest«, lachte Kimathi.

Der Löwe schnaubte wieder, und der Laut schien seinen Ursprung gleich hinter dem Hügel zu haben, aber die beiden Savannenläufer erkannten am Klang, dass er mindestens fünf Kilometer weit entfernt war.

Sie hatten die Gewehre griffbereit neben sich. Nicht zum Schutz vor Tieren. Wilde Tiere greifen keine Menschen an, die an einem Lagerfeuer sitzen. Das tun nur Menschen.

Frank legte sich zurück und sah zu den Sternen empor. Die afrikanischen Nächte hörten nie auf, ihn zu bezaubern. Nach all den Jahren nicht. »Wie lange sind wir jetzt zusammen, fünf Jahre?«, fragte er.

»Aber wir werden nicht jünger«, sagte Kimathi. »Jeder Sonnenuntergang ist ein weiterer Riss in den alten Hörnern.«

»Pardon? Wie war das?«

»Ein afrikanisches Sprichwort«, antwortete Kimathi. »Es besagt, dass der alte Bulle Tag für Tag älter wird.«

»Jeder Sonnenuntergang ist ein weiterer Riss in den alten Hörnern«, wiederholte Frank. »Das ist klug.«

»Mein Volk ist ein sehr kluges Volk«, deklamierte Kimathi.

Frank konterte: »Lasst mein Volk ziehen … Wer hat das gesagt?«

»Dein Volk?«, fragte Kimathi.

»Nein, mein Volk nicht«, erwiderte Frank. »Mein Volk hat gesagt: Gebt den Niggern eins aufs Dach.«

»Und was sagten die Nigger dazu?«

»Ich kann mich nicht erinnern«, sagte Frank. »Das ist so lange her. Aber es war irgendein ähnlich weiser Spruch.«

»Etwa wie Vater vergib ihnen, denn sie wissen nicht … Nein, komm schon, Frank. Seit dreiunddreißig nach Christus hat niemand mehr solchen Mist verzapft«, meinte Kimathi. »Sie würden eher sagen: Packt den Tiger beim Schwanz … oder etwas ähnlich Absurdes.«

Plötzlich entstand ein wilder Tumult in der Nacht westlich von ihrem kleinen Lager, als ein Rudel Wildhunde sich um ein unglückliches Beutetier stritt. Die beiden Ranger lauschten ernst, während die Beute angefallen und in Stücke gerissen wurde. Dann Stille.

Frank sagte plötzlich: »Erinnerst du dich an damals im Shimba Forest, als du mir den Leoparden vom Rücken herunter gezogen hast?«

»Wie könnte ich das vergessen«, lachte Kimathi. »Er hat mich schlimmer zerkratzt als dich.«

Damals waren sie noch keine Wildhüter gewesen, sondern »Jäger«, die reiche Touristen auf Jagdsafaris begleiteten. »Und weißt du noch die Nacht«, fragte Frank, »die wir auf einem Baum mitten in einer Büffelherde verbracht haben?«

Das war bei ihrem ersten Einsatz als Wildhüter gewesen, kurz nachdem die kenianische Regierung die Jagd verboten und die beiden *Elephant Hunters Limited* verlassen hatten, um bei der Mobilen Anti-Wilderer-Einheit des Ministeriums für Umwelt und Tourismus anzuheuern.

»Wir hatten eine Menge Spaß damals«, sagte Kimathi in Erinnerungen schwelgend.

»Wir haben eine Menge Geld verdient damals«, fügte Frank hinzu. Ein Jäger hatte während einer Drei-Tage-Safari so viel verdienen können wie die beiden Ranger jetzt, wenn sie einen ganzen

Monat hinter den Wilderern herjagten. Damals hatte es Safaris mit Unkostenausgleich und fette Trinkgelder von dankbaren Millionären gegeben.

Frank sagte: »Es war eine weise Entscheidung, das Jagdverbot.«

Sie hatten mit eigenen Augen gesehen, wie die zahlreichen Elefantenherden zu einer bloßen Handvoll reduziert wurden und man an der Straße zwischen Nairobi und Mombasa keinen einzigen Löwen mehr zu Gesicht bekam. Noch zehn Jahre, und die wilden Tiere wären nur noch eine Erinnerung in den Köpfen der Alten gewesen. Die Ranger schwiegen eine Weile und ließen ihre Gedanken zurückwandern ...

Frank meinte: »Wie du sagst, wir werden beide nicht jünger. Letzte Woche habe ich der Wahrheit ins Gesicht sehen müssen. Den Mistkerl mit diesem Messer so nahe herankommen lassen … Verdammt, ich hatte das Messer nicht einmal gesehen, bis es wie eine wütende Mamba auf mich zu geschossen kam. Fünf Zentimeter weiter rechts, und er hätte mich genau ins Herz getroffen. Gute Nacht, Frank Burkell, Jäger, Wildhüter und Wilderer von Wilderern …«

»Ist dir klar, was die vier, die wir festgenommen haben, kriegen werden?«, fragte Kimathi.

»Ja, die Höchststrafe – fünf Jahre und wahrscheinlich Straferlass wegen guter Führung. Verdammt, es tut mir beinahe leid, dass wir sie nicht alle auf der Stelle erschossen haben.«

»Geht mir ganz genauso«, sagte Kimathi. »Da jagt man einen bewaffneten Killer sechs Kilometer weit, hat die ganze Zeit alle Mühe, seinen Kugeln zu entgehen, und wenn er sich dann einem Haufen Krokodilen gegenübersieht, beschließt er, dass er bei dir die besseren Chancen hat. Wo bleibt da die Gerechtigkeit? Weißt du, das Vernünftigste wäre gewesen, den Mistkerl den Kroks zum Frühstück zu überlassen.«

»Höchststrafe fünf Jahre«, wiederholte Frank.

»Sie sollten anfangen, Wilderer aufzuhängen«, meinte Kimathi. »Für bewaffneten Raub wird man doch auch gehängt, oder?«

Frank schüttelte mit starrer Miene den Kopf. »Ich vermute, Elefanten zählen nicht als Opfer von bewaffneten Raubüberfällen.«

»Du zerschlägst heute eine Bande und morgen tauchen dafür zwei neue auf. Woher zum Teufel haben sie ihre ganze Ausrüstung? Die Bande zum Beispiel, die wir letztes Jahr mit einer Bazooka erwischt haben. Sag mir, was für eine Chance hat ein Elefant gegen eine Bazooka?«

»Und was ist mit uns, Mann? Was für eine Chance haben wir denn gegen eine Kanone dieser Größenordnung?«

Kimathi schüttelte nachdenklich den Kopf. »Die ganze verdammte Geschichte schreit geradezu nach einer richtigen Armee. Ich glaube, es wird langsam Zeit, dass das Militär uns hier unter die Arme greift. Außerdem würde denen ein bisschen frische Luft nicht schaden. Ständig in der Kaserne zu hocken, zollfreien Schnaps zu schlürfen und darauf zu warten, dass ein Krieg ausbricht, tut ihnen bestimmt nicht gut.«

Nach einer Weile sagte Frank: »Was ist eigentlich aus dem Notizbuch geworden, das ich dem Wilderer abgenommen habe?«

»Du meinst, da könnte etwas drinstehen? Ich habe es dem Chief Warden gegeben«, sagte Kimathi.

Frank zuckte die Achseln.

»Es ist schon auffällig, wie viele gute Anwälte plötzlich zur Verteidigung gefangen genommener Wilderer auftauchen«, meinte Kimathi. »Da bringt man eine ganze Nacht damit zu, einen bewaffneten Gangster zur Strecke zu bringen, und dann lassen sie ihn wegen einer blödsinnigen Formsache wieder laufen.«

»Ja«, sagte Frank, »Wie zum Beispiel: Kann der Zeuge der Anklage den Angeklagten mit Sicherheit identifizieren, wenn er ihn doch, wie soeben ausgesagt, nur im Zwielicht der Morgendämmerung gesehen hat, während er selbst in Deckung kauerte und versuchte, sich den Kopf nicht wegschießen zu lassen?«

Kimathi deklamierte dramatisch: »Der Verdächtige ist aus Mangel an Beweisen freizusprechen. Der Besitz einer nicht angemeldeten Waffe und einiger Jagdtrophäen kann vor diesem hochgelehrten Gerichtshof nicht als ausreichender Beweis angesehen werden.«

Frank lag zurückgelehnt und betrachtete den Sternenhimmel. Endlich setzte er sich wieder auf. »Gefällt dir dieses Leben immer noch?«

»Ja, sicher«, antwortete er, aber es lag definitiv ein Mangel an Überzeugung in seinen Worten.

»Aber?«

Kimathi zögerte. »Du hast es selbst gesagt. Wir werden alle nicht jünger.«

Frank griff nach einem Ast und stocherte, tief in Gedanken versunken, damit im Feuer herum. »Es geht um Sofia, stimmt's?« Es war eher eine Feststellung, als eine Frage.

Kimathi holte tief Luft, legte das silberne Erkennungsarmband wieder am linken Handgelenk an, lehnte sich zurück und sah zu den Sternen empor. »Vincent war ihr Schwager«, fügte er hinzu.

»Ich weiß«, sagte Frank. »Na und?«

Plötzlich breitete sich tiefes Schweigen aus. In den Ebenen jenseits des Hügels hörte man die Rufe der Nachtvögel. In der Nähe schrie eine Eule.

»Ich will sie heiraten«, sagte Kimathi.

»Warum?«, fragte Frank.

»Warum?« Kimathi fuhr hoch. »Was ist denn das für eine blödsinnige Frage? Warum zum Teufel heiraten die Leute?«

Frank zuckte die Achseln. »Die Gründe der Leute kenne ich nicht«, sagte er. »Aber ich kann dir sagen, warum ich geheiratet habe.«

»Warum?«, fragte Kimathi.

»Aus allen erdenklichen falschen Gründen«, sagte Frank nach kurzem Nachdenken. »Weil ich wie ein Trottel vernarrt war in Paula, weil ich sie nicht aus den Augen lassen konnte vor Angst, sie würde sich in einen anderen Mann verlieben, und weil ich lieber für sie gestorben und zur Hölle gefahren wäre, statt sie loszulassen.«

Nur das Zirpen der Grillen durchbrach das Schweigen, das diesem Bekenntnis folgte.

»Ich war blind vor Verlangen.« Frank lächelte bitter. »Aber mein schlimmster Fehler war zu glauben, dass wir die selben Werte und Ziele im Leben hätten.« Er betastete seinen bandagierten Arm und stöhnte auf. Dann schenkte er sich eine weitere Tasse Kaffee ein und Kimathi fügte einen kräftigen Schuss Brandy hinzu.

»Weißt du, ich … also ich gebe ihr nicht die Schuld an dem, was später passiert ist«, sagte Frank und nippte an seinem Kaffee. »Irgendwie kann ich sie sogar verstehen. Es muss schwer sein, mit einem Mann zu leben, der keinen festen Lebensrhythmus hat, der Tag und Nacht unterwegs ist, auf den ständig geschossen wird … Himmel!« Er lachte unbehaglich auf. »Es muss so ähnlich sein, als wäre man mit einem Frontsoldaten verheiratet.«

Bei dem Gedanken musste Kimathi lächeln.

»Du wirst es nicht glauben«, fuhr Frank fort, »aber als wir frisch verheiratet waren, haben wir uns viermal am Tag geliebt, und Sonntags noch öfter.«

Kimathi pfiff anerkennend.

»Das kannst du mir glauben. Vier Mal am Tag. Nachdem ich mit der Jägerei angefangen hatte, war schon einmal am Tag echter Stress. Die Anspannung war einfach zu groß. Herrgott, manchmal konnte ich ihn nicht mal hochkriegen. Lach nicht, Mann, das war verdammt ernst. Später habe ich mich daran gewöhnt, unter ständigem Druck zu leben, aber Paula, die Arme, sie konnte sich einfach nicht an unseren neuen Liebesstil gewöhnen.« Er seufzte. »Auf gewisse Art bin ich froh, dass es vorbei ist. Es ist eine Riesenerleichterung, wieder ohne gefühlsmäßige Verpflichtungen mit jemandem ins Bett gehen zu können.«

»Warum erzählst du mir das alles?«

»Warum ich dir das erzähle?«, fragte Frank. »Wenn ich an all die vergeudeten Jahre und die Tränen denke, dann wünschte ich, mir hätte damals jemand gesagt, was Sache ist. Ich hätte wahrscheinlich nicht darauf gehört, aber ich wünschte trotzdem, ich hätte gewusst, worauf ich mich da einlasse. Es ist kein Zuckerschlecken, weißt du … Am Anfang hatten wir wirklich viel Spaß und alles. Aber dann begann der Glanz, die Frau des großen weißen Jägers zu sein, für Paula zu verblassen. Sie fing an, eine andere Sprache zu sprechen … Die Kinder brauchen einen Vater, mit dem sie reden können ... Die Frau möchte einen Mann im Haus haben, jemanden zum Kuscheln, wenn die Nächte kalt sind. Wir hatten furchtbare Kräche wegen Nichtigkeiten, wir konnten einfach nicht mehr begreifen, was der andere sagte. Verdammt, wenn man sich einmal an die frische Luft gewöhnt hat, an ein Leben in der freien Natur, dann wird einem ein Haus zum Gefängnis, die Kinder werden zu Wärtern und die Frau … zum Gefängnisdirektor. Scheiße, warum erzähle ich dir das eigentlich alles?«

»Das war eigentlich meine Frage«, sagte Kimathi lächelnd.

»Hör nicht auf mich«, lächelte Frank zurück. »Heirate sie, sage ich.«

»Ihr Vater kann mich nicht ausstehen«, berichtete Kimathi.

»Das kann ich ihm nicht verübeln«, sagte Frank. »Nicht, nachdem sein erster Schwiegersohn in dem selben Beruf erschossen worden ist. Verdammt noch mal, Johnny, die Menschen haben doch Gefühle. Du kannst sie nicht heiraten und so weiterleben wie bisher.«

»Ich weiß«, sagte Kimathi. Er stocherte tief in Gedanken versunken im Feuer und legte weitere Äste nach, bis es hoch aufloderte und ihre Schatten auf dem Landrover hinter ihnen tanzen ließ. Die Nacht wurde ziemlich frostig. Er entrollte seinen Schlafsack und legte ihn sich wie ein Cape über die Schultern.

Frank lachte auf.

»Was gibt es denn zu lachen?«, wollte Kimathi wissen.

»Letzte Woche bei dem Überfall ... Als das Schießen aufhörte, befürchtete ich, sie hätten dich auch erwischt. Ich hatte Schüttelfrost und dachte, dass das Messer, das mich getroffen hatte, mit Schlangengift präpariert wäre. Ich sagte zu mir selbst, das war's jetzt, Ende der Fahnenstange. Und während ich im Landrover verblutete, dachte ich an Paula. Ich konnte richtig den Ausdruck in ihren Augen vor mir sehen, wie sie es ihrer Familie erzählte – ich hab's ihm gesagt, immer wieder hab ich's ihm gesagt. Ich erinnere mich, dass ich an all die vergeudeten Nächte dachte und mir wünschte, ich könnte nur noch eine einzige Stunde mit ihr verbringen, um die verlorene Zeit wieder gutzumachen.«

»Du spinnst«, erwiderte Kimathi. »Die Leute denken nicht an sowas, wenn sie sterben. Sie sind viel zu beschäftigt mit Sterben, um ans Bumsen zu denken.«

»Woher willst du das wissen, du hast das Sterben doch noch nie ausprobiert.«

»Wie schon gesagt, ich entstamme einem sehr weisen und klugen Volk«, meinte Kimathi.

Als der Tag heraufdämmerte, brachen sie ihre Zelte ab. Sie folgten einem Pfad quer durch den Busch, der nur in ihren Köpfen sichtbar war, umrundeten den Hügel und fuhren direkt nach Osten. Es war eine Morgendämmerung wie viele andere, die sie zuvor erlebt hatten, die stille Übergangszeit, wenn die nächtlichen Kreaturen der offenen Savanne sich schon in ihre Höhlen zurückgezogen haben und die Tiere des Tages sich eben erst zu regen beginnen. Sie fuhren langsam, immer auf der Hut vor Schlaglöchern, kleineren Wildtieren und, natürlich, Wilderern. Doch obwohl sie durch zahlreiche Herden von Impalas und Gazellen fuhren, stießen sie nicht auf Großwild. Entweder hielten sich die großen Tiere schlauerweise im Hintergrund, oder die Wilderer hatten sie in der vergangenen Nacht alle eingesackt.

Als die ersten Strahlen der orangen Sonne über die entfernten Washu-Hügel blinzelten, erreichten sie das Omara-Wasserloch. Zwei Kilometer östlich des Wasserlochs trafen sie auf die Piste zwischen Koito und Asamara und wandten sich nach Süden in Richtung Koito. Nach ein paar Kilometern auf der Piste fuhren sie wieder querfeldein auf unmarkierten Pfaden und hielten auf das Aftuti-Wasserloch zu, das sie kurz vor zehn erreichten. Wieder keine Spur von Wilderern oder Großwild so weit das Auge reichte.

Sie durchkämmten mit ihren Feldstechern die Umgebung des Wasserlochs und ließen sich dann, als sie sicher waren, dass keine Wilderer im Hinterhalt lauerten, zu einem leichten Mittagsimbiss nieder.

»Feierabend?«, fragte Kimathi, nachdem sie gegessen hatten.

»Feierabend«, erwiderte Frank. Sie fuhren auf kürzestem Weg zu ihrem Hauptquartier, wo sie kurz nach zwölf eintrafen.

Die Rangerstation Lali Hills war eine Ansammlung hölzerner Gebäude am Fuß der westlichen Flanke der Lali Hills. Die Häuser der Ranger, es waren etwa zehn, drängten sich um den Verwaltungsblock, als wollten sie ihn vor den Westwinden schützen, die den Posten Tag und Nacht durchrüttelten. Die Wände waren schwarz und die Dächer grün. Es handelte sich um kleine Häuser mit einem einzigen Schlafraum, gerade groß genug für die Ranger, von denen die meisten unverheiratet waren. Die Hütten der Scouts lagen hundert Meter weiter am Hügelabhang. Vor dem Verwaltungsblock flatterte die zerschlissene Fahne des Ministeriums im Wind.

Musyoki, der Chief Warden, erwartete sie vor dem Verwaltungsgebäude, als der Landrover in einer Wolke roten Staubs zum Stillstand kam. Lächelnd kam er die hölzernen Stufen herunter.

»Morgen, Chef«, sagte Frank und gab ihm die Hand.

»Wie fühlen Sie sich, Mann?« Der Chief Warden schlug ihm auf die rechte Schulter.

»Es tut noch ein bisschen weh, mehr nicht.«

»Was zum Teufel denken Sie sich dabei, einen kranken Mann mit auf Patrouille zu nehmen?«, sagte der Chief Warden zu Kimathi. »Frank sollte sich in einem Krankenhausbett erholen.«

»Es war seine Idee«, sagte Kimathi.

»Ich habe schon auf Sie gewartet«, sagte der Chief Warden. »Kommen Sie rein.«

Sie folgten dem Warden in sein Büro.

6

Tess weckte ihn im Morgengrauen und begann lustvoll an ihm herumzuspielen, aber Al Haji erwartete um sechs einen Anruf aus New York in seinem Arbeitszimmer und machte sich schon um fünf an die Arbeit.

Tess schmollte den ganzen Vormittag. Um zehn beschloss sie, einkaufen zu fahren. Um ihre Laune nicht dadurch zu verschlimmern, dass er ihr widersprach, erlaubte ihr Gatte ihr, seinen Mercedes mit Chauffeur zu benutzen. Er begleitete sie sogar zum Abschied bis zur Auffahrt. Dann kehrte er in sein Arbeitszimmer zurück, um ein paar wichtige Anrufe zu erledigen. Einer davon ging an seinen Kontaktmann im Zollamt des Internationalen Flughafens. Eine Sekretärin teilte Al Haji mit, dass Mike Mzee, der Kontaktmann, gerade Kaffeetrinken gegangen war. Ob er eine Nachricht hinterlassen wolle?

Als Nächstes rief Al Haji bei Kuria an. »Ich will Sie sofort sehen«, sagte er ihm.

»Jetzt gleich?« Kuria klang unsicher.

»Jetzt!«, gab Al Haji mit Nachdruck zurück.

»Ich habe kein Auto«, sagte Kuria. »Mein Wagen ist in der Werkstatt …«

»Ich schicke den Hubschrauber«, meinte Al Haji und legte auf.

Er hatte miserable Laune, seit er um sechs Uhr Arturo Spinellis Anruf entgegengenommen hatte. Die Leute in Hongkong waren besorgt. Happy Joe war fuchsteufelswild und der Familienrat der Deloris forderte einen Wechsel an der Spitze von Orange Estate. Al Haji, so sagte Arturo, habe die Familie in den Augen der Unterwelt von Hongkong blamiert. Was er diesbezüglich unternehmen wolle?

Al Haji steckte sich eine Zigarre an und dachte: Denen zeig ich's. Ich schicke denen so viel Elfenbein, dass sie daran ersticken.

Es wurde langsam Zeit, dass er die Nationalparks in Tansania in seine Pläne mit einbezog. Und wie wäre es mit Sambia? Nein, das lag zu weit entfernt, man konnte es nicht kontrollieren. Vielleicht

Uganda. Er konnte das Elfenbein auf dem selben Weg aus Uganda herausschmuggeln lassen wie den Kaffee, vielleicht sogar durch die selben Leute. Er musste mit Hamadi darüber sprechen.

Vor dem Fenster des Arbeitszimmers stieg der grüne Rasen sanft bis zum Rand der Bäume in hundert Meter Entfernung an. Beim Bau des Herrenhauses hatte die ganze Umgebung noch aus steinigem Buschland bestanden. Deloris' Geld hatte das nutzlose Ödland fruchtbar gemacht. Die Plantage exportierte jedes Jahr mehrere tausend Tonnen Früchte nach Europa. Aber die Orangen brachten nur einen kleinen Bruchteil des Geldes ein, das durch Al Hajis Hände ging.

Al Haji behandelte die Angelegenheiten der Deloris mit größter Sorgfalt. Er kannte die Macht, die die Mafia-Familie über sein Leben besaß. Es kostete Happy Joe lediglich ein paar gut platzierte Anrufe, um Al Hajis Tod zu arrangieren oder dafür zu sorgen, dass er für den Rest seines Lebens in einem US-Gefängnis vermoderte. Aber Al Haji war entschlossen, es niemals so weit kommen zu lassen. Er hatte es zu weit gebracht, um zuzulassen, dass ihn seine Vergangenheit jetzt einholte.

Er war auf verschlungenen Wegen quer durch Afrika nach Kenia gelangt, zu Wasser, zu Land und durch die Luft; er hatte während der Reise viele Haken schlagen und dreimal den Namen wechseln müssen, um die FBI-Agenten abzuschütteln, die ihm dicht auf den Fersen waren. Es hatte einer Menge Geduld und minutiöser Planung bedurft, bis er den amerikanischen Strafverfolgungsbehörden endgültig ein Schnippchen schlagen konnte.

Endlich, nach Monaten voller Entbehrungen in den verschiedensten afrikanischen Klimazonen, war er abgemagert in Nairobi eingetroffen. Zum Gedenken an seine schmerzvolle Pilgerfahrt durch den unerbittlichen Schwarzen Kontinent hatte er den Namen Al Haji angenommen, was auf Suaheli »Der Pilger« bedeutete. Er hatte die örtliche Unterwelt infiltriert, sich einen echten kenianischen Pass gekauft und Tess geheiratet, eine bescheidene Suaheli aus Mombasa.

Als Al Haji sicher war, dass das FBI seine Spur endgültig verloren hatte, hatte er wieder Verbindung mit Giuseppe Deloris aufgenommen und die nötigen Mittel erhalten, um die erste Mafia-Operation in der ostafrikanischen Region aufzuziehen.

Haschisch und Elfenbein waren nicht die einzigen Waren, die Al Haji für die Deloris-Familie beförderte. Auf lokaler Ebene handelte seine Organisation mit geschmuggelten Diamanten aus Tansania und zahlreichen anderen Artikeln, die aus dem einen oder anderen Grund die regionalen Grenzen nicht überschreiten durften. Seine Leute schafften gestohlene Autos am Zoll vorbei, schmuggelten Textilien, verkauften illegale Feuerwaffen. Und vor allem in Nairobi – wo die Korruption gleichsam zum Lebensstil gehörte – befassten sie sich nebenbei mit Immobilienschwindeleien.

Und in den Jahren, als der Schmuggel von ugandischem Kaffee die größte und profitabelste Gaunerei in ganz Ostafrika war, hatte Al Haji Tausende von Tonnen Kaffee für die Deloris-Familie verschifft, dabei seine erste Million Dollar verdient und Giuseppe »Happy Joe« Deloris tatsächlich zu einem glücklichen Mann gemacht. Von diesem Zeitpunkt an hatte die ganze Deloris-Familie ihn als einen Mann der Tat respektiert, einen Mann, der – wie Arturo Spinelli es ausdrückte – immer auf Zack war.

Aber in letzter Zeit hatte sich ein frostiger Ton in die Beziehung geschlichen. Es hatte damit angefangen, dass Al Hajis Bemühungen fehlschlugen, einhundert Kilo thailändisches Heroin, das auf der niemals endenden Suche nach neuen, sichereren Transportrouten von den fernöstlichen Mohnfeldern in Mombasa gelandet war, erfolgreich in die Vereinigten Staaten weiterzuleiten. Diese einhundert Kilo Schnee waren in Monrovia beschlagnahmt worden, während sie auf die Verschiffung nach Florida warteten. Die Tatsache, dass Al Haji die beinahe unlösbare Aufgabe bewältigt hatte, das Zeug sechstausend Meilen weit über Land durch zehn verschiedene afrikanische Staaten zu schaffen, hatte die New Yorker Familie keineswegs besänftigt. Dieses eine fehlgeschlagene Geschäft hatte sie zu viel Geld und Ehre gekostet.

Und kürzlich war der Fall mit dem Elfenbein für Hongkong akut geworden. Al Haji hatte eine Liefergarantie für zwanzigtausend Kilo Stoßzähne quer über den Indischen Ozean an die Unterwelt von Hongkong übernommen. Bis jetzt hatte er aber nur ein Viertel der zugesagten Menge auf die Reise schicken können, weil ein paar Pannen dazu geführt hatten, dass zwei seiner Wilderergruppen von den Wildhütern aufgerieben und alle erbeuteten Elefantenstoßzähne konfisziert wurden.

Verständlicherweise tobte Happy Joe vor Zorn. Aber Al Haji ging es genauso. Wenn er seine Verpflichtung gegenüber den Geschäftspartnern in Hongkong nicht erfüllte, konnte es gut sein, dass man ihn aus Orange Estate hinauswarf oder er den Hudson River in einem Seesack hinuntertrieb. Er war sich sicher, dass der einzige Grund für Ricardos Anwesenheit in Orange Estate – im Gegensatz zu dem, was Arturo gesagt hatte – darin lag, ein Auge auf ihn zu haben.

Durch das riesige Fenster seines Arbeitszimmers sah er Ricardo müßig auf dem Rasen hin und her schlendern. Ab und zu blieb er stehen, um die seltsamen Büsche und Bäume genauer zu betrachten, die Al Haji von seinen Leuten aus allen Teilen des Kontinents hatte zusammentragen lassen. Ein Versuch, die Gesamtheit des Schwarzen Kontinents in seinem eigenen Hinterhof zu vereinen. Hin und wieder verhielt Ricardo in seinem ziellosen Herumspazieren, um einen knorrigen Basuto-Baum zu streicheln oder spielerisches Schattenboxen mit einem blühenden Busch zu üben. Wenn er in einer seiner düsteren Launen war, pflegte Ricardo zu fluchen, schnelles Ziehen zu üben und die Bäume mit seiner nicht geladenen Automatik über den Haufen zu knallen.

Das Telefon klingelte. Al Haji ließ es eine Weile läuten.

Das Hauptproblem mit Ricardo war, dachte Al Haji, als er den Hörer aufnahm, dass der es satt hatte, in Orange Estate eingesperrt zu sein. Er wollte ins Kino gehen und er brauchte eine Frau. Aber Al Haji war sicher, dass dieser Ricardo mit seiner nicht angemeldeten Waffe und den gefälschten Personalpapieren ins Messer laufen würde.

»Hallo«, sagte er kurz angebunden ins Telefon.

»Al«, klang die Stimme aus dem Hörer. »Hier ist Mike.«

Al Hajis Tonfall wurde zuckersüß. »Wie geht's dir, Bruder?«

»Mir geht's gut, Al«, sagte Mike. »Man bemüht sich.«

»Das hört man gerne. Hör mal«, sagte Al Haji und legte Überzeugungskraft in seine Stimme. »Warum kommst du mit Amina dieses Wochenende nicht auf einen Drink zu uns nach Orange Estate? Samstag vielleicht, so gegen Abend? Warum esst ihr nicht gleich mit uns?«

»Okay«, sagte Mike ein wenig lahm. Es folgte ein angespanntes Schweigen. Mike wusste, dass er gleich um einen weiteren Gefallen gebeten würde. Er konnte lediglich hoffen, dass es kein allzu großer Gefallen war. Er wurde nie nach Orange Estate eingeladen, außer wenn es um einen Gefallen ging. Und wie die Dinge standen, war er nicht in der Lage, dem großen Afroamerikaner irgend etwas abzuschlagen. Al Haji hatte Mike Geld geliehen, um ein großes Haus im piekfeinen Parkland, einem Vorort von Nairobi, zu kaufen. Dann, ganz beiläufig bei einem Drink, hatte der Amerikaner mündlich die Schuld erlassen und das Haus zum Geschenk erklärt. Wie hätte Mike zu einem so großherzigen Menschen Nein sagen können?

»Mike«, sagte Al Haji jetzt. »Ob du mir einen kleinen Gefallen tun könntest?«

»Natürlich, Al«, erwiderte Mike. »Worum geht es?«

»Ich habe da ein kleines Problem«, sagte Al. »Wie du weißt, ist jetzt Sprühsaison für die Orangenplantage. Ich habe ungefähr hundert Morgen Orangen, weißt du. Sie müssen regelmäßig gespritzt werden … wie Kaffee, weißt du. Sonst geht die ganze verdammte Ernte zum Teufel.«

»Verstehe«, meinte Mike tonlos.

»Und ausgerechnet jetzt, Mike«, sagte Al, »gehen meine ganzen Pumpen kaputt und es gibt keine Ersatzteile in Nairobi. Ich musste die Teile persönlich bei einer Firma in Jugoslawien bestellen. Wie ich höre, sind sie gerade am Flughafen eingetroffen. Die Mechaniker sind schon hier und warten darauf, die Pumpen zu reparieren. Wir müssen spätestens morgen mit dem Spritzen anfangen. Kannst du es vielleicht so arrangieren, dass die Kisten heute früh durch den Zoll kommen?«

»Aber klar doch, Al«, sagte Mike erleichtert. »Kein Problem.«

Al Haji schwieg ein paar Sekunden lang. »Noch etwas, Mike«, fügte er hinzu. »Das sind ganz spezielle Teile. Ich glaube nicht, dass die Einfuhr erlaubt ist. Könntest du vielleicht dafür sorgen, dass niemand die Kisten aufmacht, Mike? Du verstehst, was ich meine?«

Mike schwieg eine Weile. Ich wusste doch, dass es einen Haken gibt, dachte er. »Natürlich, Al«, sagte er wenig enthusiastisch. »Ich verstehe.«

»Ich wusste, dass ich mich auf dich verlassen kann.« Al Haji lachte sein dröhnendes, freundliches, unwiderstehliches Lachen. »Ich schicke gleich jemanden rüber, der sie abholt. Sie sind in Halle zehn, glaube ich.«

»Ja«, sagte Mike.

»Tausend Dank, Mike. Bis dann.«

»Bis dann«, sagte Mike und legte auf. Eines Tages ... dachte er.

Al Haji lächelte, als er auflegte. Alles kam wieder ins Geleis, sagte er sich.

»Ich langweile mich«, ertönte Ricardos Stimme von der Tür her.

Al Haji hatte den dunkelhaarigen Italiener nicht hereinkommen hören. »Sie haben gefälligst anzuklopfen, bevor Sie hier hereinkommen«, sagte er erbost. »Wie oft muss ich Ihnen das eigentlich noch sagen?«

Ricardo zuckte die Achseln, hob seine große Faust und hämmerte gegen die offen stehende Tür.

»Was wollen Sie?«, verlangte Al Haji zu wissen. »Können Sie es nicht mal einen Monat ohne Frau aushalten?«

»Nein«, erwiderte Ricardo.

»Das hier ist kein Bordell«, sagte Al Haji.

»Ich will in die Stadt«, forderte Ricardo.

»Das geht nicht«, sagte Al Haji einfach.

Sie starrten einander unverwandt an.

»Sie haben gehört, was Arthur gesagt hat«, meinte Al Haji. »Ich kann nicht zulassen, dass Sie sich selbst in Schwierigkeiten bringen.«

Von draußen hörten sie das Klatschen der Rotorblätter des Helikopters, der Kuria aus der Stadt einflog.

»Ich will mit Happy Joe telefonieren«, sagte Ricardo. Er hatte Lasagne zum Frühstück bestellt.

»Später.« Al Haji winkte ihm ungeduldig zu verschwinden. »Ich habe zu tun.«

Ricardo lehnte sich gegen den Türrahmen, die braunen Augen unverwandt auf den schwarzen Mann gerichtet. »Sie haben leicht reden«, meinte er. »Sie haben Ihre Frau hier. Aber was kann ich schon anfangen? Die Köchin ist zu alt und sie kann mich nicht ausstehen. Mit wem soll ich hier reden?«

»Reden Sie mit den Bäumen«, empfahl ihm Al Haji.

Kuria kam durchs Haus geeilt und blieb stehen, als er Ricardo in der Tür des Arbeitszimmers sah. Der Italiener wandte den Kopf und starrte ihn an. Ein paar Sekunden lang standen sie sich gegenüber und schätzten sich ab. Beide waren ungefähr gleich groß und von ähnlichem Körperbau, und beide waren sie bewaffnet. Sie sagten kein Wort zueinander. Nachdem er ihn ein paar Mal von Kopf bis Fuß gemustert hatte, trat Ricardo beiseite, um Kuria ins Arbeitszimmer zu lassen. Dann ging er hinaus und knallte die Tür hinter sich zu.

»Setzen Sie sich«, befahl Al Haji.

Kuria setzte sich, sichtlich irritiert von seiner kurzen Begegnung mit Ricardo.

»Zunächst einmal«, meinte Al Haji, »muss ich Ihnen sagen, dass ich alles andere als glücklich bin über die Art, wie Sie den Sicherheitsdienst handhaben. Was Sie mir gestern gebracht haben, ist ein besseres Trinkgeld. Was ist los? So viel haben Sie doch sonst in einer Woche eingefahren.«

»Einige Geschäftsleute sind weggezogen«, sagte Kuria.

»Dann hindern Sie sie daran!«, bellte Al Haji.

»Wir werden es versuchen.«

»Sehen Sie zu, dass Sie in der Gegend ein bisschen Dampf machen, und zwar presto. Ich habe eine Menge finanzieller Verpflichtungen, und wenn Sie nicht einen sauberen Batzen auftreiben, bekommen nicht einmal Sie diesen Monat Ihren Lohn.«

»Ich tue mein Bestes«, verteidigte sich Kuria.

»Das reicht nicht, Sie müssen sich selbst übertreffen. Eine Menge Leute in der ganzen Welt fangen an zu denken, dass wir hier nichts anderes können, als die Dinge zu vermasseln. Und jetzt werden Sie und ich denen zeigen, dass sie sich irren, verstanden?«

Kuria nickte.

»Fahren Sie rüber zum Flughafen.« Ein wenig von seiner Feindseligkeit schwand aus Al Hajis Stimme. »Zollabfertigungshalle zehn. Fragen Sie nach Mike Mzee und geben Sie ihm diese Papiere. Er wird Ihnen einige Waren für mich aushändigen.«

Kuria nahm die Papiere an sich und erhob sich zum Gehen.

»Nehmen Sie den Range Rover«, rief ihm Al Haji nach, während er zur Tür hinausging.

Nach Kurias Weggang setzte Al Haji einen langen Brief an Hamadi auf, einen seiner Leute im Nationalpark Tsavo-Ost. Er nahm ein Bündel Papiergeld aus der Schreibtischschublade, steckte es zusammen mit dem unsignierten Brief in einen braunen Umschlag und klebte ihn zu.

Zehn Minuten später bestieg er zusammen mit Ricardo den Helikopter und flog in den Norden des Anwesens, um zu sehen, wie das Spritzen der Orangen voranging. Er besaß drei traktorgezogene Sprühgeräte für die sich schier endlos hinziehende Orangenplantage. Hoch aus der Luft sahen sie aus wie mechanische Käfer, die zwischen langen Reihen grüner Orangenbäume entlang krochen und weißen Nebel in alle Richtungen spuckten. Der Hubschrauber landete und Al Haji brachte eine Stunde damit zu, mit seinem Vormann zu sprechen und seine riesigen Pflanzungen zu inspizieren.

»Würden Sie gerne einen davon fahren?«, fragte Al Haji Ricardo, während der Hubschrauber sich in eine Kurve Richtung Süden legte, um den Rest des Anwesens zu inspizieren.

»Nein«, antwortete Ricardo einfach.

»Haben Sie nicht gesagt, sie langweilten sich?«, sagte Al Haji und paffte an seiner Zigarre.

»Ja«, sagte Ricardo.

»Sie können angeln gehen.« Al deutete auf einen Bach unter ihnen.

»Ich hasse Fisch«, sagte Ricardo.

Sie wechselten kein Wort mehr miteinander, bis sie drei Stunden später zum Haus zurückkehrten, wo Kuria mit dem Range Rover schon in der Auffahrt wartete. Als der Hubschrauber landete, öffnete er die Heckklappe des Range Rover und sah Al Haji entgegen.

Al Haji wirkte erfreut beim Anblick der beiden langen Kisten. »Bringen Sie sie ins Arbeitszimmer.«

Widerstrebend half Ricardo Kuria, die Kisten eine nach der anderen ins Arbeitszimmer zu schleppen. Jede war etwa einen Meter lang und fünfzig Zentimeter hoch und tief. Auf dem Deckel befand sich das Diagramm eines Sprühkopfs. Adressiert waren sie an Orange Estate Nairobi von Farm Products, Sarajewo, aber gemäß dem Verladestempel waren sie in Griechenland verschifft worden.

Al Haji befahl den beiden, das Arbeitszimmer zu verlassen. Er hebelte die Deckel mit einem Schraubenzieher auf. In Plastikbeuteln verpackt lagen in jeder Kiste zehn brandneue Selbstladergewehre. Außerdem Ersatzmagazine und mehrere Tausend Patronen 7,62-mm-Munition in wasserdichten Kartons verpackt.

Al Haji zählte alles durch und verstaute den Inhalt wieder in den Kisten. Ein Gewehr und einen Packen Munition verschloss er in seinem versteckten Safe. Dann brachte er die Deckel wieder an.

»Kuria«, rief er.

Kuria kam herein. Al Haji führte ihn zu einer Wandkarte der Ost- und Küstenprovinzen. »Hören Sie gut zu«, sagte er. »Ich möchte, dass Sie diese beiden Kisten ausliefern.« Er legte den Finger auf einen Punkt an der Piste zwischen Kulalu-Daka und Dima, ungefähr zehn Kilometer östlich des Tsavo-Nationalparks.

»Das Sobaso-Wasserloch«, sagte er. »Prägen Sie sich die Lage sorgfältig ein, denn Sie werden keine wie auch immer geartete Karte mitnehmen. Wie Sie sehen können, gibt es eine Abkürzung von Manyani durch den Park zu den Lali Hills. Sie dürfen keinesfalls, ich wiederhole: keinesfalls mit dieser Ladung durch den Park fahren. Wenn die Ranger Sie anhalten und durchsuchen sollten, stecken Sie bis zum Hals in Schwierigkeiten. Ich nehme an, Sie haben schon erraten, was in den Kisten ist?«

Kuria nickte.

»Gut«, sagte Al Haji. »Dies sind teure Waren. Sie müssen ihr Ziel erreichen. Fahren Sie die ganze Strecke auf dem Mombasa Highway bis zur Mackinnon Road. Eine kaum benutzte Schotterpiste führt hier von der Mackinnon Road nach Silaloni, und weiter durch den Garibeti-Wald nach Kulalu. Von Kulalu zum Sobaso-Wasserloch sind es noch ungefähr achtzig Kilometer in nördlicher Richtung. Sorgen Sie dafür, dass sie um sechs Uhr morgen früh dort sind.« Er wandte sich um, um zu sehen, was Kuria für ein Gesicht dazu machte. Es war ausdruckslos.

»Nehmen Sie den Range Rover. Er ist besser geeignet für das Gelände zwischen Silalo und Kulalu. Ein paar Leute werden Sie dort erwarten. Denken Sie daran, um sechs Uhr früh müssen Sie da sein. Wenn Sie sich um mehr als eine halbe Stunde verspäten, wird niemand mehr kommen.«

Er griff nach dem braunen Umschlag. »Fragen Sie nach Hamadi«, befahl er Kuria. »Geben Sie ihm diesen Umschlag, und zwar persönlich. Sagen Sie ihm, dass ich diese Stoßzähne innerhalb von achtundvierzig Stunden in Mombasa sehen will. Ich habe alles aufgeschrieben, aber sagen Sie es ihm trotzdem noch einmal persönlich. Ich werde in Mombasa darauf warten.«

Die beiden Kisten wurden in einem versteckten Abteil unter der Ladefläche des Range Rovers verstaut und dann der Teppich wieder darüber befestigt.

»Punkt sechs Uhr«, wiederholte Al Haji.

Kuria nickte. Von Nairobi aus hieß das, die ganze Nacht durchzufahren. Da brauchte er noch ein paar Jungs. Er ließ den Motor an.

»Und Kuria«, sagte Al Haji und deutete auf den braunen Umschlag auf dem Beifahrersitz. »Da drin sind fünfzigtausend Shilling. Geben Sie Acht darauf.«

7

Am späten Nachmittag fuhren sie nach Manyani hinein, einen staubigen, fliegenverseuchten kleinen Ort, der seine nackte Existenz dem Highway zwischen Mombasa und Nairobi verdankte. Er bestand lediglich aus einer Ansammlung baufälliger Hütten, die sich in der kargen Landschaft wie eine Herde verängstigter Rehe zusammendrängten, am Leben gehalten nur vom internationalen Fernverkehr, den Sattelschleppern und Tanklastzügen, die hier ihren ersten nächtlichen Zwischenstopp auf dem langen Weg nach Kampala und Kigali einlegten.

Der staubbedeckte Landrover rollte langsam über die mit Schlaglöchern übersäte, schmutzige Hauptstraße und hielt vor der Tankstelle mit einer einzigen Zapfsäule an. Der Tankwart rappelte sich aus dem Schatten eines Baumes hinter der Tankstelle hoch, wo er vor der sengenden Hitze Schutz gesucht hatte. Er sah aus, als könnte er gleich tot umfallen.

»Voll, bitte«, sagte Kimathi und gab ihm die Schlüssel.

Der Tankwart schlafwandelte zum Heck des Landrover und begann, Benzin in den Tank zu füllen. Es gab keine Elektrizität am Ort, deshalb musste der Sprit per Hand gepumpt werden. Kimathi beobachtete, wie der Mann sich durch die Gegend schleppte, und konnte nicht anders, als ihn zu bemitleiden. Manche Leute können ihr ganzes Leben an einem Ort zubringen, ohne sich daran zu gewöhnen.

Es dauerte beinahe fünf Minuten, den Tank zu füllen. Kimathi bezahlte und nahm die Quittung in Empfang. Von hier aus fuhr er zum Faruda General Store, dem größten und blühendsten Laden in Manyani.

»Gib mir zehn Minuten«, sagte er zu Frank, während er ausstieg.

»Viel Glück«, wünschte ihm der.

Im Laden war es kühl. Ein paar Kunden warteten darauf, dass sie an die Reihe kamen. Sofia Faruda stand hinter der Theke und tat ihr Bestes, alle freundlich und gut zu bedienen.

Sie war zwanzig, hochgewachsen, schlank und sehr hübsch, ohne übertrieben viel daraus zu machen. Sie hatte ein sanftes, ovales Gesicht und große, freimütige Augen, die Offenheit und Vertrauen ausstrahlten. Als sie Kimathi den Laden betreten sah, leuchteten ihre Augen kurz auf, dann blickte sie sich ängstlich um. Sie bediente einen Kunden, der ein Päckchen Tee und zwei Kerzen kaufte.

Kimathi schlenderte ans Ende der langen Theke und betrachtete die ausliegenden Artikel. Der Laden war gut bestückt und die Waren stapelten sich in den Regalen bis zur Decke.

Als der letzte Kunde gegangen war, lief Sofia hinter der Theke auf Kimathi zu und warf im Vorübereilen einen schnellen Blick durch einen Spalt in dem Vorhang, der einen Durchgang zum Hinterzimmer des Ladens verdeckte.

»Er ist da«, flüsterte sie. »Wenn er dich hier sieht …«

»Ich muss mit dir reden«, sagte Kimathi unterdrückt.

»Es gibt nichts zu bereden«, antwortete sie.

»Wer sagt das?« Kimathi hob eigensinnig die Stimme.

»Nicht so laut!«, sagte sie. »Wir haben das doch alles schon durchgesprochen. Es ist hoffnungslos.«

»Nein, das ist es nicht«, meinte er. »Du denkst nur …«

»Er will nicht, dass ich mich mit dir treffe«, sagte sie.

»Und wie steht's mit dir?«, fragte Kimathi. »Willst du mich auch nicht mehr sehen, niemals?«

Sie biss sich auf die Unterlippe und warf einen nervösen Seitenblick zur offenen Tür zum Hinterzimmer. »Ach Johnny«, rief sie. »Was kann ich denn tun? Er ist mein Vater. Ich bin so durcheinander.«

Er griff über den Tresen und sie legte ihre Hand in seine. Sie fühlte sich warm und weich an. Es war, als ob ein Funke zwischen ihnen übersprang. »Ich will dich sehen«, sagte er heiser.

Sie schüttelte hilflos den Kopf.

»Heute«, ergänzte er und drückte ihre Hand fester.

»Johnny«, sagte sie traurig, »es geht nicht.«

»Doch.« Er bestand darauf. »Ich muss dich sehen. Das ist vielleicht die letzte Gelegenheit.«

Sie zögerte. Aus dem Hinterzimmer hörten sie eine Bewegung. Sie entriss ihm ihre Hand und steckte sie verlegen in die Tasche ihrer grünen Schürze. Ängstlich flüsterte sie: »Er kommt.«

»Also heute Nacht?«

»Gut«, sagte sie schnell.

»Um sechs?«

»Um sieben«, meinte sie. »Meine Schwester löst mich um halb sieben ab.«

»Gut, und wo?«

»Egal, wo«, sagte sie drängend. »Du musst jetzt gehen, er kommt.«

Kimathi dachte hastig nach. »Bei unserem Meilenstein«, schlug er vor.

»Gut«, sagte sie.

»Ich warte auf dich.«

»Da kommt er.«

»Lass mich nicht im Stich.«

»Geh«, jammerte sie. »Mach schnell, dass du rauskommst!«

Ihre Stimme hatte Faruda aus dem Hinterzimmer herbeigelockt. Er stand in dem durch einen Vorhang abgeteilten Durchgang und blitzte Kimathi an. Er war ein großer Mann mit ergrauendem Haar und grimmigen schwarzen Augen. Er starrte über den Tresen hinweg und seine Augen verströmten pure Ablehnung.

»Du hast sie gehört«, sagte er ruhig. »Tu, was sie sagt, wenn du keine Schwierigkeiten willst.«

Ohne ein weiteres Wort verließ Kimathi den Laden.

»Und?«, fragte Frank, als er hinters Steuer kletterte.

»So weit, so gut.« Er ließ den Motor an. »Sie wird sich mit mir treffen.«

»Wann?«

»Heute Nacht.« Kimathi fuhr vorsichtig durch die schlaglochübersäten Straßen. »Sieben Uhr.«

»He, warte mal«, protestierte Frank. »Wir müssen es heute nacht noch bis Nairobi schaffen. Da wartet eine Frau auf mich, weißt du?«

»Das schaffen wir schon«, sagte Kimathi. »Keine Sorge, du wirst heute Nacht bei deiner Blondine schlafen.«

»Brünette«, verbesserte Frank. »Es ist erst halb fünf.« Frank sah auf seine Uhr. »Was machen wir bis sieben?«

»Ein Bier trinken«, meinte Kimathi. »Ein eiskaltes Blondes wäre jetzt genau das Richtige.«

»Aber nur eins, Bruder«, sagte Frank. »Denk daran, dass du fährst und …«

»Dass eine Frau auf dich wartet«, ergänzte Kimathi.

Der Landrover hielt vor einer der beiden Bars am Ort an. Da es die einzige Bar mit Kühlschrank entlang der heißen und staubigen Strecke zwischen Voi und Tsavo war, beherbergte die Affenbar, wie sie genannt wurde, die merkwürdigste Ansammlung durstiger Gäste. Zu allen Tages- und Nachtzeiten strömten die Lastwagen- und Autofahrer herein. Da die Bar strategisch günstig in der Mitte zwischen den beiden Tsavo-Nationalparks gelegen war und außerdem an der Kreuzung zwischen der Straße nach Mombasa und der zwischen Malindi und Manyani, wurde sie auch von vielen der Parkbediensteten frequentiert. Einige der Kerle, die hier auftauchten – so vermutete Kimathi – waren auch »dienstfreie« Wilderer.

An diesem Nachmittag stand nur ein weiteres Fahrzeug vor der Affenbar geparkt, ein hell orangefarbener Range Rover, über und über bedeckt mit dem rotem Staub des Parks. Kimathi parkte dahinter und sie stiegen aus und klopften sich den Staub von den Kleidern.

»Guter Wagen«, kommentierte Frank den großen, starken Range Rover.

»Ein echtes Safarigerät«, sagte Kimathi. »Kommt gerade aus Tsavo-Ost. Sie sollten für uns auch so ein Ding anschaffen.«

»Träum weiter«, meinte Frank.

Die Affenbar döste in der heißen Nachmittagsflaute zwischen Mittagessenszeit und Feierabendverkehr vor sich hin. Der Barmann saß auf einem Hocker hinter der Bar und tat so, als wäre er hellwach, während die Fliegen in seinen offen stehenden Mund hinein- und wieder herausflogen. Es waren nur vier andere Gäste in der Bar. Sie saßen an einem Tisch in der dunkelsten Ecke.

Frank ließ die flache Hand auf den Tresen knallen. »Bierzeit!«, rief er.

»Wach auf, Musa«, sagte Kimathi. »Du verpasst noch deinen Bus.«

Musa schlug postwendend die Augen auf. Er drohte ständig damit, eines Tages den Bus irgendwohin zu nehmen, egal wohin – und Manyani für immer zu verlassen. Er lächelte Frank traurig an.

»Was macht der Affenkäfig?«, fragte Kimathi nach dem ersten Mundvoll kalten, schäumenden Biers.

»Alles klar hier«, antwortete Musa.

»Wie geht's dem fetten Bargirl?«, fragte Frank.

»Sie ist weg.«

»Weg?«

»Letzten Monat«, sagte Musa. »Sie ist einfach eines Morgens gekommen und hat gesagt, sie hätte die Nase voll von diesem gottverlassenen Kaff. Also hat sie ihre beiden Kleider eingepackt und ist nach Nairobi oder Mombasa abgehauen, ich weiß nicht, wohin genau.«

»So ein Jammer«, sagte Frank. »Ich wollte ihr einen Heiratsantrag machen.«

Musa lachte müde und zog sich wieder auf seinen Hocker zurück. Er war noch jung, aber er hatte es schon aufgegeben, jemals etwas anderes sein zu wollen als der stumpfsinnige Barmann der Affenbar.

»Bevor du wieder einschläfst, gib uns doch noch zwei Bier, ja?«, meinte Kimathi.

Musa machte nicht viele Worte, überlegte Kimathi. Aber wenn ich meine Tage in einer Kaschemme wie der Affenbar zubringen müsste, würde ich gar keinen Ton mehr sagen, dachte er.

»He, Musa«, rief Frank laut. »Willst du nicht auch deine zwei Hemden packen und heute Nacht mit uns nach Nairobi fahren?«

»Lass doch den Jungen in Ruhe«, sagte Kimathi. »Er ist erschöpft. Wie würde es denn dir gefallen, hier mit den Fliegen herumhängen zu müssen und den ganzen Tag nichts zu tun zu haben?«

»Ich wollte ihm nur eine Chance geben.«

»Wer sagt denn, dass er eine Chance will?«, fragte Kimathi. »Hier geht's ihm doch gut, so als Babysitter für die Mücken.«

Frank sagte: »He, das ist aber nicht nett, sowas über einen so netten Kerl zu sagen. Er ist in der falschen Branche, das ist alles. Er ist eigentlich zum Regierungsbeamten geboren ...«

»Soll er denn wieder ganz von vorne anfangen?«, fragte Kimathi. »In seinem Alter?«

»Er ist erst dreißig.«

»Woher weißt du das?«

»Hat mir das fette Bargirl erzählt.«

»Woher sollte die das wissen?«

»Sie hat mit ihm gearbeitet!«

Aus dem Hintergrund rief eine Stimme: »Ruhe!«

»Immer mit der Ruhe, Mann«, schrie Frank zurück. »Das hier ist die Affenbar.« Er wandte sich zu Kimathi. »Willst du wetten?«

»Um die nächste Runde.«

»Frag ihn.« Frank erhob die Stimme. »Aufwachen, Musa. Erzähl dem Typen hier, wie alt du bist.«

Musa zuckte müde die Achseln. »Weiß nicht mehr«, sagte er.

»Versuchs doch, Musa«, bat Frank. »Ich habe zwei Bier darauf verwettet, dass du dreißig bist.«

Musa grinste. »Also gut. Dreißig.«

»Das ist Betrug«, protestierte Kimathi.

»Du schuldest mir eine Runde«, meinte Frank. »Bring sie her, Musa, bevor er sich's anders überlegt.«

»Ruhe da drüben!« Wieder die selbe Stimme vom Ecktisch.

Die beiden an der Bar warfen einen kurzen Blick zu dem Tisch hinüber und setzten ihre übermütige Unterhaltung fort.

Der Sprecher, ein großer Kerl in einem staubigen, blauen Safarianzug, erhob sich vom Tisch und walzte durch die Bar auf sie zu.

»Wenn es grob kommt«, sagte Kimathi leise zu Frank, »übernehme ich das Großmaul.«

Frank sah zu, wie der Mann näher kam. »Von mir aus kannst du sie alle haben, mein Freund. Ich bin momentan einarmig, schon vergessen?«

Der Fremde baute sich neben ihnen auf. »Haben Sie nicht gehört, was ich gesagt habe?«, wollte er wissen.

Frank sah ihn unschuldig an und trank von seinem Bier. Kimathi würdigte den Mann nur eines kurzen Blicks, dann hob er seinen Krug und schüttete den Großteil des Inhalts hinunter.

»Ich rede mit Ihnen«, sagte der Mann.

Frank meinte: »Ich glaube, der Mann redet mit dir, Johnny.«

»Mit mir?« Kimathi drehte sich zu dem Mann um. »Sie reden mit mir?«

»Mit euch beiden«, sagte der Mann.

»Ja?«, fragte Kimathi. »Und was haben Sie gleich wieder gesagt?«

»Ich sage, dass ihr zu viel Lärm macht«, wiederholte der Mann. »Wie Marktweiber.«

»Marktweiber!« Frank hob in einer verzweifelten Geste den guten Arm. »So hat mich aber noch nie jemand genannt.«

Die drei Schlägertypen, die am Tisch zurückgeblieben waren, standen jetzt auf und schlenderten gemächlich durch die Bar, um sich den Spaß nicht entgehen zu lassen. Musa schien bereit zu sein, sich beim ersten Anzeichen von Schwierigkeiten hinter dem Tresen in Deckung zu bringen.

Der streitlustige Schläger ging um Kimathi herum, baute sich neben Frank auf und studierte hämisch den Arm in der Schlinge.

»Was regen Sie sich denn so auf, Mann?«, fragte Frank argwöhnisch.

»Sie regen mich auf«, sagte der Mann. »Was läuft da eigentlich zwischen euch beiden Hübschen?«

»Jedenfalls mehr, als zwischen Ihnen und Ihren drei Pavianen da«, erwiderte Frank.

Einer der drei wollte auf Frank losgehen, aber der Anführer hielt ihn mit erhobener Hand zurück.

»Und wer darf bei euch das Bettchen machen?«, fuhr der Anführer fort.

»Bettchen?« Frank wandte sich zu Kimathi. »Wovon redet der Kerl eigentlich?«

»Er spricht durch seinen Arsch«, sagte Kimathi und trat dem Mann gegenüber. »Würden Sie bitte durch den Mund sprechen, damit wir auch verstehen können, was Sie sagen?«

Der Mann holte zu einer gewaltigen rechten Geraden aus. Kimathi hatte den Schlag erwartet. Er lenkte ihn mit dem linken Arm zur Seite ab, während seine Rechte mit einer halbvollen Bierflasche vom Tresen hochgeschossen kam und sie dem Mann auf die Stirn knallte. Die Flasche explodierte. Blut und Bier strömten dem Mann in die Augen und blendeten ihn.

Frank wirbelte einfach auf seinem Barhocker herum und seine gesunde Rechte landete am Kiefer eines der anderen Schläger. Der überraschte Kerl flog rücklings über einen Tisch und landete mit einem krachenden Aufprall, der ihn ins Reich der Träume schickte.

Kimathi sprang vom Barhocker und schwenkte den scharfkantigen abgebrochenen Flaschenhals vor sich hin und her.

Die beiden verbliebenen Schläger wichen zurück und hoben die Hände in einer Geste der Kapitulation.

»Nur kein Stress, Mann«, sagte einer von ihnen. »Wir sind bloß Zuschauer.«

»Dann ist die Show jetzt vorbei«, meinte Kimathi. »Schwingt eure Ärsche schleunigst hier raus und nehmt die beiden Gorillas da mit.«

Sie gehorchten sofort. Sie schleiften den bewusstlosen Mann zwischen sich hinaus aus der Affenbar und stützten gleichzeitig den Blutenden.

Der alte Faruda, der gerade hereingekommen war, als die Schlägerei losging, machte auf dem Absatz kehrt und verließ die Bar.

Musa tauchte unter seinem Tresen auf und stellte ihnen ungefragt zwei weitere Biere hin.

»Hast du diese Männer schon einmal gesehen?«, fragte Frank.

Musa nickte. »Oft.«

»Was machen sie?«, fragte Kimathi.

»Schwierigkeiten«, sagte Musa und schwang sich wieder auf seinen Hocker.

Als Kimathi um halb sieben Frank in der inzwischen gut gefüllten Affenbar zurückließ, war der orangefarbene Range Rover verschwunden.

Er stieg in den Landrover, fuhr hinaus auf den Mombasa–Nairobi Highway und schlug die Richtung nach Nairobi ein. An der 305-Kilometer-Marke stellte er den Wagen ab. Dann zündete er sich eine Zigarette an und wartete.

Es war eine sternklare Nacht, und im Osten stieg langsam der Vollmond auf. Bis auf die Grillen und ein paar entfernte Nachtvögel herrschte völlige Stille, obwohl die lärmende Affenbar nur ein paar hundert Meter entfernt lag. Zwei Wagen preschten Richtung Mombasa vorbei. Ein schwer beladener Lastwagen und ein Bus rumpelten in der Gegenrichtung und leisteten sich auf dem langen Treck nach Nairobi Gesellschaft.

Sofia kam um fünfzehn Minuten nach sieben.

»Du hast Glück, dass ich überhaupt komme«, waren ihre ersten

Worte. »Vater kochte vor Wut, als er nach Hause kam. Er hat gesehen, wie du mit einer Bierflasche auf einen Mann losgegangen bist.«

Kimathi sagte gar nichts. Er ließ den Landrover an und fuhr schweigend fünf Meilen weiter. Dann bog er rechts ab, lenkte den Wagen im hellen Mondlicht durch ein ihm wohlbekanntes ausgetrocknetes Flussbett und passierte die Lücke in der Umzäunung des Nationalparks Tsavo-Ost.

Der Landrover kletterte aus dem Flussbett, einem nur zeitweise Wasser führenden Seitenarm des Galana, dann einen grasbewachsenen Hügel hinauf, bis er auf dem Gipfel, nach Osten blickend, anhielt. Mondlicht durchflutete das Innere des Landrover, so hell wie eine Niedervolt-Leuchtstoffröhre. Kimathi steckte sich eine Zigarette an.

Sie saßen verkrampft da, so weit wie möglich auseinander gerückt. Sofia starrte geradeaus über die mondbeschienene Ebene unter ihnen hinweg. Draußen im Park lachten die Hyänen, während Löwen sich an nichtsahnende Beute heranpirschten.

Im Landrover: Schweigen.

Sofia sprach als Erste. »Warum hast du mich hierher gebracht?«, fragte sie.

»Wir sind schon einmal hier gewesen«, erinnerte er sie.

»Damals war es etwas anderes«, sagte sie.

Schweigen.

Kimathi sagte leise: »Ich hoffe, dein selbstgerechter Vater hat auch gesehen, dass der andere Mann in der Bar mich zuerst schlagen wollte.«

Sofia seufzte resigniert. »Was macht das für einen Unterschied? Du weißt doch, was er von dir hält!«

»Hör zu. Es ist mir wirklich ziemlich egal, was er von mir hält. Aber um deinetwillen versuche ich, seine Sympathie zu gewinnen. Also sag mir, Sofia, was kann ich denn noch tun, um ihn mir gewogen zu machen?«

»Ich weiß es nicht, Johnny. Ich bin ganz durcheinander.«

»Ich möchte dich heiraten«, sagte er.

»Nein, Johnny.« Sie schüttelte den Kopf und das Mondlicht glitzerte auf ihren goldenen Ohrringen. »Das haben wir doch schon so oft durchgekaut.«

»Ich weiß«, sagte er barsch.

»Es kann nicht gut gehen, Johnny«, meinte sie traurig. »Es kann einfach nicht ...«

»Warum nicht?«, wollte er wissen.

»Mein Vater«, antwortete sie.

Kimathi hieb mit geballten Fäusten auf das Lenkrad. »Nur weil ein selbstsüchtiger, dummer, alter Mann ...«

Ihre Stimme klang verletzt und brach, als sie wieder sprach. »Er ist nicht dumm, Johnny ...«

»Was zum Teufel ist er dann?«

»Er ist mein Vater.«

»Na großartig.« Seine Stimme triefte vor Sarkasmus. »Dann wird er dich also selbst heiraten?«

»Johnny«, heulte sie auf. »Versuch doch wenigstens, ihn zu verstehen. Unsere Mutter ist gestorben, als wir noch kleine Kinder waren. Seine zweite Frau hat ihn verlassen. Er musste uns ganz allein großziehen. Und dann sieh dir an, was mit Vincent passiert ist. Vater will einfach verhindern, dass mir das Gleiche zustößt. Zwei junge Witwen in seinem Haus, das wäre sein Ende. Ich liebe ihn, Johnny. Ich könnte mich selbst nicht mehr ausstehen, wenn er meinetwegen leiden müsste.«

»Und was ist mit mir?«, fragte er. »Interessiert sich irgend jemand für meine Gefühle?«

»Ich«, sagte Sofia. »Aber er ist ein alter Mann ...«

»Und deshalb musst du ihn einen Ehemann für dich auswählen lassen.« Kimathis Stimme hob sich vor Zorn. »Vielleicht einen seiner ... seiner stinkreichen Geschäftskumpane.«

Sie ging in die Luft. »Rede nicht so mit mir!«

»Ich bin wütend!«, donnerte er.

»Dann schrei doch dein verdammtes Auto an!« Sie hatte die Tür aufgestoßen und war hinausgesprungen, bevor er sie zurückhalten konnte.

Er stieg auf seiner Seite aus und lief ihr nach. »Was soll denn das?«

Sie begann den Hügel hinunter tiefer in den Park hinein zu laufen. Er rannte ihr nach und war dankbar, dass das Mondlicht es ihm erleichterte, Hindernissen auszuweichen.

»Sofi«, rief er ihr nach. »Du kannst da bei Nacht nicht rein!«

Sie schrie irgend etwas zurück, das er nicht verstehen konnte und rannte weiter.

Er hatte sie schon fast eingeholt, als sie stolperte und fiel. Er packte sie am Arm und sie rappelte sich hoch und versuchte, wieder wegzulaufen. »Lass mich los!«, schrie sie.

»Das ist ein Wildreservat«, entgegnete er. »Was zum Teufel glaubst du, wo du da hinrennst?«

»Irgendwohin«, gellte sie. »Ist mir egal … Lass mich gehen …«

Sie schlug ihm gegen die Brust. Er gab ihr eine harte Ohrfeige. Sie sank im Gras zusammen und begann, hemmungslos zu weinen.

»Ich kann es nicht mehr ertragen«, schluchzte sie, »dass ihr beide euch ständig wegen mir streitet. Ich kann nicht mehr …«

Kimathi ließ sich neben ihr ins Gras fallen. Er hatte Angst, sie zu hart geschlagen zu haben. »Sofi, bitte«, sagte er. »Beruhige dich.« Er legte ihr den Arm um die Schultern. »Lass uns reden.«

Sie stieß seinen Arm weg und schluchzte: »Es gibt nichts mehr zu reden. Lass mich allein … Geh weg!«

»Das werde ich nicht!« Er packte sie an den Schultern, zog sie an seine Brust und hielt sie mit Gewalt fest, bis sie aufhörte, sich zu wehren.

Es dauerte lange, ehe ihr Schluchzen verebbte. Danach saßen sie noch mehrere Minuten schweigend da. Die Zikaden nahmen ihren schrillen Singsang wieder auf. Nachtvögel tauschten über die Ebene hinweg ihre Rufe aus, und hungrige Katzen pirschten sich an schläfrige Gazellen heran.

Als sie endlich ihren Atem wieder unter Kontrolle hatte, sagte Sofia: »Ich liebe dich, Johnny.«

»Ich weiß«, sagte er. »Ich liebe dich auch.«

»Was soll ich nur tun?«, fragte sie. »Ich bin so durcheinander.«

»Sag nichts mehr«, wisperte er. »Vertrau mir. Ich kann das ins Reine bringen. Ich werde alles mit deinem Vater klären.«

Sie sagte ohne Hoffnung: »Er wird dich gar nicht anhören.«

»Doch, er wird. Ich habe beschlossen, den Job zu wechseln.«

Sie blickte ihm in die Augen, und als sie die grimmige Entschlossenheit in ihnen las, schüttelte sie den Kopf.

»Nein, Johnny, tu das nicht für mich. Ich weiß, wie viel dir deine Arbeit bedeutet. Das geht nicht …«

»Du bedeutest mir mehr«, sagte er. »Hör zu, ich habe einen Plan …«

»Nein.« Sie legte ihm einen Finger auf die Lippen. »Erzähl ihn mir später …«

Sie verschränkte die Arme hinter seinem Nacken und küsste ihn. Er erwiderte ihren Kuss mit all den Emotionen, die sich in den vergangenen Wochen in ihm aufgestaut hatten. Die Sache hatte ihm schwer auf der Seele gelegen, bis zu dem Gespräch mit Frank am Lagerfeuer. Jetzt war er frei von Zweifeln. Er wusste genau, was er tun wollte, und wie.

Der Wind raschelte in den nahegelegenen Sträuchern und Dornbäumen.

Sofia ließ ihre Hand unter sein Hemd gleiten und liebkoste seinen Brustkorb. Seine Hand fand den Weg in ihre Bluse und umfasste ihre feste, warme Brust. Sie klammerte sich an ihn. Er zog sie an sich und hielt sie fest.

Eine Weile saßen sie reglos so da und kommunizierten nur durch die Nähe ihrer Körper und die Wärme ihrer Umarmung. Dann löste er sich für einen kurzen Augenblick von ihr, schlüpfte aus seiner Buschjacke und breitete sie auf dem taufeuchten Gras aus.

Sofia legte sich auf die Jacke zurück und ihre Brust hob und senkte sich heftig vor Verlangen. Ihre Augen glänzten im Mondlicht wie die eines scheuen jungen Leoparden. Er streckte sich neben ihr aus und sie umarmten sich wieder. Ihr Mund saugte sich an seinem fest und ihre Zähne knabberten an seinen Lippen. Sie ließ ihre Hände zu seinem Bauch gleiten, öffnete seinen Reißverschluss und umfasste sein hartes Glied mit ihren warmen Händen.

Sie stieß einen leisen Seufzer aus. Das Blut kochte in Kimathis Schädel und seine Lungen schrieen nach mehr Sauerstoff.

Seine Hand schlüpfte unter ihren Rock. Er hakte den Daumen über den Gummizug ihres Slips und zog ihn über ihre Schenkel bis zu den Füßen herunter, wo sie ihn augenblicklich wegstrampelte.

Der süße Duft ihres Körpers mischte sich mit dem Geruch zerdrückter Grashalme, der taunassen Erde, der Dornbäume und der nächtlichen Luft des Parks und steigerte seine Leidenschaft in ungeahnte Höhen.

Im mondbeschienenen Park, wo Wildhunde bellten und Löwen nur einen Steinwurf entfernt auf der Jagd waren, liebten sie sich, wild und hungrig wie nie zuvor. Auf dem Hügel über ihnen stand der Landrover wie ein einsamer Wächter, die Vordertüren weit aufgestoßen, ein stummer Zeuge des Feuers, das in ihnen loderte.

8

Um zehn Uhr dreißig in der Nacht erreichten sie die Außenbezirke von Nairobi. Frank saß schlafend in seinem Sitz, während der Landrover den Uhuru Highway entlang in die Stadt hineinraste.

»Wir sind da«, sagte Kimathi und rüttelte ihn wach.

»Wie spät ist es?«, fragte er.

»Halb elf«, informierte ihn Kimathi. »Wohin jetzt? Wo wohnt die geduldigste Frau der Welt?«

»Hurlingham.«

»Wie wär's zuerst mit einem Bier?«

Frank schüttelte den Kopf. »Ich muss mich jetzt um Wichtigeres kümmern. Setz mich einfach bei ihrem Appartement ab und geh dein Bier trinken.«

Fünf Minuten später kamen sie bei ihrer Wohnung in Hurlingham an. Sie war noch auf und wartete im Nachthemd, genauso schön, wie Frank sie beschrieben hatte. Kimathi war ihr nie zuvor begegnet und er war nicht sicher, zu welchem der verschiedenen Namen, die Frank immer erwähnte, sie gehörte. Sie bot ihm eine Tasse Kaffee an, aber Frank blockierte die Tür und ließ Kimathi gar nicht erst zu Wort kommen.

»Er muss noch ein paar Bier trinken«, sagte er zu ihr. »Und es ist schon beinahe Sperrstunde.«

Kimathi wünschte ihnen Gute Nacht und machte sich auf die Suche nach einer Bleibe für die Nacht. Es war zu spät, um Onkel Esser noch zu wecken.

Als Erstes am nächsten Morgen fuhr er in die Grogan Road. Onkel Esser machte gerade seinen Laden auf, als er eintraf.

Onkel Esser, dessen Spitzname daher kam, dass er vom Essen einfach besessen war, war Kimathis einziger lebender Blutsverwandter. Er war ein magerer alter Mann von etwa fünfzig Jahren, so schwarz, dass sein baumwollweißer Haarschopf ihm wie eine enge Pelzmütze auf dem Kopf zu sitzen schien. Sein Schritt war langsam und schwerfällig und täuschte über einen agilen Geist hinweg.

»Du bist früh in der Stadt«, sagte er, als er seinen einzigen Neffen erkannte. »Haben sie dich endlich gefeuert?«

»Keine Chance«, erwiderte Kimathi und schüttelte dem alten Mann die Hand. »Ich bin geschäftlich hier. Wie läuft es mit dem Essen?«

»Könnte nicht besser sein«, sagte der alte Mann. »Möchtest du Frühstück? Ich habe mir gerade etwas gemacht.«

»Eine Tasse Tee vielleicht.« Kimathi flankte über den Tresen und ging ins Hinterzimmer.

Es war ein dunkler, kleiner Raum ohne Fenster. Eine starke Leuchtstoffröhre brannte den ganzen Tag lang. Das Zimmer war sehr einfach eingerichtet, unaufgeräumt und roch wie der alte

Mann: nach Zigaretten und schlechtem Atem. Eine geschlossene Tür führte im Hintergrund des Raums ins Freie. Ein Ende diente gleichzeitig als Küche, Wohnzimmer und Büro. Am anderen Ende lag das Schlafzimmer, abgeteilt durch einen schmierigen Kattunvorhang.

Auf einem Gaskocher neben dem Kühlschrank stand eine Bratpfanne voller Spiegeleier, Würste und Speck. Ein schmutziger Teller auf dem Esstisch bewies, dass Onkel Esser seine erste Runde Frühstück bereits hinter sich hatte. Die nächste Runde, so erinnerte sich Kimathi, nahm er gewöhnlich gegen zehn ein.

»Du siehst gut aus, mein Junge«, sagte der alte Mann, als Kimathi mit einer dampfenden Tasse Tee aus dem Hinterzimmer zurückkam.

»Du auch«, erwiderte Kimathi und sah sich zwischen den halbleeren Regalen um.

Onkel Esser verkaufte alles, was sich verkaufen ließ, frische und eingedoste Lebensmittel, Brot, Milch, Plastikgerätschaften und billiges Hongkong-Spielzeug und ein paar unförmige Kinderklamotten, die er zum Sonderpreis von hausierenden Schneiderlehrlingen kaufte, aber nie losbrachte. Es war ein absolut desorganisierter Laden, gar kein Vergleich mit dem Faruda General Store in dem gottverlassenen Kaff Manyani.

»Die Geschäfte scheinen nicht besonders gut zu gehen«, sagte Kimathi und deutete auf die Lücken in den Regalen.

Der alte Mann lächelte. »Ich habe ein Dach über dem Kopf, ich habe zu essen. Was will man mehr?«

»Ja, wirklich«, sagte Kimathi dem alten Mann zuliebe. »Was will man mehr?«

Der alte Mann hatte Kimathi in einer Reihe von Läden in den Dörfern Bahati und Jerusalem großgezogen und ausgebildet, die aber viel kleiner und schlechter bestückt gewesen waren als dieser hier. Sie hatten ein Dach über dem Kopf gehabt und sie hatten zu essen. Der Laden in der Grogan Road war vergleichsweise größer. Er war auch verdammt viel schmuddeliger.

»Ich habe deinen Brief bekommen«, sagte Kimathi.

Der alte Mann, der wenig überzeugend so tat, als würde er Staub wegwischen, blickte auf und lächelte.

»Ja«, sagte Kimathi. »Du schreibst ziemlich überzeugende Briefe. He, wann geht hier eigentlich der Rummel los?«

»Die Kundschaft kommt in Wellen«, sagte Onkel Esser. »Um Sieben für Frühstückssachen, Brot, Eier und Milch. Elf Uhr wegen Mittagessen. Und am Abend hauptsächlich wegen *Jogoo*!«

Etliche Leute gingen draußen vorüber, aber nur ein ölverschmierter Mechaniker von der Werkstatt nebenan kam herein – um eine einzelne Zigarette zu kaufen. Kimathi betrachtete die leeren Regale und sah ungeahnte Möglichkeiten vor seinem inneren Auge.

»Brauchst du immer noch einen Assistenten?«

Der alte Mann hörte auf mit dem Abstauben und sah hoch. »Wie schon gesagt«, meinte er, »ich kann kein Gehalt bezahlen, aber es gibt zu essen.«

»Wie wär's mit einem Partner?«, fragte Kimathi.

»Was ist denn mit dir los, mein Junge?«, fragte Onkel Esser. »Bist du endlich zur Vernunft gekommen?«

»Ich will zur Ruhe kommen«, sagte Kimathi. »Und heiraten.«

Das Gesicht des alten Mannes verzog sich zu einem Grinsen bis über beide Ohren. »Weißt du«, sagte er, »das ist die beste Neuigkeit, die ich gehört habe, seit du deine Lehre bestanden hast! Ich wusste, dass du es im Leben zu etwas bringen würdest. Wer ist sie?«

»Die Tochter eines erfolgreichen Kaufmanns«, berichtete Kimathi.

»Weiß Gott, so jemanden könnte ich hier brauchen«, sagte Onkel Esser. »Ist sie schön?«

»Und ob.«

»Du musst sie mir gleich vorstellen«, drängte der Alte.

»Nicht so schnell«, meinte Kimathi. »Ich muss erst ihren Vater fragen.«

»Wann bringst du sie mit?«

»In einem Monat oder so«, erwiderte Kimathi. Dann fügte er hinzu: »Hoffe ich.«

»Gut. Sag mir einfach ein oder zwei Tage vorher Bescheid, damit ich hier ein bisschen sauber machen kann. Ich muss dem Mieter kündigen, damit die Wohnung oben für euch frei ist.«

»Mieter?«, fragte Kimathi verblüfft.

»Das habe ich in meinem Brief vergessen zu erwähnen. Ich habe das Haus vor ein paar Monaten gekauft. Deshalb habe ich nicht genug Geld, um die Regale aufzufüllen.«

»Das Geld bringe ich mit«, sagte Kimathi und fühlte sich plötzlich viel besser.

»Und ich werde euch die Hochzeitssuite einrichten«, sagte der Onkel. »Eine Kaufmannstochter? Versteht sie etwas davon, einen Laden zu führen?«

»Sie weiß alles, was es darüber zu wissen gibt.«

»Gut«, sagte Onkel Esser. »Ich glaube, wir werden hier ein blühendes Geschäft aufbauen.«

»Aber den Schrott da werden wir aussortieren müssen.« Kimathi wies auf die Plastikspielzeuge.

»Das nennst du Schrott?«, fragte der alte Mann und nahm eines davon in die Hand. »Hör mal, allein am Weihnachtstag verkaufe ich mindestens dreißig von diesen Blechlastern und Bussen. Und von den Puppen noch viel mehr. Sie reichen vielleicht gerade bis Silvester, also kaufe ich an Neujahr wieder neue ein, die dann höchstens bis Ostern reichen. Im Juni sind sie besonders billig, da decke ich mich für die Urlaubssaison ein. Nennst du das etwa kein gutes Geschäft?«

Kimathi schüttelte verwundert den Kopf.

Zwei Stunden später machte er sich mit den Bestellformularen des Chief Warden zum Lagerhaus der Regierung auf. Später aß er mit Frank und Myra im Thorn Tree zu Mittag.

Frühmorgens am nächsten Tag verließen sie Nairobi in ihrem bis unters Dach mit einem neuen Vorrat an Zelten, Decken, Ersatzteilen und Munitionskisten vollgepferchten Landrover.

9

Eine Woche später, als sie auf Patrouille draußen waren, erzählte Kimathi von seinen Plänen, den Dienst zu quittieren.

»Das glaube ich einfach nicht«, sagte Frank Burkell und schüttelte den Kopf.

Kimathi zuckte die Achseln. Er saß am Steuer. Frank sah tief in Gedanken versunken zum offenen Fenster hinaus, den Ellbogen auf den Rahmen gestützt. Er hatte die Schlinge abgelegt, um dem verheilenden Arm etwas Bewegung zu verschaffen. Sein gewöhnlich gelassenes Gesicht wirkte zerknittert.

Endlich sagte er: »Du hättest wenigstens mal etwas davon erwähnen können.«

»Ich war mir nicht sicher«, meinte Kimathi. »Ich hielt es für das Beste zu warten, bis ich mit ihrem Vater gesprochen hatte.«

Der Landrover brauste über die rote Lehmpiste und wirbelte Staubwolken hinter sich auf.

Frank fragte: »Wann ist die Hochzeit?«

»Nächsten Monat. Das Datum haben wir noch nicht festgelegt.«

Frank beugte sich plötzlich vor und spähte zu seinem Fenster hinaus. Kimathi bremste und blickte in die selbe Richtung, dann stieß er einen Fluch aus, schoss von der Piste herunter und holperte querfeldein. Ungefähr einen Kilometer entfernt zogen Geier im klaren, blauen Himmel ihre Kreise.

Frank griff in dem Ständer hinter ihnen nach seinem Gewehrfutteral. Er zog den Reißverschluss auf und nahm das Gewehr heraus. Dann überprüfte er den Lademechanismus und legte es sich mit der Mündung aus dem Fenster ragend quer über den Schoss. Der Wagen machte einen Satz und flog über eine kleine Rinne und mehrere Kaninchenlöcher hinweg, während Frank Kimathis Gewehr auspackte, es überprüfte und bereithielt.

Kimathi orientierte sich an den kreisenden Geiern, kam dann hinter einer Gruppe von Büschen in einer Staubwolke schlitternd zum Stillstand, schnappte sich sein Gewehr und sprang hinaus. Als sie vorsichtig aus der Deckung kamen, sahen sie einen großen grauen Hügel nur ein paar Meter vor sich aus dem braunen Gras aufragen. Die paar Geier, die bereits gelandet waren, begannen beim Anblick der näherkommenden Ranger zu krakeelen und stiegen wieder in den Himmel auf.

Der Elefant, eine gesunde vierzigjährige Kuh, war mit einer schweren Büchse sauber durchs Herz geschossen worden, die Stoßzähne mit scharfen Äxten herausgehackt. Ein verständnisloser Ausdruck schien auf dem Gesicht der Elefantenkuh zu liegen. Es war kein Blut zu sehen, nur um die blutigen Stümpfe herum, die zu beiden Seiten des Mauls stehen geblieben waren.

Schweigend betrachteten sie den Kadaver, niedergedrückt von dem Gefühl absoluter Hoffnungslosigkeit, das sich bei einem derartigen Anblick einstellt. Wieder einmal hatten sie einen Elefanten nicht retten können ... sogar zwei Elefanten.

»Sie war trächtig«, sagte Kimathi, während er um den riesigen Kadaver herumging.

Sie dachten beide das Gleiche. Wer immer diesen Elefanten ermordet hatte, war mit Sicherheit kein Gelegenheitswilderer. Er war ein Professioneller, bestens ausgerüstet und erfahren. Zwei oder drei Schüsse konnten es einer Rangerpatrouille ermöglichen, den Standort des Wilderers anzupeilen. Aber ein einziger, genau platzierter Schuss in diesem riesigen Park, egal wie laut er sein mochte, bot keinerlei Orientierungspunkt in der endlosen Wildnis.

»Sauberer Schuss«, murmelte Frank.

Mindestens Kaliber .375 Magnum, vielleicht mit hochauflösendem Zielfernrohr abgefeuert.

Kimathi sagte: »Heute Morgen.«

»Ja«, stimmte Frank zu.

»Wenn wir zuerst hier entlang gefahren wären ...«

Die Hyänen begannen, sich zum Festmahl zu versammeln, von überall aus dem Park her angelockt durch die kreisenden Bussarde. Die Vögel selbst wurden langsam ungeduldig, flogen tiefer und tiefer.

Frank sagte: »Lassen wir die Party beginnen.«

Sie gingen zum Landrover zurück und überließen es den Hyänen und Vögeln, sich um den toten Elefanten zu streiten.

Frank schaltete das Funkgerät ein und erstattete vorschriftsmäßig genauen Bericht beim Hauptquartier.

Wieder auf der Piste, fanden sie am Straßenrand die Stelle, wo der Wagen der Wilderer eingebogen war, nachdem er seine Beute aufgesammelt hatte. Grobstollige Reifenabdrücke wie von einem vierradgetriebenen Laster.

Wenn sie nur heute morgen hier entlang gekommen wären ... Aber der Park war weitläufig und Elefanten konnten überall sein. Es bedurfte einer großen, höchst mobilen, sogar hubschraubergestützten Armee, um den Park von seiner Wildererplage zu befreien.

»Dieser Onkel von dir«, sagte Frank, als der Wagen in einer Staubwolke Richtung Aruba fuhr. »Hast du mir nicht erzählt, dass er ein bisschen spinnt?«

»Nein, er ist schon in Ordnung. Er hat mich großgezogen. Er hatte keine eigenen Kinder.«

»Du als Krämer?« Frank schüttelte ungläubig den Kopf.

»Was ist daran verkehrt?«, wollte Kimathi wissen.

»Ich begreife es nicht«, sagte Frank ernsthaft. »Du, mit einem fetten Bauch hinter der Theke, wie du portionsweise Tee und Salz verkaufst. Weißt du, was ich denke? Ich denke, du spinnst.«

»Kann schon sein«, sagte Kimathi.

»Schon mit dem Chef darüber gesprochen?«

»Ja.«

»Was sagt er dazu?«

»Dass es ihm Leid tut und so weiter, aber dass er heute Nachmittag mein Abschiedsgesuch auf seinem Schreibtisch erwartet.«

Der Landrover wirbelte weiter Staub auf, fuhr südlich über Aruba Point hinaus, wandte sich dann nach Norden und steuerte auf dem kürzesten Weg die Basisstation an.

»Machst du meinen Trauzeugen?«, fragte Kimathi.

»Oje.« Frank warf konsterniert die Hände in die Luft. »Auch das noch!«

»Mir fällt kein besserer ein.«

»Gib mir Zeit, Johnny. Ich muss darüber nachdenken.«

»Überleg dir das gründlich«, meinte Kimathi.

Eine halbe Stunde später erreichten sie die Station. Kimathi parkte vor dem Büro des Chief Warden.

»Komm mit, da kannst du was lernen«, sagte er zu Frank. »Falls du's selber mal genauso machen willst.«

Frank folgte ihm in das niedrige Holzgebäude, durch einen engen, blankgewienerten Korridor, vorbei an geschlossenen Bürotüren und dem Funkraum, aus dem man hören konnte, wie der Funker die Gespräche anderer mobiler Einheiten überwachte. Das Büro des Chief Warden befand sich etwa auf halbem Weg den Korridor entlang hinter einer Tür, an der geschrieben stand: *J.M. Musyoki, Chief Game Warden, Tsavo-Ost.* Kimathi trat ein, ohne anzuklopfen.

Der Chief Warden erwartete ihn schon, er hatte seine Lesebrille aufgesetzt und blätterte in Kimathis Personalakte. Er blickte auf, als die beiden zur Tür hereinkamen, schlug die Akte zu und knallte sie auf den Schreibtisch.

»Makellose Laufbahn«, sagte er und setzte seine Lesebrille ab.

»Danke, Sir«, sagte Kimathi.

»Setzen Sie sich.« Der Warden klappte die Brille zusammen und verstaute sie wieder in ihrem Etui. »Sie auch, Frank.«

Sie nahmen die beiden harten Stühle gegenüber seinem Schreibtisch.

Der Chief Warden kratzte sich den ergrauenden Schädel und schüttelte den Kopf. »Ich weiß nicht, was ich sagen soll«, meinte er.

Kimathi legte sein Abschiedsgesuch auf den Tisch. »Genehmigen Sie es, Sir.«

Der Chief Warden ließ seinen Blick von dem Schreiben über Kimathi zu Frank wandern. »Was meinen Sie dazu, Frank? Können Sie nicht versuchen, ihn zur Vernunft zu bringen?«

»Ich hab's probiert, Sir.«

Der Warden entzündete seine Pfeife und sog nachdenklich den Rauch ein.

»Sind Sie absolut sicher, dass Sie wissen, was Sie da tun, Johnny?«, fragte er.

»Ja, Sir.«

Der Warden sah auf den Brief auf dem Schreibtisch herab. »*Sir?*«, fragte er. »Sie haben mich noch nie *Sir* genannt.«

»Nein, Sir.«

»Bei einer Akte wie der Ihren«, sagte er, »fühle ich mich fast versucht, Nein zu Ihrem Abschiedsgesuch zu sagen.«

»Jedenfalls müssen Sie sich jetzt keine Gedanken mehr machen, ob Sie uns lieber trennen und in verschiedenen Abteilungen einsetzen sollten«, sagte Frank.

»Halten Sie den Mund, Frank«, sagte der Warden mit ernster Miene.

»Es tut mir Leid, dass ich gehen muss, Sir«, sagte Kimathi. »Aber mein Entschluss steht fest.«

»Ihren Abschied nehmen, um zu heiraten?« Der Warden musterte ihn über den Tisch hinweg. »Sehen Sie mich an, Johnny. Sehe ich wie ein unglücklicher Mann aus?«

»Nein, Sir.«

»Ich bin seit zwanzig Jahren verheiratet. Ich habe acht Kinder und ich tue immer noch diese Arbeit.«

Kimathi zuckte die Achseln. Frank lächelte still in sich hinein.

»Was haben Sie vor?«, fragte der ältere Mann. »Haben Sie eine bessere Stelle gefunden?«

»Ich werde einen Laden führen«, sagte Kimathi.

»Sie, ein Krämer?« Der Warden musste tatsächlich lachen. »Das möchte ich erst einmal sehen!«

»Das werden Sie, Sir.«

»Sir?« Der Warden zog irritiert die Schultern hoch. »Ja, Sir, nein, Sir … Warum plötzlich so höflich?«

Kimathi lächelte ihn an. »Weil ich möchte, dass Sie nach meinem Weggang vergessen, dass ich Sie jemals einen fetten Sack und miesen Sklaventreiber genannt habe.«

Ein Lächeln huschte über das Gesicht des Warden. »Vergeben und vergessen, Johnny«, sagte er und erhob sich. »Gott weiß, dass ich es mir nicht leisten kann, Sie zu verlieren. Aber ich kann Sie auch nicht gegen Ihren Willen halten. Sie und Frank, Sie waren meine verlorenen Söhne. Zwillingssöhne. Ohne Sie wird es nicht mehr dasselbe sein.«

Er dachte eine Weile lang nach. »Ich nehme Ihr Abschiedsgesuch an«, sagte er schließlich und streckte ihm die Hand entgegen. »Ihre Papiere werden bis Ende des Monats fertig sein.«

»Danke, Sir.« Kimathi stand auf, um ihm die Hand zu schütteln.

Frank betrachtete angelegentlich seine verstaubten Stiefel.

Als der Chief Warden sie zur Tür brachte, sagte er: »Aber denken Sie daran, Johnny, falls Sie es sich jemals anders überlegen sollten … Ich kann immer einen guten Mann brauchen.«

»Danke, Sir«, sagte Kimathi. »Ich werde das alles hier vermissen, das weiß ich jetzt schon.«

Die Tür schloss sich hinter ihnen.

Der Warden setzte sich wieder an seinen Schreibtisch und fühlte sich mit einem Mal zwanzig Jahre älter.

10

Johnny Kimathi, Ex-Ranger, und Sofia Faruda, Tochter eines Kaufmanns, schlossen den Bund fürs Leben in einer kurzen Zeremonie in der bescheidenen, aus Lehmziegeln gebauten und mit Stroh gedeckten katholischen Kirche in Manyani.

Bei der Zeremonie zugegen waren Sofias Familie und Freunde der Familie, außerdem die paar Kumpane, die Kimathi hatte: Chief Warden Musyoka und andere Wildhüter, die den langen Weg von Lali gekommen waren, um dabei zu sein. Onkel Esser,

Kimathis einziger lebender Verwandter, hatte absagen müssen, weil er dringende Arbeiten an seinem Laden in der Grogan Road zu erledigen hatte.

Sofia wurde von ihrer Schwester June zum Altar geführt, während Frank, der in hellbraunem Anzug mit Krawatte äußerst unbehaglich wirkte, den Trauzeugen mimte. Während der ganzen kirchlichen Zeremonie stand er mit hölzerner Miene neben seinem Freund und kam sich, wie er später gestand, wie ein kompletter Idiot vor.

Ein Chor zerlumpter, barfüßiger Schulkinder sorgte für die musikalische Untermalung, schlug auf misstönende mit Rinderfell bespannte Trommeln ein und schwang blecherne Rasseln. Frank biss jedes Mal die Zähne zusammen, wenn der alte Priester ihnen das Zeichen zum Loslegen gab.

Danach folgte eine lange, ermüdende Predigt, und schließlich endete die Zeremonie mit einem letzten Losdonnern der Trommeln und selbstgebastelten Tamburine.

Als die Frischvermählten langsam aus der Kirche marschierten, fragte Frank laut hinter ihrem Rücken: »Wer hat eigentlich den Chor engagiert?«

»Ich nicht«, sagte Kimathi.

»Das war ich«, sagte June an Franks Seite. Dann platzte all das aufgestaute Gelächter aus ihr heraus, das sie in der Kirche mühsam hatte zurückhalten müssen, während sie zusah, wie er sich krümmte und wand.

»Verdirb es nicht, Frank«, sagte Kimathi über die Schulter. »Es ist bald vorbei, hoffe ich.«

Davon war keine Rede. Sofias Vater hatte auf langen Tischen unter den Akazien hinter der Kirche ein Fest ausgerichtet. Der ganze Ort erschien zu der Feier.

Es war reichlich zu essen und zu trinken da. Es gab haufenweise Fleisch, gebratenes Fleisch, gekochtes Fleisch, gegrilltes Fleisch. Alle nur denkbaren Sorten von Fleisch waren aufgetischt. Dazu gab es Tabletts voller Reis, außerdem Tee und Brot. Die

Einwohner von Manyani sollten niemals behaupten können, dass Faruda sie zur Hochzeit seiner Tochter nicht anständig bewirtet hatte.

Ansprachen wurden gehalten. Zuerst vom Vater der Braut und danach von jedem, dem gerade danach war. Es gab Lobeshymnen auf die Frischvermählten, oft von wildfremden Leuten. Menschen, von denen Sofia schwor, sie nie zuvor gesehen zu haben, erhoben sich, um zu bezeugen, dass sie sie von klein auf als braves und intelligentes Mädchen gekannt hätten. Einer sagte, dass er Kimathi einmal in seiner Ranger-Uniform durch die Stadt habe fahren sehen, und er hätte gleich gewusst, was für ein anständiger und freundlicher Mann er war.

Frank saß still auf dem Podest und versuchte, den Reden zu folgen.

Dann wurden die Geschenke ausgeteilt. Um dem jungen Paar seinen guten Willen zu zeigen, spendierte Faruda einen Scheck über tausend Shilling. Seine Freunde folgten mit wesentlich niedrigeren Beträgen. Danach kamen Ziegen, Hühner, Eier, Tassen, Teller und Löffel. Jeder schien irgendein Geschenk mitgebracht zu haben. Faruda war schließlich einer der maßgeblichen Geschäftsleute in Manyani und allseits bekannt. Dann wurde die Torte angeschnitten, eine dreistöckige Hochzeitstorte, wie man sie in Manyani noch niemals gesehen hatte, nicht einmal auf Fotos. Jeder bekam ein Stück und alle waren zufrieden.

Danach sang der Chor. Noch mehr Essen wurde vertilgt. Die Leute tanzten.

»Da soll mich doch einer«, sagte Frank plötzlich und starrte in den fröhlichen Trubel.

Kimathi folgte seinem Blick.

Mitten in der feiernden Menge stand Musa, der Barmann, und schlug sich den Bauch voll, als hätte man in Manyani noch nie zuvor von Reis gehört.

»Ich hätte nie gedacht, dass sie ihm auch nur zum Pinkeln freigeben«, staunte Frank.

»Heute ist wirklich ein großer Tag«, meinte Kimathi und wandte sich dann um, um Sofia zu umarmen.

Kurz darauf verabschiedeten sich die Frischvermählten. Die Party war noch in vollem Gang, und die Gäste schienen entschlossen, Farudas Großzügigkeit tüchtig auszukosten.

Frank fuhr das Paar zu Farudas Laden, wo sie für die lange Fahrt in ihr neues Heim in Nairobi in bequemere Kleider schlüpften. Die Hochzeitsgeschenke würden ihnen später nachgeschickt werden.

Kimathi hatte darauf bestanden, noch ein letztes Mal mit dem vertrauten, hart gefederten Landrover zu fahren, anstatt eine Limousine zu mieten, wie es der Brautvater geplant hatte. Während in der Kirche die Zeremonie stattfand, hatten Nachbarn den verbeulten Landrover voller Enthusiasmus mit Hunderten von Luftballons und vielfarbigen Dekorationen bestückt.

»Das kann ja heiter werden«, bemerkte Kimathi, als sie den Wagen für die Fahrt nach Nairobi bestiegen. Sofia lehnte den Kopf an seine Schulter.

Frank lächelte grimmig und spähte durch die Verzierungen, die die Windschutzscheibe bedeckten. Er sagte ruhig: »Es ist ein großer Tag, aber ich kann kaum sehen, wo ich hinfahre.«

»Fahr einfach geradeaus«, befahl Kimathi.

Ein paar hundert Meter hinter der Stadt, beim Meilenstein 305, bat er Frank anzuhalten. Er stieg aus und blickte in die Richtung, aus der sie gekommen waren. Die Straße machte hier eine Kurve, die sie vor der Stadt verbarg, außer Sichtweite der feiernden Dorfbevölkerung.

Er hüpfte auf die Motorhaube des Rover, riss keuchend vor Aufregung die Verzierungen ab und gab die Luftballons frei, so dass sie in der sanften Brise des späten Nachmittags über die Straße und den Zaun des Nationalparks trieben, wo sie an Dornbüschen und Bäumen zerplatzten.

»Sofi«, rief er, als er wieder auf den Boden sprang.

Er zog die Protestierende aus dem Auto.

»Stell dich da hin.« Er führte sie zum Meilenstein. »Genau hier.«

Sie blieb verblüfft dort stehen. »Was ist denn los, Johnny?«

»Denk nach«, meinte er.

»Woran denn?«, fragte sie lachend.

»Na mach schon, Johnny«, rief Frank. »Wir haben noch einen langen Weg vor uns.«

»Du wartest gefälligst«, meinte Kimathi. »Heute ist ein großer Tag.«

»Na, und?«, fragte Sofia lachend.

»Vor mehr als einem Jahr hast du endlich eingewilligt, dich hier mit mir zu treffen. Es war dein neunzehnter Geburtstag, und du warst so schüchtern, als wärst du erst neun. Du hast genau da gestanden, wo du jetzt stehst, und hast mir erzählt, dass du noch nie mit einem Mann ausgegangen bist. Dann hast du dich auf diesen Meilenstein da gesetzt und gesagt, dass du mich magst, weil ich verrückt bin.«

Sofia verbarg das Gesicht in den Händen. Dann rannte sie gleichzeitig lachend und weinend in seine Arme. Sie klammerten sich aneinander und blieben noch lange so stehen.

Frank stieg schließlich aus dem Wagen, löste seine Krawatte und hielt inne, um sie anzustarren. »Ist das eine Art Heiligtum hier oder was? Können wir jetzt gehen? Ihr könnt euch noch das ganze Leben lang umarmen.«

Um halb sechs schlängelte sich Frank durch den unübersichtlichen Irrgarten von engen Straßen, der den Stadtteil zwischen River Road und Grogan Road durchzog.

Die Atmosphäre war eine Dunstglocke von stehender Luft und Staub, die Gehsteige ein einziges Gewimmel von Fußgängern. Baufällige alte Häuser, an denen die Farbe abblätterte, säumten die Straßen. Tatsächlich hätte die gesamte Gegend einen neuen Anstrich vertragen können.

Frank sah ständig zwischen der Straße und Kimathi hin und her. Er musste sehr langsam fahren, um nicht unachtsame Fußgänger, streunende Kinder oder Hunde zu überfahren.

»Bist du sicher, dass das der richtige Weg ist?«, fragte er, nach einer scheinbar endlosen Folge von Abbiegemanövern.

»Der Laden ist gleich da vorne.« Kimathi deutete. »Der mit der blauen Fassade.«

Frank zwängte den Landrover zwischen ein geparktes Auto und einen Handkarren und beäugte den Laden durchs Fenster.

Kimathi stieg aus und zerrte ihre Koffer auf den Gehsteig hinaus. Frank ging um den Wagen herum, um ihm zu helfen, und sie schlängelten sich zwischen den Fußgängern hindurch in den Laden.

Onkel Esser war überglücklich, sie zu sehen. Er kam hinter seinem Tresen hervor und begrüßte Sofia, wobei er ihre schlanke Hand zwischen seine beiden schwieligen Handflächen nahm und sie mehrmals auf und ab pumpte.

»Ich wusste es«, sagte er zu Kimathi. »Dass mein Junge die richtige Wahl treffen würde.«

Sofia fand keine passende Erwiderung. Sie lächelte.

Kimathi stellte Frank vor. Sie gaben sich die Hand und der alte Mann ging voraus ins Hinterzimmer. Sie folgten ihm eine staubige Treppe hinauf in die Wohnung über dem Laden.

»Euer neues Heim«, sagte der alte Mann und überreichte Sofia die Schlüssel. »Ich muss jetzt wieder in den Laden.«

Es war eine geräumige Wohnung mit einem Schlafzimmer, großer Küche, Badezimmer und Toilette und riesigen Einbauschränken. Der Kühlschrank aus dem Hinterzimmer im Erdgeschoss war in die Küche geschafft worden. Diese war voller Rauchflecken und arg verstaubt. In den Regalen standen weder Geschirr noch andere Utensilien.

Auch das vorhanglose Wohnzimmer war kahl. Im Schlafzimmer hatte jemand kürzlich abgestaubt und den Boden poliert. Vor den Fenstern hingen neue, leuchtend rote Vorhänge. In der Mitte des Raums stand ein neues französisches Bett, frisch gemacht mit Betttüchern, Decken und einer teuer aussehenden, dunkelbraunen Tagesdecke.

Sofia sprang begeistert aufs Bett. Während die Männer weitergingen, um den Rest der Wohnung zu inspizieren, begann sie mit dem Auspacken.

Kimathi folgte Frank zurück ins Wohnzimmer. Ein Fenster öffnete sich über der Ladenfront, das andere sah auf einen unratübersäten Hinterhof und die rostigen Wellblechdächer der Nachbarschaft hinaus.

Frank fuhr mit einem Finger über das Fensterbrett und schob ein kleines Staubhäufchen zusammen. »Hier wirst du wohnen.«

»Ja«, sagte Kimathi.

Frank schüttelte den Kopf.

»Was gefällt dir denn nicht daran?«, fragte Kimathi.

»Nichts«, sagte Frank. »Aber schau mal ... «

Kimathi sah auf den Hinterhof hinunter. Ein etwa zehnjähriger Junge war gerade dabei, auf einem Müllhaufen seinen Darm zu entleeren. Kimathi riss das Fenster auf und schrie ihn an: »He, du!«

Der Junge sah bestürzt auf.

»Hau ab hier, aber schleunigst!«, brüllte Kimathi.

Der Junge sprang hastig auf und rannte die Gasse entlang davon.

»Das muss schleunigst aufhören«, sagte Kimathi.

Frank lächelte traurig.

»Na komm schon, Frank«, meinte Kimathi. »Wir sind zu lange im Busch gewesen. Die Menschen hier leben anders.«

»Vielleicht ...« Frank beließ es dabei.

Er verabschiedete sich von Sofia, die schon eifrig aufräumte, und folgte Kimathi nach unten in den Laden. Onkel Esser war so mit den Kunden beschäftigt, dass er sie nicht herunterkommen hörte.

Frank ließ seinen Blick noch einmal durch den Raum wandern und sein kritisches Auge nahm den Staub zur Kenntnis, die leeren Regale.

»Ich versuche mir vorzustellen, wie du hier herein passt«, sagte er in Erwiderung von Kimathis fragendem Blick.

»Und was meinst du?«

»Nicht allzu viel los hier, oder?«

»Wir werden das Lager aufstocken«, sagte Kimathi. »In zwei Wochen erkennst du den Laden nicht wieder.«

Sie gingen hinaus zum Landrover. Eine Weile standen sie auf dem Bürgersteig und beobachteten die vorbeiwuselnde Menge.

Frank zündete sich eine Zigarette an, um den Geruch von zu vielen Menschen zu übertönen. »Ich werde dich vermissen, da draußen in der frischen Luft«, sagte er.

»Wir kommen schon zurecht«, meinte Kimathi.

Frank schüttelte den Kopf. »Ich werde nie verstehen, wie jemand eine gute Anstellung für so eine Bruchbude aufgeben kann.«

»Ich habe es für Sofia getan«, sagte Kimathi. »Hier ist es sicher, niemand schießt ständig auf einen, keine Gefahren, keine Sorgen.«

Frank öffnete die Fahrertür. »Wie wollt ihr über die Runden kommen?«

»Vielleicht schaffen wir es nicht«, sagte Kimathi. »Aber wir werden nicht verhungern. Onkel Esser ist ein alter Hase, was das betrifft. Komm doch vorbei, wenn du das nächste Mal in der Stadt bist.«

Frank kletterte hinters Steuer und sagte ernst: »Ich kann's gar nicht erwarten, wieder zu kommen und nachzuschauen. Pass auf dich auf, Johnny.«

»Pass auf dich selber auf, Mann.« Kimathi beugte sich zum Fenster herein. »Wer ist dein neuer Partner auf Patrouille?«

»Daniel Bokassi.«

»Der alte Dan!«, rief Kimathi aus. »Wie kannst du denn mit dem arbeiten?«

Frank grinste. »Jedes Mal, wenn er ein Gewehr anlegt, springe ich hinter ihm in Deckung.«

Der alte Dan, wie ihn alle nannten, ging auf die sechzig zu, hinkte wegen einer kaputten Hüfte und konnte die neu ausgegebenen Gewehre nicht abfeuern, ohne jedes Lebewesen in einer Meile Umkreis in Gefahr zu bringen. Und um dem Ganzen die Krone aufzusetzen, war er hoffnungslos weitsichtig. Aber der alte Dan war ein zäher, erfahrener Scout und erstklassiger Fährtenleser.

»Pass auf dich auf«, wiederholte Kimathi.

»Viel Glück«, sagte Frank, während er wendete und dann in Richtung River Road losfuhr.

Kimathi sah dem entschwindenden Landrover nach, seufzte und sog dabei eine Lunge voll staubiger, verbrauchter Luft ein. Er hoffte, er würde sich bald an den ewigen Geruch nach Fäulnis gewöhnen, der wie ein giftiger Pilz über der Gegend schwebte.

11

Am Tag nach ihrer Ankunft machte sich Kimathi daran, den Laden zu renovieren. Er schickte Onkel Esser weg, um neue Vorräte einzukaufen. Der alte Mann versuchte dagegen zu protestieren, so viele Vorräte für den Laden anzuschaffen, aber Kimathi brachte ihn zum Schweigen. Wenn sie schon einen Laden führten, dann sollte es ein großer sein. Nachdem der Onkel gegangen war, schloss sich Kimathi im Laden ein und fing an, ihm ein neues Aussehen zu verpassen. Mittlerweile tat Sofia im ersten Stock dasselbe mit der Wohnung.

Kimathi räumte alles aus den Regalen und staubte sie gründlich ab. Dann stellte er die wenigen Waren in einer sinnvolleren Anordnung wieder zurück, wobei er genügend Platz für die neuen Vorräte ließ, die er am Nachmittag erwartete. Er schrubbte den Fußboden, putzte die Theke und kehrte dann den Bürgersteig vor dem Laden. Es waren zwei Stunden Knochenarbeit.

Dann heuerte er zwei Kerle an, die auf der Straße herumlungerten, um den Müllhaufen in der Gasse zum Hinterhof wegzuschaffen und sie machten sich mit Feuereifer ans Werk. Sie waren froh, überhaupt eine Arbeit zu haben, schaufelten den ganzen Mist in ihren Handkarren und kippten ihn ein Stück weiter die Gasse entlang wieder aus, wo er niemanden störte. Dann kaufte er eine Dose grüner Farbe und einen Pinsel in einer Eisenwarenhandlung ein paar Schritte die Straße hinunter und malte auf beide Seitenwände der Gasse: *Müll abladen verboten.*

Als Nächstes holte er das Schild an der Ladenfassade herunter und ersetzte es durch ein anderes, das er selbst gemalt hatte – *Esser Gemischtwarenhandlung.*

Mittags machte er eine Pause und aß eine Portion Huhn mit Chappatis, die ihm Sofia in den Laden herunter brachte. Sie sah sich die Arbeit an, die er schon geleistet hatte und wirkte sehr angetan.

Onkel Esser kam um eins zurück, fuhr in einem Taxi beim Laden vor und brachte Waren im Wert von zehntausend Shilling mit. »Irgendetwas riecht hier anders«, sagte er, während sie mit dem Ausladen anfingen.

»Der Müll aus der Gasse hinten ist weg«, berichtete Kimathi. »Ich habe ein paar Männer angestellt, um ihn wegzuschaffen.«

»Bezahlt?« Onkel Esser wirkte verschnupft. »Es ist Aufgabe der Stadt, für die Abfuhr zu sorgen.«

»Das ist unsere neue Geschäftspolitik. Von jetzt an verlassen wir uns auf niemanden. Wenn wir wollen, dass etwas geschieht, nehmen wir es selbst in die Hand.«

»Vielleicht sollten wir es nicht allzu groß aufziehen«, sagte der alte Mann zaudernd.

»Was hast du gegen große Geschäfte?«

»Ihre Größe«, sagte Onkel Esser unbehaglich.

Als sie mit dem Ausladen fertig waren und das Taxi bezahlt hatten, schlossen sie sich mit den neuen Vorräten im Laden ein. Drei Stunden lang sortierten sie mehrere Dutzend Kartons, packten aus, etikettierten und arrangierten die verschiedenen Waren in die vorbereiteten Abschnitte der Regale. Später am Abend rissen sie die Türen weit auf, um die Kunden in dem neugestalteten Laden willkommen zu heißen. Die alten Kunden kamen, äußerten Erstaunen und kauften Dinge, die sie gewöhnlich anderswo kauften.

Um mehr Kundschaft anzulocken, gab Kimathi zu jedem Einkauf im Wert von über zwanzig Shilling eines von Onkel Essers Hongkong-Spielzeugen als Geschenk dazu. Anfangs wirkte Onkel

Esser nicht allzu glücklich über die Idee. »Das sind Weihnachtsspielzeuge«, klagte er.

»Wir kaufen noch mehr davon«, meinte Kimathi. »Sie reichen nicht bis Weihnachten, erinnerst du dich?«

Der alte Mann schüttelte den Kopf. Es war Wahnsinn, Spielzeuge zu verschenken. Aber bald begann er zu lächeln, während er zusah, wie sich das Geld in der hölzernen Ladenkasse stapelte. Sie machten an diesem ersten Abend so gute Geschäfte, dass sie das Angebot mit den Spielzeug-Dreingaben verlängerten, so lange der Vorrat reichte.

Das Spielzeug reichte gerade noch zwei Tage. Sie beschafften sich neues, das sie bei jedem Einkauf über vierzig Shilling umsonst dazu gaben. Diesmal reichte es eine Woche. Sie besorgten sich eine neue Ladung als Dreingabe bei Einkäufen über hundert Shilling. Die hielt drei Wochen lang.

Inzwischen rechnete niemand mehr mit Geschenken, aber alle strömten weiterhin in den einzigen Laden auf der Grogan Road, wo sie mit Namen angesprochen und mit einem echten Lächeln bedient wurden. Der Ansturm zur Abendessenszeit verlangte Onkel Esser, Kimathi und Sofia gemeinsam alles ab, um alle Kunden zu bedienen. Von fünf Uhr Nachmittag an hatten die drei keinen Augenblick Ruhe, bis sie um neun Uhr schlossen.

Onkel Essers Laden wurde bekannt. Geld floss in die Kasse, die Wohnung wurde möbliert und die Küche mit einem großen Gasherd und glänzendem neuen Geschirr ausgestattet.

Die Schwierigkeiten fingen am Ende dieses ersten, erfolgreichen Monats an.

Der letzte Kunde war gerade gegangen. Wie üblich machten sie den Laden um neun zu und setzten sich hin, um die Tageseinnahmen zu zählen, bevor sie nach oben gingen, um zu essen und sich schließlich schlafen zu legen. Onkel Esser hatte die Kasse in seinem Hinterzimmer und sortierte das Papiergeld. Sofia zählte die Münzen. Kimathi ging das Kassenbuch durch und wartete darauf, die Tagesumsätze einzutragen.

Plötzlich klopfte es an der Tür. Sie hielten inne und sahen sich gegenseitig fragend an. Kimathi steckte seinen Kopf durch den Durchgang in den Laden und rief: »Wir haben geschlossen.«

Ohne merkliches Zögern wiederholte sich das Klopfen.

»Ich sagte, wir haben geschlossen«, schrie Kimathi abermals.

Abermals Klopfen.

Kimathi schaltete das Licht aus und ging durch den Laden zur Eingangstür. »Was wollen Sie?«, fragte er.

Keine Antwort.

»Tut mir Leid, wir haben geschlossen«, sagte er. »Bitte kommen Sie morgen wieder, in Ordnung?«

Er wandte sich ab, um ins Hinterzimmer zurückzukehren, als draußen eine Stimme ertönte.

»Onkel Esser«, sagte die Stimme. »Ich bin es.«

»Was wollen Sie?«, fragte Kimathi.

»Onkel Esser«, wiederholte die Stimme. »Ich will mit ihm sprechen.«

Kimathi zögerte. »Onkel«, rief er. »Da will dich jemand sprechen.«

Aus dem Hinterzimmer kam das Geräusch von hastigen Bewegungen, aber keine Antwort.

»Onkel?«, rief Kimathi.

Er ging zur Tür zum Hinterzimmer und prallte mit dem alten Mann zusammen, der mit der Kasse in den Laden gerannt kam.

Sofia war nach oben gegangen und hatte die Tür hinter sich abgesperrt.

Onkel Esser stellte die Kasse zurück auf den Ladentisch bedeutete ihm, die Tür zu öffnen.

»Was zum Teufel …«, fragte Kimathi verwirrt.

»Mach auf«, befahl der alte Mann.

»Onkel Esser«, rief die Stimme. »Es ist kalt hier draußen.«

»Komme schon«, sagte der alte Mann. »Mach auf, mein Junge.«

Kimathi zuckte die Achseln und blieb zögernd vor der Tür stehen, bevor er schließlich, einen nach dem anderen, die drei schweren Riegel zurückzog, mit denen die Tür gesichert war.

Die Tür flog auf und schleuderte ihn gegen den Ladentisch zurück. Drei Männer stürmten herein und knallten die Tür zu. Bevor Kimathi Zeit hatte zu reagieren, drückte ihm einer der Schlägertypen eine Pistole gegen den Hals.

»Nur keine Aufregung«, sagte der Mann ihm dicht ins Gesicht. »Wir sind Freunde des alten Mannes.« Eine sieben bis acht Zentimeter lange Narbe lief ihm schräg über die Stirn. Er zog die Automatik zurück, eine kurzläufige 38er-Special, und steckte sie wieder in seine Jacketttasche.

Die drei Männer waren gut gekleidet, trugen teuer aussehende Geschäftsanzüge. Sie sahen eher wie Angehörige einer Spezialeinheit der Polizei aus denn wie Räuber. Das hässliche Narbengesicht mit der 38er-Special schien der Anführer zu sein.

Sie betrachteten bewundernd die gut bestückten Regale. »Die Geschäfte scheinen gut zu laufen«, sagte der Anführer und nickte.

»Was wollen Sie?«, fragte Kimathi.

Der Mann warf ihm einen geringschätzigen Blick zu und sprach statt dessen zu Onkel Esser. »Wir sind geschäftlich hier«, sagte er. »Nicht wahr?«

Onkel Esser nickte.

»Wovon redet der?«, fragte Kimathi.

»Aber, aber«, sagte Narbengesicht, immer noch an den plötzlich ganz eingefallen und grau aussehenden alten Mann gerichtet. »Soll das heißen, Sie haben Ihren Partnern nichts von unserem kleinen Arrangement erzählt?«

Onkel Esser blickte zu Boden und schüttelte den Kopf.

»Sagen Sie's ihm!«, befahl der Mann.

Onkel Esser hob den Blick von seinen Füßen zu Kimathi und zuckte hilflos die Achseln. »Wir müssen …« Er schluckte schwer. »Wir müssen zahlen … Steuern.«

»An diese … Leute?«, fragte Kimathi fassungslos. »Wer zum Teufel sind die?« Er wandte sich an Narbengesicht. »Wer sind Sie?«

»Wir sind im Dienstleistungsgewerbe«, antwortete der Mann.

»Was für Art von Dienstleistungen?«, wollte Kimathi wissen, als keine nähere Erklärung folgte.

Narbengesicht lächelte geduldig.

»Wollen Sie damit sagen ...« Kimathi brachte die Worte nicht über die Lippen. »Ihr Kerle seid Schutzgelderpresser?«

»Das hier ist eine gefährliche Gegend«, sagte der Mann, wobei er den Blick zwischen Onkel Esser und Kimathi hin- und hergehen ließ. »Wir nennen es eine Steuer. Die Leute zahlen Steuern an die Regierung für Schulen, Krankenhäuser, Straßen. Warum nicht auch für etwas Praktischeres wie persönliche Sicherheit? Steuern, wenn ich bitten darf.«

»Steuern, Sie Hundesohn?« Kimathi stürzte vor und fand sich Auge in Auge mit einer zweiten Automatik wieder, die einer der Handlanger zückte.

»Entspannen Sie sich«, sagte der Mann ruhig.

»Nicht so unbeherrscht, bitte.« Narbengesicht schüttelte seinen großen Schädel. »Das ist schlecht fürs Geschäft.«

Kimathi machte wieder eine Bewegung, als wolle er auf den Mann losgehen, aber die Pistole hielt ihn in Schach. »Das ist illegal. Das ist Erpressung.«

»Schon wieder so starke Worte.« Der Anführer zog die Kassenschublade heraus und durchwühlte das Geld, ohne aufzusehen. »Sie sind noch neu hier, aber Sie werden es schon lernen. Dies ist eine gefährliche Stadt. Sie zahlen Ihre Steuern wie jeder brave Bürger, und wir sorgen dafür, dass Ihnen nichts zustößt ... oder Ihrem Laden. Sie wissen schon, Sachen wie Raubüberfälle, Einbrüche, unvorhergesehene Brände. Manche Leute werden bei Überfällen verletzt, wissen Sie. Manche werden sogar getötet.«

Er blickte auf. »Man könnte sagen, wir sind im Versicherungsgeschäft«, sagte er. »Wir beschützen Sie vor all den üblen kleinen Gaunern in der Gegend.« Er wandte sich wieder der Kasse zu und sprach weiter, während er das Geld aus der Schublade zählte und die Scheine in seine Tasche steckte. Er war gelassen und selbstsicher.

»Für das Geld habe ich hart gearbeitet«, sagte Kimathi bitter.

»Wir auch«, sagte der Mann. »Sagen Sie, habe ich Sie schon mal irgendwo gesehen? Haben Sie einen Bruder?«

Kimathi ignorierte die Frage. »Ihr Mistkerle habt wirklich Nerven. Hier hereinzukommen und ...« Eine Faust grub sich in seinen Magen und brachte ihn zum Schweigen. Er klappte vornüber und rang nach Luft.

»Wie der alte Mann hier Ihnen sagen kann«, fuhr Narbengesicht fort, »nehmen wir von einem Laden dieser Größenordnung nur etwa zwölf Pfund pro Monat.« Er lächelte Onkel Esser zu. »Aber der alte Mann hatte den Laden eine Weile zugemacht, deshalb ist er mit den Zahlungen im Rückstand. Wir kassieren also heute die rückständigen Beträge bis zu diesem Monat, und dann sind wir so weit wieder quitt.«

Plötzlich blickte er auf, als im Hinterzimmer eine Bewegung hörbar wurde. Sofia stand in der Tür und lauschte. Onkel Esser hatte sie gewarnt, sich versteckt zu halten.

»Hallo«, sagte Narbengesicht. »Da kommt ja die hübsche dritte Partnerin. Bitte, kommen Sie doch herein ...«

»Geh nach oben«, befahl Kimathi.

»Sie sollte lieber bleiben«, sagte Narbengesicht. »Als gleichberechtigte Partnerin ...«

»Lassen Sie sie da raus«, sagte Kimathi. »Rauben Sie die Kasse aus und verpissen Sie sich!«

»Raub?« Narbengesicht wandte sich an Onkel Esser. »Sagen Sie's ihm, alter Mann. Wir sind keine Verbrecher und das ist kein Überfall. Sagen Sie's ihm.«

Onkel Esser sah Kimathi flehend an und er war den Tränen nahe, als er sagte: »Das ist kein Überfall.«

Narbengesicht zählte die letzten Banknoten und steckte sie in die Tasche. In der Kasse blieb nur das Münzgeld zurück. Dann sah er sich mit offensichtlichem Wohlwollen um. »Der Laden hat sich gut gemacht.« Er tätschelte Onkel Esser die Schulter. »Es wäre ein Jammer, wenn er heute Nacht bis auf die Grundmauern abbrennen würde. Wir müssen uns überlegen, Ihnen eine umfassendere Police anzubieten.«

Onkel Esser verhielt sich ganz still. Er schien in den letzten zehn Minuten um zehn Jahre gealtert zu sein.

Narbensicht ging um die Theke herum und stolzierte seinen Männern voran aus dem Laden.

Noch lange Zeit nach ihrem Weggang rührte sich niemand. Sie standen einfach da und starrten die offen stehende Tür an.

Endlich trat Kimathi gegen die Tür, so dass sie ins Schloss sprang und ließ die Riegel einrasten. Sofia begann zu schluchzen.

Kimathi fasste sie an den Schultern und steuerte sie zum Hinterzimmer. »Geh jetzt schlafen. Onkel Esser und ich müssen ein langes Gespräch führen.«

Sie warf einen unsicheren Blick auf Onkel Esser, der unverwandt und ohne etwas wahrzunehmen die Kasse anstarrte.

»Möchtest du etwas Kaffee, Onkel?«, fragte sie ihn.

»Ja«, schaltete Kimathi sich ein. »Wir könnten alle einen Kaffee brauchen.«

Sie ging.

Kimathi setzte sich auf die Theke und starrte den niedergeschlagenen alten Mann an, während die Wut über ihn hinweg rollte wie eine Dampfwalze. Am liebsten hätte er die Aussprache damit eröffnet, dass er dem alten Mann den ergrauten Kopf abriss.

»Wie lange geht das schon so?«, fragte er endlich.

Onkel Esser rührte sich ein wenig. »Zwei Jahre.«

»Zwei Jahre!«, wiederholte Kimathi entsetzt. Er bezähmte seinen Zorn und bot dem alten Mann eine Zigarette an.

Sofia brachte den Kaffee und stellte ihn auf die Ladentheke. Sie zog ein Bündel Papiergeld hervor. »Sei nicht so hart mit dem Onkel«, sagte sie. »Er war sehr geistesgegenwärtig. Als das Klopfen anfing, hat er mir dieses Geld mit nach oben gegeben.«

Sie verließ die beiden Männer, die schweigend das Geld anstarrten. Kimathi zählte es. Es waren beinahe zwei Drittel der Tageseinnahmen. Er warf es angewidert auf den Tisch.

»Zwei Jahre«, wiederholte er. »Du erzählst mir jetzt erst, dass du schon zwei Jahre lang jeden Monat diesen Banditen dein Geld gegeben hast?«

Onkel Esser zuckte die Achseln.

»Wer zahlt noch alles?«, fragte Kimathi.

»Der gesamte Bezirk, nehme ich an«, sagte der alte Mann. »Man kann die Leute schlecht danach fragen, ob sie auch erpresst werden.«

»Wir müssen zur Polizei gehen«, schlug Kimathi vor.

Onkel Esser griff entsetzt nach Kimathis Arm. »Nein«, schrie er. »Das darf man nicht. Nie die Polizei rufen.«

»Als Erstes morgen früh«, sagte Kimathi entschlossen.

»Nein, Johnny. Das wäre verheerend.«

»Nicht verheerender, als den ganzen Gewinn an ein paar revolverschwingende Wegelagerer. »Es ist einfach idiotisch, sich einen ganzen Monat lang abzurackern und dann zuzusehen, wie diese Scheiß-Analphabeten sich den ganzen Profit schnappen.«

»Du verstehst nicht, Johnny«, meinte der alte Mann. »Das sind nicht nur ein paar Einzelne … Es sind viele. Er ist nur einer von den Eintreibern …«

»Wie heißt er?«

»Woher soll ich das wissen? Du kannst nicht zur Polizei gehen, das ist alles. Auch andere haben versucht, Widerstand zu leisten, Johnny. Zwei Läden sind bis auf die Grundmauern niedergebrannt, andere wurden ausgeraubt, bis sie bankrott waren, einige Menschen sind bei sinnlosen Überfällen zu Krüppeln geschlagen worden. Diese Männer sind skrupellos und die Polizei kann nichts tun, verstehst du das nicht?«

Kimathi schüttelte heftig den Kopf. »Was am meisten weh tut, ist, dass du mir vorher nichts gesagt hast.«

»Ich hab's vergessen«, sagte Onkel Esser aufrichtig. »Sie waren schon lange nicht mehr gekommen und ich hoffte … hoffte, dass sie nie wiederkommen würden. Du kannst dir nicht vorstellen, wie oft ich davon geträumt habe, dass der Kerl bei einem Autounfall ums Leben kommt.«

Kimathi schwenkte den Kaffee in seiner Tasse herum und dachte an die vielen üblen Dinge, die er gerne den Schutzgelderpressern angetan hätte. Aber wenn es so viele waren, wie der alte Mann sagte …

»Was für einen Sinn hat es, diesen verdammten Laden zu führen?«, sagte er wie zu sich selbst. »Wir könnten ihn denen genauso gut gleich überlassen, dann können sie das selbst erledigen.«

»Das geht nicht!«

»Du meinst, man kann nicht einmal aussteigen?«

Der alte Mann schüttelte den Kopf. »Sie würden das Haus niederbrennen«, jammerte er. »Sie wissen, dass es mir gehört.«

»Warum hast du es denn überhaupt gekauft?« Kimathi ließ seine Faust auf den Tresen krachen. »Wenn du die ganze Zeit gewusst hast …«

Onkel Esser sah ihn an und seine Augen flehten um Verständnis. Zum ersten Mal sah ihn Kimathi so, wie er wirklich war, ein müder, alter Mann, der sich nach ein wenig Frieden in seinen letzten Lebensjahren sehnte. Er wirkte plötzlich viel älter, besiegt, aber noch nicht gebrochen. Kimathis Zorn schmerzte ihn mehr als der Raubüberfall.

»Tut mir Leid«, sagte Kimathi. »Ich bin einfach so wütend.«

»Es ist gut, wütend zu werden«, sagte der alte Mann düster. »Du bist jung und heißblütig. Aber wenn du den Kopf verlierst, macht das die Dinge nur noch schlimmer.« Ein Ausdruck völliger Resignation malte sich auf Onkel Essers Miene. »Jeder zahlt die Steuer.« Er zuckte mit hängenden Schultern die Achseln. »Es ist der Preis dafür, hier ein Geschäft zu führen. Genauso wie die Miete, die Genehmigungen … Und wenn alle Rechnungen bezahlt sind, hat man zu essen.«

»Ist das alles, worum es geht?«, wandte Kimathi ein. »Arbeiten und essen?«

»Worum sollte es sonst gehen?«

Kimathi beugte sich über die Ladentheke und sprach ernsthaft auf den alten Mann ein. »Es gilt ein Leben zu leben, Onkel. Es geht um dich, mich und … Sofia. Sie erwartet ein Kind. Soll ich für diese Banditen arbeiten oder für meine Familie? Sag mir das! Und es gibt auch so etwas, wie ein Leben in Würde zu leben. Wie wollen wir dieses Geschäft aufbauen, wenn wir kein Geld zurücklegen können?«

Onkel Esser sah betreten drein. »Vielleicht ist es nicht machbar«, sagte er und schüttelte den Kopf. »Ich habe gehofft, gemeinsam könnten wir ihnen die Stirn bieten, du und ich … Ich bin mir nicht mehr sicher. Ich dachte, es gibt einen Weg, aber als diese Männer heute Abend kamen, bin ich einfach innerlich gestorben. Ich wollte, wir hätten nie damit angefangen. Ich habe einen furchtbaren Fehler gemacht … Es ist unmöglich. Es tut mir Leid.«

Kimathi ließ seinen Blick durch den Laden schweifen und seine Gedanken waren in Aufruhr. Ausgerechnet, als ich gerade angefangen habe, stolz darauf zu sein, dachte er.

»Wir könnten in eine andere Stadt ziehen«, sagte Onkel Esser leise.

Kimathi wandte sich ihm zu, und seine Augen brannten vor Trotz. »Wir werden nichts dergleichen tun«, sagte er. »Wir bleiben hier.«

»Sie werden zurückkommen«, sagte der alte Mann.

An diesem Abend fehlte allen der Appetit fürs Abendessen. Sofia lag im Halbschlaf auf dem Bett, als Kimathi endlich in die Wohnung hinaufging. Er setzte sich aufs Bett und legte die Stirn in die Handfläche.

Sie regte sich und nahm seine Hand. »Was sollen wir tun, Johnny?«

»Mach dir keine Sorgen«, sagte er. »Es wird alles gut werden.«

Sofia schwieg eine Weile. »Ich habe gehört, was sie gesagt haben.«

Er stand auf und bat sie, sich wieder schlafen zu legen. »Ich muss noch etwas arbeiten.«

Aus den Tiefen eines Wandschrankes zog er eine schwere Holztruhe heraus und öffnete sie. Darin lagen seine Andenken an den

Wildererkrieg: Messer in allen Größen, Pangas, Keulen, Bögen mit ausgehängten Sehnen und Köcher voller vergifteter und nicht vergifteter Pfeile. Er zog mehrere der Waffen vorsichtig heraus und breitete sie auf dem Teppich aus. Mit tödlichem Ernst untersuchte er die scharfen Stahlklingen und wünschte, er wäre so vorausschauend gewesen, seiner Sammlung ein Gewehr hinzuzufügen.

12

Am Freitag brachte Kuria eine Frau für Ricardo. Sie kam um vier Uhr nachmittags an, eine schöne Frau Anfang zwanzig mit festen, starken Beinen und breiten Hüften.

Al Haji hatte eine junge, kraftvolle Frau bestellt, in der Hoffnung, sie würde Ricardo genügend abkühlen, dass er es wieder ein paar Monate aushielt. Ricardo lächelte anerkennend, als Al Haji ihm sagte, dass das Mädchen für ihn war, dann inspizierte er sie ausgiebig, indem er um sie herum ging und dabei beifällig nickte. Schließlich führte er die lächelnde Frau nach oben in sein Zimmer und kam bis zum nächsten Morgen nicht mehr herunter. Er bestellte zwei ausgiebige Portionen Frühstück, ließ sie sich aufs Zimmer servieren und schloss die Tür wieder hinter sich ab.

Als die junge Frau schließlich herunterkam, lief sie mit schleppendem, eierndem Gang, langsam und unsicher, als hätte sie die ganze Nacht ohne Pause den Kung-Fu getanzt. Ihre starken Hüften und Beine schienen kaum noch die Kraft zu haben, sie zu tragen. Sie sah aus, als würde sie sich am liebsten hinlegen und sterben.

Aus dem Fenster seines Arbeitszimmers beobachtete Al Haji, wie sie zu dem Wagen humpelte, der sie dahin zurückbringen sollte, wo immer Kuria sie aufgelesen hatte. Ein unbehaglicher Gedanke schoss Al durch den Kopf. Das war genau das, was seine Frau brauchte, gelegentlich mal so richtig flachgelegt zu werden. Wenn

Al es schaffen würde, Tess auch nur einmal im Monat so hart ranzunehmen, wäre sie nicht so eine Nervensäge.

Aber zum Teufel, dachte Al Haji, Ricardo war ein echter Psychopath. Wie sonst hätte er eine für die Liebe wie geschaffene Frau so erbarmungslos fertig machen können, obendrein noch eine Professionelle?

Ricardo selbst schlief den Rest des Tages durch.

Kuria, sein Wohltäter, erschien um fünf mit der monatlichen Ausbeute. Er ging auf kürzestem Weg in Al Hajis Arbeitszimmer und warf die große, braune Ledermappe vor ihm auf den Schreibtisch.

Al Haji bot ihm einen Stuhl an, während er die Aufzeichnungen durchsah. Er studierte sie gründlich, nickte manchmal nachdenklich oder kniff skeptisch die Augen zusammen, während er auf seiner Zigarre herumkaute.

Als er endlich aufsah, runzelte er finster die Stirn. »Ich kann keine Verbesserung erkennen.«

»Es ist etwas mehr als beim letzten Mal«, sagte Kuria abwehrend.

»Etwas mehr!« Al Haji hob zornig die Stimme. »Nur etwas mehr? Bei unserer letzten Unterhaltung war nicht von etwas mehr die Rede. Sie haben grundlegende Veränderungen versprochen. Also, was ist passiert?«

»Nun«, sagte Kuria unsicher, »einige von ihnen sind mit ihren Prämien im Rückstand, und einige sind …«

»Wir reden jetzt über die Grogan Road«, schnitt ihm Al Haji das Wort ab. »Wie ich sehe, ist sonst niemand im Stadtzentrum mit den Zahlungen im Verzug. Also was stimmt nicht in diesem Bezirk?«

Kuria zuckte die Achseln. »Dort ist nicht die Government Road. Manche Läden müssen schließen, weil die Geschäfte so schlecht gehen. Und andere, glaube ich, bestücken ihre Regale absichtlich mit zu wenig Waren, um einen falschen Eindruck zu vermitteln …«

»Es ist völlig egal, wie das Geschäft aussieht«, meinte Al Haji. »Wir bieten allen dieselbe Sicherheit, also bringen Sie sie dazu, ihre

Rechnungen zu bezahlen. Was glauben die denn, wer wir sind? Eine Bank, von der sie sich Geld leihen? Es darf am Ende des Monats keine Ausstände mehr geben!«

Er warf die Papiere auf die Mappe. »Sorgen Sie dafür, dass Ihre Jungs den Arsch hochkriegen«, sagte er. »Leisten Sie ein bisschen Überzeugungsarbeit, brechen Sie ein paar Knochen … Muss ich Ihnen das wirklich alles erst sagen? Wann haben Sie zuletzt einen Laden niedergebrannt?«

»Vor fünf Monaten«, antwortete Kuria.

»Zünden Sie noch einen an ... «

Die Tür schwang auf und Ricardo kam herein. Al Haji unterbrach sich mitten im Satz und musterte den Italiener, als hätte er ihn nie zuvor gesehen.

»Könnten Sie vielleicht wenigstens ein einziges Mal vorher anklopfen?«, wollte er wissen.

Ricardo zuckte die Achseln.

»Was zum Teufel ist denn jetzt schon wieder?«, fragte Al Haji unwillig.

Ricardo sah entspannt und zufrieden aus in seinem Seidenhemd mit offenem Kragen, und seine Gesichtsfarbe wirkte lebendiger als je zuvor. Er ließ seinen Blick zwischen Al, Kuria und der Mappe hin und her wandern. Es gelang ihm nicht, den hinterhältigen Ausdruck in seinen Augen zu verbergen.

»Wir haben zu arbeiten«, sagte Al Haji ungeduldig.

Ricardos Mundwinkel hoben sich in einem höhnischen Grinsen. »Ich wollte mich nur bei Ihnen bedanken. Für die … Frau.«

»Bedanken Sie sich nicht«, sagte Al Haji. »Die fünfzig Dollar gehen auf Ihre Spesen.«

»Es war jeden Cent davon wert«, sagte Ricardo. »Kann sie morgen wiederkommen?«

»Wollen Sie sie gleich heiraten?«, fragte Al Haji ärgerlich. »Scheren Sie sich hier raus!«

Ricardo betrachtete die beiden Männer und versuchte, die Spannung zu ergründen, die schwer im Raum hing. Er ging hinaus und schloss die Tür, blieb jedoch dahinter stehen, um zu lauschen.

Er hörte Al Haji fragen: »Wo hatten Sie sie her?«

»Einfach aus der Stadt«, erwiderte Kuria.

»Können Sie sie noch einmal besorgen?«, fragte Al Haji. »Für mich?«

Die Narbe auf Kurias Gesicht straffte sich und begann zu glänzen, als er lächelte. »Natürlich«, sagte er.

»Nicht hier«, meinte Al Haji.

»Natürlich nicht«, stimmte Kuria zu.

Al Haji dachte eine Weile lang nach. »Und nun, was die Kollekte anbetrifft … Von jetzt ab will ich, dass jeder pünktlich bezahlt. Von dem Bocksmist mit Stundungen will ich nichts mehr hören. Wie soll ich meinen finanziellen Verpflichtungen nachkommen, wenn sie mit ihren Zahlungen in Verzug sind? Ich würde es nicht gerne sehen, dass Toni Sie ablösen muss. Los – brennen Sie noch einen Laden nieder.«

Ricardo stand auf der Freitreppe, als Kuria aus dem Haus kam. Sie wünschten sich kühl eine gute Nacht und Kuria brauste in seinem hellblauen Alfa Romeo davon.

Ricardo fragte sich, wie Kuria zu dem Mal auf seiner Stirn gekommen war. Er wirkte hart, aber so hart auch wieder nicht.

Er zündete sich eine Zigarette an und sah zu, wie die Wächter Kurias Wagen zum Tor hinaus ließen. Sein Verstand arbeitete auf Hochtouren. Die lange Zusammenkunft mit der Frau hatte seine Gedanken befreit und seine Sinne geschärft. Zum ersten Mal seit seiner Ankunft sah er die Dinge heute so, wie sie wirklich waren. Er konnte sogar die heraufdämmernde Nacht riechen. Er hörte die Rufe der Nachtvögel, hörte Blätter von den Bäumen auf den Rasen fallen. Er war wieder er selbst.

Um sieben Uhr verließen Al Haji und Tess in Abendkleidung das Haus. Sie waren unterwegs, um mit ein paar Regierungsbeamten zu speisen, einschließlich eines Kabinettsministers und eines hochrangigen Polizeioffiziers.

Tess sah in ihrem dunkel-purpurroten Abendkleid sehr sexy aus, ihre großen Brüste zeichneten sich deutlich unter dem tiefen Dekolleté ab und ihr Gesicht war die selbe alte unergründlich-undurchdringliche Maske, die Ricardo von Anfang an fasziniert und beunruhigt hatte. Sie schien die Art von Frau zu sein, die es fertig brachte, ihrem Mann nach einem Ehestreit ganz beiläufig Gift in den Kaffee zu schütten. Vielleicht machte Al ihr nicht genug Feuer unter dem Hintern, dachte Ricardo mit kalten Lächeln.

Sogar im schwarzen Smoking wirkte Al nicht anders als ein großer, schwarzer Gauner mit gewaltigem runden Schädel und buschigem Schnurrbart, die rechte Hand von einem riesigen Rubinring dominiert, von dem Ricardo vermutete, dass er aus einem Museum gestohlen war.

Ohne ein Wort mit ihm zu wechseln, stiegen sie in ihren schwarzen Mercedes und fuhren davon. Ricardo blieb noch eine halbe Stunde sitzen und rauchte. Die Nacht brach wie eine Lawine über die Landschaft herein. Eine klare, sternenübersäte Nacht. Vom Tor drang das Gemurmel der Wächter herüber. Einer pfiff irgendeine afrikanische Melodie.

Ricardo stand auf und ging ins Haus zurück. Der enorme Esstisch aus Mahagoni war für eine Person zum Abendessen gedeckt – es gab ein nach nichts schmeckendes englisches Stew mit gekochten Kartoffeln, Karotten und Blumenkohl. Der Koch, so hatte Al Haji es Ricardo erklärt, hatte früher für einen pensionierten englischen Colonel gearbeitet. Ricardo stocherte nachdenklich mit der Gabel in der Masse herum, dann hob er den Teller mit den Fingerspitzen hoch, trug ihn in die Küche zurück und verlangte ein Käsesandwich und Kaffee. Er aß im Dunkeln auf der unbeleuchteten Veranda, starrte in die schwarzen Bäume, dachte nach, plante. Lange und gründlich.

Einige Zeit später, als das Küchenpersonal sich in seine Räume hinter dem Herrenhaus zurückgezogen hatte, ging Ricardo wieder hinein. Sein Ziel war Al Hajis Arbeitszimmer. Nach fünf Minuten hatte er das Schloss geknackt. Dann schaltete er alle Lampen ein und begann mit der Suche. Ohne die Lage irgendeines Gegenstands zu verändern, durchforstete er alle Regale und Schubladen des Arbeitszimmers. Er knackte auch die Schlösser der Schreibtischschubladen und durchsuchte ihren Inhalt. Abgesehen von etwa fünftausend Shilling in bar, mehreren Scheckbüchern und Reiseschecks in einer der Schubladen enthielten sie wenig, das von Interesse war. Nur Papiere, Akten und nochmals Papiere.

Als er endlich sicher war, dass das, was er suchte, nirgendwo anders sein konnte, öffnete Ricardo schließlich den fast einen Meter hohen Safe. Er hatte ein einfaches Kombinationsschloss, wie es in den Vereinigten Staaten schon lange nicht mehr gebräuchlich war. Er brauchte nur zehn Minuten, bis die Tür aufschwang. Der Safe hatte drei geräumige Fächer, die alle mit wichtigen Papieren, Dokumenten und sonstigen Unterlagen vollgestopft waren. In einem der Fächer lagen zwanzigtausend Shilling in bar, tausend Dollar Bargeld und mehrere hundert Dollar in Reiseschecks.

Das, was Ricardo suchte, befand sich auch nicht im Safe. Er zählte das Geld, alles echte, legale Banknoten, und legte die Sachen wieder genau so zurück, wie er sie vorgefunden hatte. Er ging einige der Akten durch, hauptsächlich geschäftliche Unterlagen des Orange Estate und anderer legaler Unternehmungen.

Als er überall vergeblich gesucht hatte, schaltete Ricardo die Lichter aus und schloss das Arbeitszimmer wieder ab. Er benutzte abermals seinen Satz Dietriche, um in Al Hajis verbotenen Privatflügel des Hauses einzudringen. Es war der extravaganteste Teil des gesamten Gebäudes. Wertvolle Perserteppiche bedeckten den Boden und teure Gemälde, alles Sammlerstücke, zierten die Wände. Türklinken und Wasserhähne waren samt und sonders aus Gold. In den Badezimmern, von denen jedes Schlafzimmer über ein eigenes verfügte, befanden sich riesige, versenkte Whirlpool-Badewannen in Blau und Pink.

Ricardo begann seine Suche in Als Schlafzimmer, das dreimal so groß war wie das von Ricardo im ersten Stock. Er ging schnell und gründlich vor, bis er sicher war, dass er überall nachgesehen hatte.

Die Schränke waren vollgepfropft mit Anzügen aus Mohair und Wolle und Seidenhemden in allen Farben und Schnitten. Das Doppelbett in der Mitte des Raums war über zwei Meter lang, eine Sonderanfertigung für Als Körpergröße. Alles war aufgeräumt, zu gut aufgeräumt, wie in einem Schaufenster. Es gab einen großen Schreibtisch und haufenweise Papiere, aber keine Spur von dem, wonach Ricardo suchte.

Tess' Schlafzimmer war ein Spiegelbild von Als, nur für einen weiblichen Bewohner gemacht. Ein großer Wandschrank nahm eine ganze Seite ein, gefüllt mit zahllosen Kleidern. Viele davon zog sie nicht mehr an, aber sie waren zu teuer, um sie wegzuwerfen oder an die Dienerschaft zu verteilen. In einem Schrankabteil befand sich ein kleiner, schwerer Safe, der aber lediglich ihren Schmuck und etwas Bargeld enthielt. Das Bett in der Mitte des Raums, eine feminine Variante von dem in Als Zimmer, war ebenso ordentlich, zu ordentlich, was für Ricardo nur eins bedeuten konnte: Er hatte Recht gehabt mit seiner Vermutung, dass Al es Tess nicht oft genug besorgte. Ein erinnernswertes Detail.

Nachdem er es nicht geschafft hatte, das zu finden, was er gesucht hatte, zog Ricardo sich in sein eigenes Zimmer zurück. Er war nachdenklich geworden. Ganz sicher hatten weder Kuria noch Al die braune Ledermappe mitgenommen. Er war dabei gewesen, als sie fortgingen.

Ricardo lag wach im Bett und grübelte, als Al und Tess um eins zurückkamen. Er hörte den Wagen vorfahren, hörte sie die Treppen hinaufsteigen und in ihren eigenen Flügel gehen.

Ricardo lag hellwach, rauchte und dachte nach. Kurz nach drei hatte er es herausgefunden: Die Mappe hatte das Arbeitszimmer nie verlassen. Und doch hatte er das Zimmer gründlich gefilzt. Sie musste noch drinnen sein, irgendwo versteckt, vielleicht sogar in einem verborgenen Safe.

Um fünf Uhr schlief er ein.

Beim Frühstück an diesem Sonntagmorgen war Tess ungewöhnlich guter Dinge. Nach dem Abendessen mit dem Kabinettsminister in der Nacht zuvor hatte Al sie zum Tanzen ins International Casino ausgeführt und zum ersten Mal seit langer Zeit wieder zärtlich umarmt. Dann hatte er sie nach Hause gebracht und sie geliebt und ihr gleich zwei Orgasmen verschafft, auch das zum ersten Mal seit langer Zeit.

Al Haji selbst war nicht so guter Laune. Ein arbeitsreicher Tag lag vor ihm, und er hatte gerade entdeckt, dass jemand in seiner Abwesenheit ins Arbeitszimmer eingebrochen war. Er war nicht sicher, ob an Safes und Schubladen auch herumgepfuscht worden war, aber das unsichtbare Siegel, das er immer an der Tür anbrachte, war erbrochen worden. Er hatte Ricardo im Verdacht, beschloss aber, das nicht zu erwähnen.

Nach dem Frühstück fuhr Tess zum Einkaufszentrum, das zwei Kilometer die Straße hinunter von ihrem Anwesen entfernt lag. Al Haji griff nach seinem Golfsack und machte sich wie jeden Sonntagmorgen auf seine Tour um den Golfplatz. Es war ihm nicht gelungen, Ricardo für diese Sportart zu erwärmen.

Ricardo wartete, bis er sicher war, dass Al definitiv aus dem Weg war, dann schlüpfte er abermals ins Arbeitszimmer. Diesmal war der Suchbereich eingegrenzt. Nachdem er zehn Minuten lang Wände und Boden nach verborgenen Hohlräumen abgeklopft hatte, stand er endlich vor dem Kamin. Um sich den nächsten Schritt zu überlegen, brauchte er weniger als eine Sekunde. Er fand die zu diesem Zweck angebrachten beiden Ringe und hievte die falsche Feuerstatt heraus auf den Teppich. Er lächelte beim Anblick des großen Safe mit zwei Schlössern, der dahinter auftauchte.

Die beiden Zahlenschlösser stammten von verschiedenen amerikanischen Herstellern, aber von einem Typ, den von Kindsbeinen an geknackt hatte. In genau fünf Minuten hatte er den Safe offen und genoss den Anblick seines Inhalts. Dann machte er sich an die Arbeit.

Er ignorierte die Stapel von Geldscheinen und die Waffen, nahm statt dessen die Ledermappe heraus, die Kuria am Abend zuvor mitgebracht hatte, und öffnete sie. Sie enthielt nicht nur

Geld, sondern auch eine lange Liste der Leute, die es bezahlt hatten, oft auch nur die Laden- oder Straßennamen. Ricardo lächelte abermals sein seltenes, kaltes Lächeln.

»Himmelherrgott«, sagte er bei sich. »Himmelherrgott … Das hätte ich ahnen können.«

Schnell ging er die restlichen Papiere durch. Da waren stapelweise streng geheime Dokumente, die nicht nur Als private Geschäfte am Ort aufschlüsselten, sondern auch seine internationalen Transaktionen für die Deloris-Familie und die Verbindungen, die er über Jahre hinweg aufgebaut hatte. Hier war genügend Beweismaterial, um mehrere Dutzend Leute auf der ganzen Welt für lange Zeit hinter Gitter zu bringen, einschließlich einiger aus der direkten Umgebung von Giuseppe Deloris, dem Oberhaupt des Clans.

Al Haji war nicht auf den Kopf gefallen, dachte Ricardo. Sollte die Mafia beschließen, dass sie ihn nicht mehr brauchte, dann konnte er sich mit dem Stapel Dokumente in seinem Safe eine zweite Chance erkaufen. Ein vorsichtiger Mann.

Es war die Art von Spiel, die Ricardo aus dem Effeff beherrschte, daher konnte er sehr gut beurteilen, was es bedeutete, derart vernichtende Unterlagen zu besitzen. Aber andererseits, dachte er, durfte man von einem Mann in Als Position nichts anderes erwarten. Es war seine Lebensversicherung.

Ricardo war völlig vertieft in den Inhalt der Mappe, als die Tür in ihren gut geölten Angeln lautlos aufschwang und Al Haji herein kam. Ricardo spürte den Mann hinter sich eher, als dass er ihn sah. Er wirbelte herum und die Automatik aus seinem Schulterhalfter erschien wie durch Zauberkraft in seiner Hand.

Die Zeit schien stillzustehen. Sie starrten sich gegenseitig an, der eine in der Tür mit seinem Golfsack in der Hand, der andere beim Kamin vor dem offenen Safe kauernd, mit einer tödlichen Waffe. Eine halbe Ewigkeit lang rührte sich keiner von ihnen.

Endlich räusperte sich Al Haji. »Sie waren das also«, sagte er rundheraus.

Ricardo nickte.

Al Haji schloss die Tür und lehnte den Golfsack an die Wand dahinter. Plötzlich schien er einen Entschluss gefasst zu haben, wie er weiter vorgehen wollte.

»Stecken Sie die Kanone weg«, sagte er und ging zum Schreibtisch. Er zog eine Schublade auf und griff hinein.

»Keine Bewegung!«, bellte Ricardo und kam vor dem Kamin auf die Beine.

Al Haji erstarrte und erinnerte sich plötzlich an die Formulierung, die Arturo Spinelli gebraucht hatte: »Behalt ihn im Auge. Ricky hätte keinerlei Skrupel, dir den Kopf wegzublasen.« Er saß ganz still, seine Züge gefurcht von plötzlicher Müdigkeit und kontrolliertem Zorn. Aber da war noch mehr, ein Schatten von Resignation und Verzweiflung. Er nickte zu der Schublade hin und sagte: »Nur eine Zigarre.«

»Nehmen Sie die Hand heraus«, befahl Ricardo. »Ganz langsam.«

Al Haji gehorchte.

Ricardo rückte vorsichtig näher an den Schreibtisch heran und spähte in die offene Schublade. Sie enthielt eine offene Zigarrenkiste und ein Feuerzeug.

»Also gut«, sagte er.

Al Haji zündete sich eine Zigarre an und sog hungrig daran. Seine kalten, schwarzen Augen blieben die ganze Zeit auf den italienischen Revolvermann fixiert. Es war reiner Zufall gewesen, dass er beim dritten Grün umgekehrt war, ermüdet von der Tanzerei gestern Nacht und dem Liebesspiel mit der unersättlichen Tess. Aber auch das mysteriöse Eindringen in sein Arbeitszimmer in der vergangenen Nacht hatte ihm keine Ruhe gelassen.

Jetzt kannte er die Antworten auf das Wer und Warum. Außerdem blickte er in die Mündung einer Pistole, die ein Patensohn der Mafia auf seinen Kopf gerichtet hielt. Plötzlich sehnte er sich nach einem Schuss Brandy.

»Ich brauche etwas zu trinken«, sagte er.

Ricardo dachte darüber nach, sein Gesicht eine Maske grimmiger Konzentration. »Na gut«, sagte er schließlich. »Halten Sie Ihre Hände so, dass ich sie sehen kann. Und keine plötzlichen Bewegungen.«

Al Haji stand auf und schob sich seitlich auf die Bar zu, um beide Hände wie befohlen in Ricardos Blickfeld zu lassen. Er schenkte sich einen tüchtigen Schluck Brandy ein. »Sie auch?«, fragte er.

»Nein!« Ricardos Stimme klang fest und ungerührt.

Al Haji ließ sich auf der harten Couch nieder, die er für seine Mittagsschläfchen benützte. Ricardo setzte sich auf den Schreibtisch und hielt ihn weiter in Schach. Ein paar Minuten lang sagte keiner von ihnen ein Wort. Sie dachten nach.

Al Haji sprach als Erster. »Wollen Sie mich erschießen?«, fragte er.

»Ich denke darüber nach.«

Also dachten sie noch ein wenig länger nach.

Schließlich sagte Al Haji: »Also gut, lassen Sie uns reden.«

»Reden Sie«, meinte Ricardo.

Al Haji sog an seiner Zigarre, den Blick gedankenverloren. »Erst einmal«, sagte er, »stecken Sie diese Kanone weg. Sie können Sie hier sowieso nicht benutzen, und das wissen Sie. Die bewaffneten Posten am Tor wären in Nullkommanichts hier.«

Ricardo lächelte geduldig und sagte: »Aber Sie wären dann tot, Al.«

»Sicher«, sagte Al. »Aber Sie wären auch nicht besser dran. Zehntausend Meilen von zuhause weg, vom FBI wegen Mordes gesucht, illegal in diesem Land, im Besitz eines gefälschten Passes, und, am allerschlimmsten, ein Flüchtling in einer völlig fremden Umgebung ... Wie würde Ihnen das gefallen?«

Ricardo knurrte: »Wie würde es Ihnen gefallen, wenn Happy Joe erfährt, dass Sie sein Geld gestohlen haben?«

Al Haji schluckte einen Mundvoll Brandy hinunter und kaute langsam auf dem Nachgeschmack herum. »Was genau haben Sie herausgefunden?«, fragte er.

»Genug, dass Happy Joe ein Kopfgeld auf Sie aussetzen ließe«, sagte Ricardo.

Al Haji sagte: »Die Papiere, die Sie gesehen haben, sind nur Kopien.«

»Ist mir aufgefallen«, sagte Ricardo.

»Die Originale liegen sicher in einem Schließfach in einer Bank in New York«, meinte Al Haji. »Wenn mir irgendetwas zustoßen sollte, gehen sie direkt ans FBI.«

Ricardo nickte. »Habe ich vermutet. Und den Rest kann ich mir auch langsam zusammenreimen. Es ist nicht einfach so, dass Sie die Chose vermasseln, Sie pfuschen auch noch in den Büchern herum und führen Befehle nicht aus. Und privat ins Schutzgeldgeschäft einzusteigen, du lieber Himmel …«

»Ich habe Geld gebraucht, um das Gut zu führen«, erklärte Al Haji.

»Und geplant, das Syndikat zu erpressen?«, fragte Ricardo.

»Ich brauchte … brauchte eine Rückversicherung«, antwortete Al Haji. »Alles andere wäre idiotisch gewesen. Kann ich mir noch einen Drink holen?«

Ricardo dachte nach. »Gut«, sagte er. »Lassen Sie Ihre Hände sichtbar, wie vorher.«

Al Haji schenkte sich noch ein Glas ein und überlegte. Jetzt hab ich's, dachte er. »Was wollen Sie jetzt tun?«, fragte er. »Mich erschießen und Happy Joe Bericht erstatten?«

Ricardo schüttelte den Kopf. Er war auch kein Narr. »Sie wollten reden«, sagte er. »Also reden Sie.«

»Ich bin mir über meine Situation sehr wohl im Klaren«, sagte Al. »Aber wie Sie sehen, ist mein Schicksal Ihre Zukunft.«

Ricardo starrte ihn ausdruckslos an. »Reden Sie«, sagte er.

»Ich schlage einen Handel vor«, sagte Al und wartete auf eine Erwiderung.

»Nur weiter«, sagte Ricardo.

»Zehn Prozent der Schutzgelder.«

»Nein!«

Sie starrten sich böse an.

»Zwanzig«, versuchte es Al.

Ricardo lächelte und sagte mit einer Endgültigkeit, die jede weitere Diskussion ausschloss: »Halbe-halbe.«

Al Haji schüttelte den Kopf. Ricardo hatte ihn am Schlafittchen und er wusste es. Er hatte keine Wahl. Er nickte widerwillig.

»Abgemacht«, sagte er.

Ricardo schien noch nicht vollständig zufrieden zu sein. Er schwieg einen Moment lang, während er die Unwägbarkeiten der Abmachung zu durchschauen versuchte. Endlich sagte er ruhig: »Ich übernehme die Aufgabe von Narbengesicht, diesem Stümper.«

»Kuria?«

»Er taugt nichts«, sagte Ricardo. »Schicken Sie ihn in die Wüste. Aus den Unterlagen ist mir klar geworden, dass er eine Null ist.«

»Moment mal«, Al Haji hob die Hand, um ihn zum Schweigen zu bringen. »Sie können unmöglich von Kuria übernehmen. Er ist ein alter Hase in seinem Geschäft und außerdem ein Eingeborener hier. Wie würde denn das aussehen – ein weißer Mann, der in der Grogan Road abkassiert? Natürlich haben Sie die Gegend noch nie gesehen … aber stellen Sie sich einfach Harlem vor, tausendmal größer, millionenfach ärmer, aber genauso gewalttätig. Wie würden die Einheimischen auf Sie reagieren? Die stehen in voller Kriegsbemalung auf der Straße, bevor Sie halbwegs durch sind. Es gäbe einen Aufstand. Nein, wir können Kuria nicht in die Wüste schicken. Sie werden mit ihm zusammenarbeiten müssen.«

»Nein!«, sagte Ricardo barsch. »Von jetzt an arbeitet er unter mir. Ich gebe die Befehle, er gehorcht.«

Al Haji schüttelte den Kopf. »Das wird ihm nicht gefallen.«

»Es wird ihm nichts anderes übrig bleiben.«

»Na schön.« Al Haji zuckte die Achseln. »Sie dürfen ihm die gute Nachricht selbst überbringen.«

»Das werde ich.« Ricardo steckte die Pistole in sein Schulterhalfter zurück. »Bestellen Sie ihn her. Jetzt!«

Al Haji dachte ein paar Sekunden lang nach. Er leerte sein Glas, erhob sich und ging zum Telefon, das auf dem Schreibtisch stand.

Ricardo steckte sich eine Zigarette an. Es tat gut, wieder in Aktion zu sein.

13

Kuria traf wie befohlen exakt um vier ein, frustriert, weil er die breithüftige Frau einsam in seinem Bett hatte zurücklassen müssen, aber auch tief besorgt, denn solch explizite Befehle, eine so ausdrückliche Vorladung hatte er von Al Haji seit langem nicht mehr erhalten.

Bei seinem Eintreffen am Herrenhaus wurde Kuria schnell und ohne Umstände auf die Rückbank des Range Rover verfrachtet, zwischen Ricardo und dem Sicherheitschef von Orange Estate. Sobald er im Wagen saß, wurde er augenblicklich entwaffnet.

»Was zum Teufel geht hier vor?«, protestierte er, als der Range Rover davonschoss und den grasbewachsenen Weg einschlug, der durch den Golfplatz zu den Orangenplantagen führte. »Al hat nach mir geschickt.«

»Stillsitzen und Mund halten«, befahl Ricardo scharf.

Hinter ihnen folgte langsam der schwarze, chauffeurgelenkte Mercedes.

Der Range Rover fuhr in die ausgedehnte Plantage hinein und nahm einen Pfad, der gerade breit genug war, dass das Fahrzeug hindurch passte. Sie änderten mehrmals scheinbar willkürlich die Richtung und verloren sich bald in den Weiten der Plantage. Dann hielt das Fahrzeug an.

Ricardo sah aus dem Fenster. Nach ein paar Sekunden des Abwägens schüttelte er den Kopf. »Nicht hier«, sagte er zum Fahrer.

Der Range Rover fuhr wieder los und raste durch die Plantage, während der schwarze Mercedes ihm weiter am Heck klebte. Dann tauchte er aus den Orangenbäumen auf und jagte über einen staubigen Feldweg, immer noch weit innerhalb der Grenzen von Orange Estate. Der Mercedes verschwand in dem Staubsturm, der im Sog des Range Rover aufwirbelte.

Kuria saß zwischen dem wortkargen Italiener und dem vierschrötigen Sicherheitschef, und die Atmosphäre tödlichen Schweigens im Wagen verwandelte sein Herz in einen Eisklumpen. Er blickte vom einen zum anderen und versuchte zu begreifen. Die beiden bulligen Männer links und rechts von ihm blickten starr geradeaus und ließen ihn in seiner Ungewissheit schmoren.

Sie erreichten das hundert Morgen große Gebiet dichten Urwalds in der äußersten nordwestlichen Ecke des Guts und wurden langsamer. Der Fahrer kannte sich in dieser Gegend bestens aus. Der Mercedes tauchte wieder aus der Staubwolke auf und nahm seine Position zwanzig Meter hinter ihnen ein.

Kuria brach der Schweiß aus. Er konnte sich nicht vorstellen, was er falsch gemacht haben sollte, aber es gab kaum Zweifel, dass die beiden Männer nichts Gutes mit ihm vorhatten. Wo war Al? Warum ließ er es zu, dass sie so etwas mit seinem zuverlässigsten Stellvertreter machten?

Er versuchte, sich nach dem Mercedes umzudrehen, den er im Innenspiegel hatte aufblitzen sehen.

»Stillsitzen!«, bellte Ricardo.

Die Straße wurde immer schlechter, bis sie schließlich ganz und gar verschwand und der Wagen sich nur noch im Schritttempo durch das Unterholz pflügen konnte. Sie erreichten eine Lichtung in den Tiefen des scheinbar endlosen Urwalds und hielten an. Die Tür wurde aufgerissen und Kuria mit einem einzigen, geschickten Ruck aus dem Wagen befördert, so dass er bäuchlings auf dem Boden landete. Der Aufprall rüttelte ihm jeden Knochen im Leib durch und betäubte ihn halb. Er rappelte sich auf und blickte ängstlich zu den drei Männern hin, die aus dem Wagen stiegen.

Der Mercedes hielt hinter dem Rover an und das hintere Seitenfenster glitt herunter. Aus diesem Fenster verfolgte Al Haji kühl das

Geschehen, während sein Rubinring einen funkelnden Tanz auf dem Fensterrahmen vollführte.

Kuria erblickte ihn und machte einen Ausbruchsversuch in Richtung des Mercedes. Die drei Männer versperrten ihm den Weg.

»Al!«, schrie Kuria. »Bitte, Al! Was haben die mit mir vor?«

Als Antwort zog Ricardo seine Waffe und feuerte. Die Kugel klatschte zwischen Kurias Füßen in den Boden. Der Knall des Schusses dröhnte durch die kleine Lichtung, erschütterte jählings die Ruhe des Waldes und hallte in den Bäumen wider.

Kurias Beine verwandelten sich in Wackelpudding und er war am ganzen Körper schweißüberströmt.

»Gib es zu!«, sagte der Italiener und richtete seine Pistole mitten auf Kurias Brust.

Kurias Mund war ausgetrocknet. Er wollte um sein Leben betteln, aber es kam nur ein heiseres Krächzen heraus.

Ricardo trat auf ihn zu, presste ihm die Mündung gegen die Brust und stieß mit der Waffe auf ihn ein. »Gib's schon zu, du nutzloses Stück Dreck!«, brüllte er. »Du hast uns beim Kassieren in der Grogan Road gelinkt, du bist schwach geworden und …«

»Nein, bitte«, stieß Kuria hervor. »Das habe ich nicht getan. Fragen Sie Al, ich habe meinen Job immer sauber erledigt. Al! Sagen Sie's ihm, Al!«

Ricardo sah sich nach dem Mann im Mercedes hinter ihm um. Keine Antwort störte die plötzlich eingetretene Stille. Nur der Rubin hämmerte weiter seinen Bassrhythmus gegen den Fensterrahmen.

»Siehst du?«, sagte Ricardo zu Kuria. »Du lügst.« Er stieß ihm bösartig die Waffe in die Rippen.

»Halt«, sagte Al Haji aus dem Fenster seines Wagens. »Sie haben einfach nicht genügend Grips, Kuria. Sie trinken zu viel und legen sich auf meine Kosten auf die faule Haut. Spielen den großen Macker.«

»Das tut mir Leid, Al«, flehte Kuria. »Aber ich habe nur meinen Job erledigt. Ich habe nie versucht …«

Al Haji dachte nach. Er dachte, wie hässlich Kuria mit dieser Narbe im Gesicht aussah. Die Furcht machte ihn noch hässlicher. Er hatte nie gesagt, wo er die Narbe her hatte, nur, dass es nichts mit der Arbeit zu tun hatte.

»Und was ist mit der Scheiße, in die Sie sich da reingeritten haben?«, fragte Al Haji. »Über vierzigtausend Shilling Ausstände, alles mein Geld ... Und wer hat Ihnen eigentlich gesagt, dass Sie auf meine Kosten Kredit geben können?«

»Sie werden noch bezahlen«, krächzte Kuria.

»Wann?«, bellte Al Haji.

»Sofort«, sagte Kuria. »Morgen. Geben Sie mir noch eine Chance, Al. Bloß ein oder zwei von meinen Leuten haben noch nicht voll bezahlt.«

»Ein oder zwei?«, sagte Al Haji. »Nur weil ich ein großzügiger Mensch bin, lassen Sie es zu, dass ein oder zwei halsstarrige Geschäftsleute meine Unternehmungen ruinieren!«

»Sie werden nicht damit durchkommen«, versprach Kuria.

»Ein oder zwei Männer!«, wiederholte Al Haji. »Wenn man das auch nur einem einzigen durchgehen lässt, kommen die anderen auf dumme Ideen.«

»Das werden sie nicht«, sagte Kuria bestimmt.

»Dann sorgen Sie verdammt noch mal dafür!«, sagte Al Haji.

»Moment mal!«, rief Ricardo, gerade als Kuria anfing, sich zu entspannen. »Wollen Sie damit sagen, dass Sie diesem Stück Scheiße noch mal die Chance geben wollen, uns zu ruinieren? Was zum Teufel!« Er wirbelte herum und rammte Kuria die Faust in den Magen.

Als Kuria sich vor Schmerz zusammenkrümmte, stieß ihn Ricardo auf die Knie hinunter, hielt ihm die Automatik ganz nahe an den Kopf und drückte ab. Kuria sackte wie eine Stoffpuppe in sich zusammen.

Die Explosion dröhnte durch die Lichtung und brachte jede Bewegung zum Stillstand. Der Sicherheitschef stand vor Schock stocksteif da, während der Fahrer aufkeuchte und sich nach Luft ringend gegen den Wagen zurücklehnte.

Al Haji starrte aus dem Fenster und konnte angesichts des plötzlichen Gewaltausbruchs keinen Finger rühren. »Gottverdammt«, zischte er zwischen zusammengebissenen Zähnen hindurch. »Gottverdammt ...« Seine Hand zuckte zu der Automatik unter seiner Achsel, aber etwas Seltsames ließ ihn zögern.

Der zu Ricardos Füßen liegende Kuria begann sich zu bewegen, die Hände auf die Ohren gepresst. Moment mal, dachte Al Haji. Ein Mann, den man mit einer 38er durchs Hirn geschossen hat, denkt nicht mehr daran, sich zu rühren. Und doch rappelte Kuria sich auf alle Viere hoch und ließ den Kopf von einer Seite zur anderen baumeln wie ein betrunkener Hund. Nach allen Gesetzen der Natur hätte er nicht einmal mehr einen Kopf zum Schwenken haben dürfen. Sein Gehirn hätte inzwischen über den halben Wald verspritzt sein müssen.

Al Haji fluchte, warf seine Zigarre zu Boden und stolperte aus der Tür seines Wagens. Mit langen Schritten durchmaß er die Lichtung und stellte sich schweratmend neben Ricardo. »Was zum Teufel bilden Sie sich eigentlich ein?«, fauchte er. Ricardo brachte ihn mit erhobener Hand zum Schweigen.

Kuria starrte verständnislos auf ihre Schuhe. Donnerschläge rollten und hallten durch seinen Schädel, und sein ganzer Körper bebte unter der Erschütterung, während er versuchte zu begreifen.

Ricardo griff mit einer riesigen Pranke nach unten, packte Kuria an der Hemdbrust und zerrte ihn auf die Füße. »So fühlt es sich an, zu sterben«, zischte er und schüttelte den betäubten Mann. »Und jetzt sieh zu, dass deine Jungs den Hintern hochkriegen und macht euch an die Arbeit. Wir wollen Action sehen, verstehst du?«

Kuria nickte. Er fing an zu glauben, dass er diesen Tag überleben würde.

»Du meldest dich mit den Resultaten direkt bei mir.« Ricardo schüttelte ihn nochmals. »Und zwar von jetzt an jede Woche, nicht jeden Monat, wie bisher. Und ich will die Kollekte immer auf dem neuesten Stand sehen. Keine Rückstände mehr, keine Ausreden und keine Fehler, kapiert?«

Kuria nickte und lächelte dann schwach, endlich davon überzeugt, dass er noch am Leben war und es wahrscheinlich auch noch eine Weile bleiben würde.

»Hau ab!« Ricardo stieß ihn auf den Range Rover zu. Dann drehte er sich um und ging zusammen mit Al Haji zu dem Mercedes. Sie stiegen hinten ein. Der Wagen wendete und kroch durch den Wald zurück, den selben Weg, den sie gekommen waren.

Sie fuhren schweigend dahin. Ricardo kurbelte die Seitenscheibe herunter, betrachtete die großen Bäume um sie herum, sog die frische Landluft in tiefen Zügen ein und fühlte sich ganz großartig.

»Nettes Örtchen haben Sie hier«, sagte er, während er zum Fenster hinaussah.

Al Haji grunzte und sah tief in Gedanken versunken aus seinem Fenster. Unter den Möglichkeiten, die ihm durch den sorgenschweren Kopf schossen, war die, Ricardo zu erschießen und seine Leiche hier draußen zu verbuddeln, wo niemand sie jemals finden würde. Aber da waren noch Arturo Spinelli, Ricardos Patenonkel, und der Pate höchstpersönlich, Giuseppe Deloris. Sie würden keinerlei Erklärung Glauben schenken, die er vorbringen mochte.

»Ich dachte, Sie hätten ihn umgebracht«, sagte er zu dem Italiener.

»Das hätte ich leicht tun können.«

»Dann hätte ich Sie erschossen«, stellte Al Haji ruhig fest.

»Ich weiß«, sagte Ricardo.

Der Mercedes tauchte aus dem Waldweg auf und erreichte die staubige Lehmpiste. Dann bog er links ab in Richtung der Orangenplantage, wo sie hergekommen waren.

»Ich bin auf der West Side aufgewachsen«, sagte Ricardo.

»Arthur hat gesagt, Sie wären noch nie aus Miami herausgekommen«, erinnerte ihn Al Haji.

»Das sagt er.« Ricardo steckte sich eine Zigarette an. »Happy Joe war mein persönlicher Mentor. Eines der Dinge, die er mir beigebracht hat ist, niemals einem Mann zu drohen. Dann ist er auf der Hut. Sag niemals: Ich werde dich erschießen, sagte Joe zu mir. Schieß einfach. Es funktioniert wunderbar mit Platzpatronen.«

»Haben Sie auf die Art den Bullen umgebracht?«, fragte Al.

Ricardo nickte. »Ich hatte die scharfen Patronen mit den Platzpatronen verwechselt.«

Al Haji warf ihm einen schrägen Blick zu. »Kuria wird das nicht so schnell vergessen«, meinte er.

»Das soll er auch nicht«, sagte Ricardo.

Sie fuhren schweigend weiter. Al Haji zündete sich eine Zigarre an. Als er wieder sprach, klang seine Stimme kalt und ernst. »Wenn Sie diesen Trick jemals bei mir ausprobieren sollten, würde ich Sie töten«, sagte er zu seiner Zigarre.

Ricardo lächelte humorlos. »Bei Ihnen würde ich scharfe Munition nehmen«, sagte er. Dann lehnte er sich zurück und inhalierte tief die frische, tropische Landluft. Es tat gut, wieder in Aktion zu sein.

14

Die der Esser-Gemischtwarenhandlung nächstgelegene Bar befand sich in der Keekorok Road, von der Grogan Road aus durch eine enge, stinkende Gasse zu erreichen. Es war ein kleiner Schuppen, staubig, stickig, und immer gerammelt voll mit dem ganzen Gesindel der Umgebung, Straßenhändlern, Bettlern und betrunkenen Prostituierten.

An manchen Abenden, nach einem anstrengenden Tag im Geschäft, spazierte Kimathi den Hügel hinauf zu dieser Bar, um mit ein paar Bierchen den Geschmack der Grogan Road aus seinem Mund zu spülen. Er trank selten mehr als zwei Bier an einem Abend, aber wenn der Tag besonders zermürbend gewesen war und er angenehme Gesellschaft fand, konnten es auch drei werden.

Am Donnerstag Abend trank er vier Bier. Die ganze Woche war

ein einziger Albtraum gewesen. Narbengesicht war Montag Abend wieder mit seiner Bande aufgetaucht und hatte sie informiert, dass von nun an alle Abgaben Freitag Nacht um Zehn fällig waren und er keine Ausreden gelten ließ. Aber sie konnten unmöglich jede Woche Geld ausbezahlen und trotzdem weiter im Geschäft bleiben. Da war das Problem der Liquidität, das Kimathi unter der Anleitung seiner Frau und des Onkels gerade erst zu durchschauen begann. Wenn sie ihre ganzen Gewinne an die Gangster bezahlten, würde ihr Warenbestand weiter und weiter sinken, bis sie am Ende wieder genau in der Situation angekommen waren, in der sie den alten Mann vorgefunden hatten – in einem Laden voller Staub und leeren Regalen.

Aber Narbengesicht hatte seinen Standpunkt mehr als deutlich gemacht. Wenn sie den Laden herunterwirtschafteten oder zumachten, würde er das Gebäude in Brand stecken. Und damit sie seinen Standpunkt auch nicht so schnell vergaßen, hatte er deutlich mit dem Revolver gewinkt.

Onkel Esser, obwohl das Essen sein Ein und Alles war, schien fast bereit, aufzugeben und sich zu Tode zu hungern.

Kimathi hatte während der Woche den Großteil seiner freien Zeit oben im Bett zugebracht und über die neuen Probleme gebrütet. Er hatte ein- oder zweimal seine Kiste aus dem Schrank gezogen und verschiedene Möglichkeiten erwogen, einschließlich eines einfachen, sauberen Mordes.

Am Donnerstag Morgen hatte er ein ernstes Telefongespräch mit Frank Burkell geführt und ihn dringend um einen ungewöhnlichen Gefallen gebeten. Frank hatte zunächst verwirrt und dann entsetzt über das Ansinnen seines Freundes geklungen und endlich ganz entschiedene Einwände geäußert. »Da musst du mir Genaueres erzählen«, hatte Frank gesagt.

»Ich habe dir schon alles gesagt«, meinte Kimathi darauf.

»Das ist eine verdammt ernsthafte Sache, um die du mich da bittest. Ich muss mehr wissen.«

»Nachdem du mir den Gefallen getan hast«, sagte Kimathi.

»Ich könnte im Gefängnis landen, weißt du?«

»Ich weiß.«

Frank hatte eine Weile geschwiegen und nachgedacht. Das war wirklich verrückt. »Hör mal, Johnny«, sagte er endlich. »Ich weiß wirklich nicht, ob ich das fertig bringe. Bist du sicher, dass du weißt, was du da tust? Hat es Zeit, bis ich das nächste Mal nach Nairobi komme?«

»Wann?«

»Nächsten Monat.«

»Bis dahin könnte ich tot sein«, sagte Kimathi. »Wir könnten alle tot sein.«

»Ich glaube nicht, dass ich es früher schaffen kann, Johnny.«

»Schade«, hatte Kimathi gemeint und aufgelegt.

Ein paar Sekunden später hatte das Telefon geklingelt. »Johnny!«, brüllte Frank. »Was ist denn los mit dir, Mann? Leg nicht einfach wieder auf. Aber, bitte sag doch wenigstens … Nein, nein. Vergiss es. Hör zu, Johnny.«

»Ja?«, erwiderte Kimathi ruhig.

»Gib mir ein oder zwei Tage. Ich muss darüber nachdenken. Herrgott, Johnny, das ist kein kleiner Gefallen, um den du mich da bittest. Ich rufe dich am Samstag an, in Ordnung?«

Kimathi dachte eine Weile nach. »In Ordnung«, hatte er schließlich gesagt.

An diesem Donnerstag Abend hatte er vier Bier getrunken und noch ein wenig mehr nachgedacht. Er war ganz sicher, dass er Recht hatte. Es war die einzige Option, die ihm blieb. Noch zwei Monate, und die gesamten Ersparnisse seines Lebens würden im Rachen der Schutzgelderpresser gelandet sein, und seine Familie ruiniert. Und Sofias Baby war in wenigen Monaten fällig. Sie konnte nichts tun, und Onkel Esser begann langsam zu verzweifeln.

Die Sperrstunde nahte, als er sein viertes Bier ausgetrunken hatte. Er beglich seine Rechnung und machte sich auf den Heimweg. Die Keekorok Road lag verlassen da, alle Läden und Restaurants hatten geschlossen. Er ging östlich in Richtung Heema Street, überquerte die Straße und bog in die von Abfallhaufen gesäumte Gasse ein, die neben seinem Laden in die Grogan Road mündete. Die Nacht war kalt und wolkenlos. Er rieb die Hände aneinander und steckte sie dann in die Taschen.

Hier in der Gasse war es finsterer als in der Keekorok Road, aber es waren nur etwa hundert Meter bis zur besser beleuchteten Grogan Road.

Plötzlich tauchten drei Männer aus den Schatten vor ihm auf. Sie trugen schwere, dunkle Mäntel und zwei von ihnen hatten Wollmützen auf. Sie traten ihm in den Weg und blockierten die Gasse. Er blieb stehen. Sie kamen mit langsamen, bedächtigen Schritten auf ihn zu. Er drehte sich um und ging in die Richtung zurück, aus der er gekommen war. Die Männer hinter ihm lachten. Er begann zu laufen.

Als er auf das andere Ende der dunklen Gasse zurannte, traten vier weitere Gestalten in dunklen Mänteln vor ihm aus den Schatten und versperrten den Ausgang. Kimathi blieb stehen. Hinter sich hörte er die Schritte der drei Schläger langsam durch den Abfall knirschen. Er wandte den Kopf von einer Richtung in die andere und seine Blicke schnellten auf der Suche nach einem Fluchtweg hin und her. Er saß in der Falle.

Ein Schatten löste sich aus der Vierergruppe vor ihm und trat vor. Der Mann lächelte bösartig; seine Zähne schimmerten trübe in der Düsternis, und die Narbe auf seiner Stirn reflektierte den schwachen Lichtschein vom anderen Ende der Gasse.

Kimathi fühlte seinen Magen zu Eis erstarren. Er dachte daran, wie er noch an diesem Morgen zu Frank gesagt hatte: »Bis dahin könnte ich tot sein.« Sein Verstand funktionierte so scharf wie immer, kalkulierte, wog seine Chancen ab, gegen die sieben brutalen Schläger am Leben zu bleiben, die ihn eingekreist hatten. Die einzige vernünftige Antwort lautete: Flucht.

Er setzte sich in Bewegung, täuschte einen Ausfall nach vorne an, machte dann kehrt und lief auf die drei Gangster hinter ihm los. Damit hatten sie nicht gerechnet. Einer schrie eine Warnung, die anderen sprangen vor, um ihm den Weg abzuschneiden. Kimathi prallte in vollem Lauf gegen den in der Mitte und warf ihn glatt auf den Rücken. Er stolperte über den gestürzten Mann und landete auf den Knien. Die anderen erholten sich schnell von ihrer Überraschung. Als Kimathi wieder auf die schmerzenden Beine kam, wurde er herumgewirbelt und gegen die Wand geschleudert, wo ihn die beiden vierschrötigen Kerle mit den Wollmützen in die Zange nahmen und festnagelten.

Narbengesicht holte aus und schlug ihm gegen den Unterkiefer, so dass sein Kopf gegen die unnachgiebige Mauer prallte. Schemenhafte Formen tanzten durch die rote Glut, die in Kimathis Hirn aufwallte. Mit aller Kraft, die er aufbrachte, schnellte er zurück und trat Narbengesicht in den Unterleib. Er knickte in der Hüfte ab und krümmte sich. Gleichzeitig wuchtete Kimathi die Arme nach vorne und knallte die Köpfe der beiden, die ihn festhielten, gegeneinander. Er kam frei und konnte ein paar harte Treffer landen, bevor die anderen Gangster eingriffen und ihn überwältigten.

Narbengesicht lag auf den Knien und stöhnte vor Schmerz. Als er zu Kimathi hochblickte, lag pure Mordlust in seinem Blick. Er stürzte plötzlich vor und schlug Kimathi mit voller Wucht in den Magen, so dass die Luft mit einem schmerzhaften Pfeifen aus seinen Lungen entwich.

Kimathi beugte sich nach vorne, während Bier und Galle in seiner Kehle emporquollen und nach einem Ausweg suchten. Er biss die Zähne zusammen, um sich nicht übergeben zu müssen, und betete darum, dass sie ihn nicht töten würden. Dann explodierte sein Schädel in hundert glühende Bruchstücke, als Narbengesicht ihm einen wuchtigen rechten Haken versetzte, der ihn in die Höhe riss und mit dem Rücken gegen die grobe Mauer schleuderte. Sein Körper begann, an der Wand zu Boden zu rutschen, aber die Arme, die ihn festhielten, gestatteten ihm nicht, sich hinzulegen und auszuruhen. Sie kreuzigten ihn aufrecht gegen die Mauer, während kräftige Fäuste auf seinen gefühllos gewordenen Bauch einschlugen und gegen seinen Schädel hämmerten.

Der Geysir, der in seinem Magen aufgewallt war, brach aus, und Bier und Galle schossen in einem übelriechenden Strahl heraus, der den zunächst stehenden Gangster bis auf die Haut durchnässte. Sie ließen ihn zu Boden plumpsen und traten auf ihn ein, bis er dachte, dass er sterben müsste.

»Und immer schön dran denken«, sagte eine schwache Stimme aus weiter Entfernung. »Jeden Freitag nachts um zehn.«

Stiefel scharrten über den unebenen Asphalt, während die Gangster davongingen. Irgendwo in der Nähe sprang ein Automotor an. Es war wie eine Explosion mitten in seinem Schädel. Der Motor röhrte auf und verklang in den entfernten Nebeln, die durch Kimathis Kopf wallten.

Für eine Zeitspanne, die ihm wie eine Ewigkeit vorkam, lag er schwer atmend in der kalten Gasse und versuchte das Blut wegzuzwinkern, das ihm in die Augen zu laufen drohte. Er blieb genauso liegen, wie sie ihn zurückgelassen hatten, bis sein Magen aufhörte, sich zu heben und sein Kopf sich nicht mehr ganz so schnell drehte. Sein ganzer Körper war eine einzige schmerzende Wunde. Auch dann noch lag er eine ganze Weile im Müll, während sein Unterbewusstsein sich in seinen Körper vortastete und ihn nach gebrochenen Knochen absuchte.

Endlich setzte er sich auf und wischte sich Blut und Tränen aus den Augen. Unter größter Mühe schaffte er es, sich aufzurichten und gegen die Mauer zu lehnen. Schmerz durchschoss seinen ganzen Körper. Sein Kopf vollführte zwei schnelle Umdrehungen, und einen Augenblick lang wusste er nicht, wo es nach Hause ging. Er hielt sich an der Mauer fest, bis der Schwindelanfall vorbei war, dann hangelte er sich schwer atmend an der Wand entlang zur Grogan Road.

Er brauchte beinahe dreißig Minuten, um die hundert Meter bis zum Laden zurückzulegen, halb gehend, halb kriechend. Er fand seinen Schlüssel, der bei der Tortur in der Gasse erstaunlicherweise nicht verloren gegangen war, und tastete sich durch den dunklen Laden zum Hinterzimmer.

»Johnny?« Onkel Esser rief hinter dem Vorhang hervor, der das Zimmer abteilte. Er hatte einen leichten Schlaf.

Kimathi tappte weiter zur Treppe.

»Kommst du zurecht?«, fragte der alte Mann.

»Jaa«, murmelte Kimathi mit schwerer Zunge.

»Immer langsam, Johnny«, sagte Onkel Esser, der dachte, Kimathi hätte einen über den Durst getrunken. »Pass auf die Stufen auf.«

»Jaa«, grunzte Kimathi.

Wenn er sprach, schienen ihm alle Zähne im Kopf zu rasseln. Seine Ohren summten immer noch. Langsam hievte er sich die Treppe hinauf zur Wohnung und taumelte ins Badezimmer. Er drehte den Hahn am Waschbecken auf, spritzte sich Wasser ins Gesicht und keuchte auf vor Schmerz. Dann untersuchte er sein Gesicht im Spiegel. Es war eine einzige Verwüstung, zerschlagen und aufgedunsen. Seine Nase hatte das Doppelte ihrer normalen Größe angenommen, und innen waren die Haare von geronnenem Blut verklebt. Sein linkes Auge war inzwischen beinahe zugeschwollen. Der Kiefer begann dick zu werden, und sein ganzer Schädel fühlte sich an wie ein aufgeblasener Ballon.

Dafür werden sie bezahlen, dachte er, während er anfing, sich zu säubern. Ich schwöre, dass sie dafür bezahlen werden. Er spritzte sich noch mehr kaltes Wasser ins Gesicht und zuckte vor Schmerz zusammen.

Als er wieder in den Spiegel sah, stand Sofia in der Tür hinter ihm und Entsetzen malte sich auf ihrem Gesicht. »Johnny?«, rief sie und kam näher.

Er wandte sich zu ihr um. Ihr Gesicht verzerrte sich vor Schock, als sie das volle Ausmaß des Schadens erkannte, den seine gut geschnittenen Züge erlitten hatten.

»Nicht weinen«, sagte er. »Nicht, Sofi.«

»Ich rufe Onkel …«

»Nein«, schnappte er. »Morgen früh.«

»Aber Johnny, du bist verletzt.«

»Ja«, sagte er. Niemand, nicht einmal Sofia, konnte besser einschätzen als er selbst, wie schwer er verletzt war. Schlimmer als alle Wunden, die sein Körper davongetragen hatte, war die Verletzung im Herzen, die Wunde, die jene letzte verzweifelte Sekunde in der dunklen Gasse gerissen hatte, als er plötzlich erkannte, dass sein Leben der Gnade von Verbrechern ausgeliefert war, die nicht den geringsten Grund hatten, ihn zu schonen.

»Du musst zum Arzt gehen«, sagte Sofia.

»Nicht heute Nacht. Bring mir Alkohol und etwas Watte.«

»Wer hat das getan?«, fragte sie, während sie die Wunden betupfte.

»Ich weiß nicht.« Er schüttelte den Kopf. »Eine Bande von Straßenräubern.«

»Aber sie haben dir deine Uhr gelassen«, sagte sie verwirrt. »Und deine Brieftasche hast du auch noch.«

»Ein Wachmann ist mir zu Hilfe gekommen«, log er.

»Du hättest ihnen das Geld geben sollen«, sagte sie.

Ihr Ehemann erwiderte nichts darauf.

Sofia war nicht dumm. Sie verarztete schweigend sein Gesicht. Dann half sie ihm aus den Kleidern und rieb die Beulen und Abschürfungen an seinem Bauch und an den Seiten mit Salbe ein.

Sofia lag in dieser Nacht noch lange wach und dachte nach. Auch Kimathi konnte nicht schlafen. Der Schmerz in seinem Körper und der Zorn in seinem Herzen ließen ihn kein Auge zutun.

Am nächsten Morgen rief Sofia heimlich bei der Lali Hills Rangerstation an und sprach lange mit Frank Burkell.

Am späten Vormittag rief sie ein Taxi, um Kimathi ins Krankenhaus von Nairobi zu bringen. Er wurde auf Knochenbrüche untersucht, bekam zwei Penizillinspritzen und Ruhe verordnet.

Onkel Esser war den ganzen Tag lang in düsterer und nachdenklicher Stimmung. Er hatte Johnnys Darstellung ebenfalls nicht geglaubt. Er lebte seit Jahren in der Grogan Road und war nicht ein einziges Mal auf der Straße überfallen worden. Hier wurde auch niemand mehr zusammengeschlagen. Außer er zahlte seine Schutzgeldsteuer nicht rechtzeitig. Aber Johnny hatte doch schon bezahlt! Das ließ die brutale Attacke auf ihn umso unsinniger erscheinen.

Um zehn Uhr abends an diesem Tag statteten Narbengesicht und seine Gorillas dem Laden einen Besuch ab. Onkel Esser erwartete sie schon mit einem Umschlag, der sieben ein halb Pfund in bar enthielt.

»Wo ist Ihr Partner?«, fragte Narbengesicht beiläufig, während er das Geld zählte.

»Er ist im Krankenhaus«, sagte der alte Mann.

»Was fehlt ihm denn?«

»Er hatte einen Unfall«, sagte Onkel Esser.

»Sagen Sie ihm, er soll vorsichtiger sein«, empfahl Narbengesicht beim Gehen. »Dies ist eine gefährliche Stadt. Bis nächsten Freitag dann.«

Onkel Esser hatte vorgehabt, ihnen zu sagen, sie sollten seinen Jungen in Ruhe lassen, aber da sie den Angriff nicht zugegeben hatten, hatte er es sich anders überlegt. Nachdem sie weg waren, sperrte er ab, ging in sein Hinterzimmer, legte sich aufs Bett und wünschte sich, er hätte Kimathi nie gebeten, ihm im Laden zu helfen.

Aus dem verdunkelten Fenster im ersten Stock beobachtete Kimathi, wie sie die Straße überquerten und in einen Alfa Romeo stiegen. Es war jedoch zu finster draußen, um die genaue Farbe oder das Nummernschild des Wagens erkennen zu können.

15

Es war brütend heiß im Park. Die Nachmittagssonne brannte unbarmherzig und sengend hernieder, ließ die Hügel in der Ferne vor dem blauen Horizont flimmern und verwandelte die Hochebene in eine einzige, endlose graue Luftspiegelung. Der mittägliche Wind war eingeschlafen und die trockene, heiße Luft lastete schwer über der Savanne, erzeugte eine Stille ähnlich derjenigen, wie sie kurz vor Tagesanbruch eintritt.

Im Landrover, der im Schatten eines ausladenden Fieberbaums geparkt stand, war Daniel Bokassi, Game Scout erster Klasse, fest eingeschlafen, die Füße auf das Lenkrad gelegt. Er schnarchte und schwitzte ausgiebig.

Frank Burkell saß mit nacktem Oberkörper auf der Motorhaube des Fahrzeugs und reinigte sein Gewehr. Von der leichten Erhebung aus, wo sie standen, konnte er, wenn er den Kopf hob, das gesamte trockene Yarra-Plateau überblicken – bis hin zu dem grünen Saum von Vegetation entlang des Galana-Flusses, welcher das Wildreservat etwa in südöstlicher Richtung teilte. Überall um ihn herum hatten das Elefantengras und der umgebende Busch die Farbe reifen Weizens angenommen.

Wenn die Regenfälle Ende November dieses Jahr wieder ausblieben, dachte Frank, während er auf die trostlose Ebene hinunterblinzelte, würde die gesamte Vegetation des Parks sich von Gold in Grau verwandeln und als Staub davonwehen. Die Luft würde nach Asche schmecken und alles würde nach Wasser lechzen. Alte Elefanten würden sterben, während sie in ausgetrockneten Flussbetten nach Wasser scharrten. Nur Tiere, die noch kräftig genug waren, konnten die lange Wanderung von ihren Weidegründen zum Galana oder Tiva überleben. Die Wilderer würden Hochsaison haben und den geschwächten Tieren auf den Pfaden zum Wasser Fallen stellen oder ihnen an den wenigen ganzjährigen Wasserlöchern auflauern.

Franks Arbeit würde doppelt so schwierig sein und zehnmal so gefährlich.

Er war mit dem Reinigen seines Gewehrs fertig, lehnte es gegen den Wagen und gähnte. Dann griff er zu dem starken Feldstecher in einer Gürteltasche, stellte sich auf die Motorhaube und nahm das Plateau Richtung Süden unter die Lupe. Kleine Details sprangen plötzlich näher, Bäume nahmen Gestalt an. Eine Herde Zebras bewegte sich langsam grasend auf das Gothoa-Wasserloch zu. Eine Giraffenfamilie stand in der Nähe der Herde und schien unentschlossen, was sie als Nächstes tun sollte. Im Schatten eines Akazienhains dösten Impalas, nicht ahnend, dass ein Löwenrudel sich gegen den Wind an sie anpirschte.

Weit im Westen tauchten wie winzige Bombenexplosionen Staubteufel aus dem Boden auf, kleine Wirbelwinde, die sich spielerisch durch die Savanne zu jagen schienen.

Nirgendwo die Spur eines Wilderers. Vielleicht machte ihnen die Hitze auch zu schaffen, dachte Frank, während er sich dehnte und gähnte. Zeit für ein kleines Nickerchen.

Dan hatte mittlerweile die gesamte Sitzbank mit Beschlag belegt, und seine Füße ragten aus dem offenen Fenster.

Um ihn nicht zu wecken, stieg Frank auf das Dach des Landrover, breitete seine Jacke aus und legte sich hin, Gewehr und Fernglas griffbereit an seiner Seite. Innerhalb von zwei Minuten war er fest eingeschlafen.

Bis auf das Zwitschern der Webervögel im Baum über Frank lag Totenstille über dem Park.

Frank Burkell schreckte hoch und erwachte schweißgebadet. Er blieb reglos mit geschlossenen Augen liegen und versuchte, den Laut einzuordnen, der ihn aus dem Schlaf gerissen hatte. Das plötzliche Knistern und Pfeifen wiederholte sich unter ihm.

»Dan«, rief er.

Daniel Bokassis tiefes Atmen war noch vom Dach des Wagens aus zu vernehmen.

»Dan«, rief Frank abermals.

Das tiefe Atmen ging unverändert weiter. Wieder das Geknister.

»Dan!« Frank hämmerte mit der geballten Faust auf das Wagendach. »Gehst du vielleicht mal an das verdammte Funkgerät, Herrgott noch mal!«

Dan wurde wach, stammelte irgendetwas und schaltete das Funkgerät ein.

»Ich rufe Einheit Eins«, kam die unverkennbare Stimme des Funkers von der Basis. »Basis ruft Einheit Eins. Einheit Eins, bitte kommen. Over.«

Dan schüttelte den Kopf, um die erdrückende Lethargie loszuwerden, die sich in der trockenen Hitze über ihn gelegt hatte.

»Bitte kommen, Einheit Eins«, krächzte das Funkgerät. »Können Sie mich hören? Over.«

»Dan!«, brüllte Frank. »Um Himmels willen, sag was!«

»Hallo«, sagte Dan laut.

Frank fluchte.

»Basis, ich höre Sie«, sagte Dan schließlich. »Laut und deutlich.«

»Ein dringender Anruf für Frank Burkell«, sprach das Funkgerät.

»Frank«, rief Dan lauthals. »Ist für dich.«

Frank sprang vom Dach und ergriff das Mikrofon. Dan legte sich wieder zurück. »Frank hier«, sagte er ins Mikro.

»Ein dringender Anruf für Frank Burkell«, wiederholte der Funker. »Eine Frau hat gerade aus Nairobi angerufen. Sie behauptet, dass es sehr wichtig und dringend ist. Sie ruft in einer halben Stunde wieder an. Over.«

»Hat sie einen Namen genannt? Over.«

»Negativ. Over.«

Frank dachte nach. »Wir befinden uns zwanzig Kilometer nördlich von Rhino Camp. Stellen Sie sie zum Camp durch, wenn sie wieder anruft. Over.«

Frank hängte das Mikrofon ein. Er sammelte seine Reinigungslappen von der Motorhaube zusammen und stopfte sie ins Handschuhfach. Dann holte er Gewehr und Feldstecher vom Dach, klemmte die Waffe im Gewehrständer fest und hängte den Feldstecher unters Lenkrad.

»Rutsch rüber«, sagte er zu Dan und sprang in den Fahrersitz. Er drehte den Zündschlüssel, knallte die Tür zu und donnerte querfeldein durch den Busch davon. Der Landrover vollführte wilde Sprünge auf dem welligen Boden, während er sich durchs Elefantengras pflügte.

»Was soll die Eile?«, schrie Dan, der jetzt hellwach war und sich am Armaturenbrett festklammerte, um nicht gegen das Dach geschleudert zu werden.

»Telefonanruf«, schrie Frank zurück.

Das Fahrzeug schlingerte und schepperte, während es in zahllose Ameisenbärlöcher und unsichtbare Rinnen hineinkrachte.

»Du ruinierst uns noch den Laster«, schrie Dan.

Im selben Moment federte der Landrover tief ein und wurde in die Luft katapultiert. Dan hielt mit der einen Hand seinen Hut fest und klammerte sich mit der anderen an den Sitz.

Der Landrover erreichte die holprige Parkstraße nach Süden und raste, die Schnauze gesenkt wie ein Wildhund, der einen verletzten Bock verfolgt, dem Rhino Camp entgegen. Daniel Bokassi warf einen letzten Blick auf die Landschaft, die vor dem Fenster vorbeiflog und schloss dann theatralisch die Augen.

Frank stand schnaufend neben dem Telefon des Camps, als der Apparat klingelte. Er riss den Hörer ans Ohr.

»Hallo«, keuchte er.

»Hören Sie gut zu«, sagte eine weibliche Stimme am Telefon. »Ich werde nicht wiederholen, was ich Ihnen zu sagen habe.«

Frank lauschte und wurde immer verwirrter, während die Frau weitersprach.

»Wer ist da, bitte?«, fragte er, als sie fertig war.

»Das kann ich Ihnen nicht sagen«, meinte sie. »Sie würden mich umbringen, wenn sie es herausfinden.«

»Wer würde Sie umbringen?«

»Nein«, sagte sie schnell. »Nein, vergessen Sie's.«

»Hören Sie, Lady, wenn ich Ihnen helfen kann …«

»Das können Sie nicht«, sagte sie mit großer Bestimmtheit. »Also, werden Sie etwas unternehmen oder nicht?«

»Nun, ich weiß nicht«, sagte Frank. »Ich muss erst darüber nachdenken.«

»Nachdenken?« Sie klang erregt. »Was soll das heißen, Sie müssen darüber nachdenken? Was gibt es da nachzudenken? Ich habe

Ihnen jede Einzelheit gesagt. Die Sache ist wichtig, und Sie müssen unverzüglich handeln!«

»Wir hüpfen nicht gleich, wenn eine anonyme Anruferin sagt: Spring«, meinte Frank.

»Letztes Mal schon«, meinte sie.

»Woher wissen Sie das?« Es war nie öffentlich gemacht worden.

»Ich weiß es«, sagte sie einfach. »Und das vorletzte Mal auch. Hören Sie ... Mit wem spreche ich eigentlich?«

»Frank Burkell«, erwiderte er.

»Wo ist Kim ... Der Mann, mit dem ich letztes Mal gesprochen habe?«, fragte sie. »Vielleicht ist er zugänglicher?«

»Lady«, sagte Frank und fühlte sich im Stich gelassen. »Ich weiß nicht einmal, wie Sie darauf gekommen sind, mit mir zu reden.«

»Man hat mir gesagt, Sie seien der Richtige«, erklärte sie.

»Aber Sie müssen mir mehr Details geben!«

»Lassen Sie mich mit jemand anderem sprechen«, forderte sie. »Ihrem Chef vielleicht.«

»Der Chief Warden ist ein sehr beschäftigter Mann«, meinte Frank. »Er wird nicht mit Ihnen reden, wenn Sie uns nicht zuerst sagen, wer Sie sind.«

»Was macht das für einen Unterschied? Letztes Mal haben Sie zugehört.«

»Genau darum geht es, Lady«, sagte Frank. »Woher sollen wir wissen, dass Sie uns diesmal nicht in eine Falle locken? Es gibt eine Menge Leute, denen unsere Arbeit nicht gefällt, und glauben Sie mir, die meisten davon würden gerne auf unseren Gräbern tanzen. Wir müssen sehr vorsichtig sein. Hören Sie, Sie haben Ihrem Land einen guten Dienst erwiesen, und wir wissen es zu schätzen. Ist es nicht langsam Zeit, dass wir uns persönlich bei jemandem bedanken können? Sagen Sie uns wenigstens Ihren Vornamen.«

»Niemals«, sagte sie. »Er würde mich umbringen, wenn er es herausfindet.«

»Wir können Ihre Informationen vertraulich behandeln«, versuchte Frank sie zu überreden.

Ein plötzlicher, scharfer Aufschrei war durch die Leitung zu vernehmen.

»Was tun Sie da?« Die ängstliche Stimme der Frau klang schwach und weit entfernt. »Sie haben Anweisung, niemals hierher zu kommen. Gehen Sie auf der Stelle, sonst …«

Dann Stille. Völlige Stille. Jemand musste die Sprechmuschel des Apparats zuhalten.

»Hallo?« Frank sprach drängend. »Hallo, stimmt etwas nicht?«

Dann eine Stimme, eine unheimliche Stimme mit schleppendem Akzent. »Hören Sie, Freundchen«, sagte die Stimme. »Rufen Sie nie wieder diese Nummer an. Wenn ihr Mann dahinter kommt, isst er Ihre Eier zum Frühstück.«

»Wer zum Teufel sind Sie?«, fragte Frank.

»Ihr Schutzengel.« Dann war die Leitung tot.

Frank lauschte noch mehrere Sekunden lang reglos dem Summen des Telefons. Er fragte sich, ob er den Anruf nur geträumt hätte. Dann drückte er den Rückrufknopf und sprach mit der Vermittlung im Basislager. »Wer war die Frau in der Leitung?«, fragte er.

»Ich weiß nicht«, antwortete der Mann.

»Hat sie speziell nach mir gefragt?«

»Nein.«

»Warum haben Sie mich dann über Funk gerufen, um Himmels willen?«, wollte Frank wissen.

»Die Frau verlangte, mit einem guten Ranger zu sprechen«, antwortete der Mann.

»Na großartig!«, sagte Frank sarkastisch. »Dann stellen Sie sie nächstes Mal zu Daniel Bokassi durch.«

Er legte auf und verließ das Büro. Es war nur eine Handvoll Fährtensucher im Camp stationiert, und sie schienen alle der Nachmittagshitze nachgegeben und ihre Holzhütten aufgesucht zu haben. Vervetmeerkatzen spielten in den hohen Akazien davor, und eine Gruppe von Giraffengazellen trank ungeniert aus dem Trog unter dem Hauptwasserhahn des Camps.

Frank ging selbst zu dem Wasserhahn und spritzte sich Wasser ins Gesicht und über den Nacken. Gott, war das heiß. Er steckte den Kopf unter die Leitung und ließ das Wasser mehrere Sekunden lang laufen. Die Gazellen beobachteten ihn neugierig aus ein paar Metern Entfernung.

Daniel Bokassi lag wieder schlafend im Wagen, als er zurückkam. Der alte Dan war ständig müde.

Frank knallte die Tür zu, um ihn aufzuwecken. »Du fährst, Dan«, sagte er. »Ich bin dran mit Schlafen.«

Dan blinzelte ihn aus zusammengekniffenen Augen an, was ihn daran erinnerte, wie hoffnungslos weitsichtig er war.

»Na gut«, sagte Frank und kletterte in den Fahrersitz. »Ich weiß nicht, wieso ich dich überhaupt irgendwohin mitnehme. Hast du schon mal daran gedacht, in Pension zu gehen?«

»Nein«, erwiderte Bokassi.

Frank schüttelte den Kopf. Kimathi hätte nie den Dienst quittieren dürfen.

Der Landrover verließ das schlafende Camp, bog auf eine unbefestigte Straße ein und brauste in einer Wolke roten Staubes davon zum Basiscamp.

Frank gefiel es überhaupt nicht, was die Frau am Telefon ihm erzählt hatte, aber er wusste, dass er ihre Mitteilung nicht ignorieren konnte. Er musste etwas unternehmen. Aber zuerst musste er dem Chief Warden Bericht erstatten.

16

Onkel Esser war alleine im Laden, als Kimathi am Samstagmorgen vom Wareneinkauf zurückkam. Er half das Taxi auszuladen und die neuen Artikel in die Regale einzuräumen, während er Seitenblicke auf Kimathis zerschlagenes Gesicht warf. Es fing an abzuheilen. Die schlimmste Schwellung war zurückgegangen, aber es tat immer noch weh, wenn er versuchte zu lächeln. Lachen kam gar nicht erst in Frage.

Nachher ging Kimathi nach oben, um sich zu waschen und in seine Arbeitskleidung zu schlüpfen. Samstags war Onkel Essers freier Nachmittag. Normalerweise kümmerte sich Kimathi von zwei Uhr bis Ladenschluss um das Geschäft, während Sofia die Wohnung putzte und ihr spezielles Samstagabend-Essen zubereitete – scharf gewürztes Huhn mit Reis oder Hühner-Tika.

Sofia war nirgends zu entdecken, als Kimathi in die Wohnung hinaufging, um sich umzuziehen. Als er wieder in den Laden herunterkam, runzelte er verwirrt die Stirn. »Wo ist Sofi?«, fragte er Onkel Esser, der gerade einen Kunden bediente.

»Habe ich vergessen, dir zu sagen«, sagte der alte Mann über die Schulter. »Sie ist mit deinem weißen Freund weggegangen.«

»Frank?«, fragte Kimathi.

Onkel Esser zuckte die Achseln.

»Der mit dem großen, staubigen Landrover?«, fragte Kimathi ihn.

»Er hatte ein kleines, weißes Auto.«

»Ein kleines Auto?« Kimathi war verblüfft.

»Ich habe ihn schon einmal gesehen«, sagte der alte Mann. »Er sagte, er lädt euch zum Mittagessen ins Thorn Tree ein. Wahrscheinlich sind sie dahin gegangen.«

»Das muss Frank gewesen sein«, meinte Kimathi. Er ging wieder nach oben, um seine Jacke zu holen. »Ich bleibe nicht lange weg«, sagte er im Gehen zu Onkel Esser.

»Lass dir Zeit«, meinte der alte Mann. »Ich hatte nicht vor, heute Nachmittag wegzugehen.«

In der Hoffnung, dass Frank die Sachen mitgebracht hatte, um die er ihn gebeten hatte, hastete Kimathi durch den Strom der Samstagnachmittags-Passanten zum New Stanley Hotel.

Er wartete darauf, dass die Ampel auf Grün schaltete und er die Kimathi Avenue zum Thorn Tree überqueren konnte, als er Narbengesicht in Begleitung von fünf weiteren Männern aus dem Hotel kommen sah. Sie schlenderten langsam dahin, in eine Unterhaltung vertieft.

Drei von ihnen waren Handlanger von Narbengesicht, die

Kimathi schon mehrfach im Laden gesehen hatte. Die anderen beiden waren ihm fremd.

Einer davon war ein imposanter Schwarzer, fast zwei Meter groß, mit buschigem Schnurrbart, der einen hellgrauen dreiteiligen Anzug trug, offensichtlich maßgeschneidert. Er ging ohne Eile und würdevollen Schritts bis zur Gehsteigkante, wo er stehen blieb, seine großen, lebhaften Augen auf der Straße hierhin und dorthin richtete, während er dem Weißen neben sich zuhörte.

Der Weiße, ein kräftiger, dunkelhaariger Mann von etwa einem Meter neunzig, trug einen dunkelbraunen Anzug und redete eindringlich auf ihn ein, versuchte anscheinend, eine schwierige Angelegenheit zu verdeutlichen. Der schwarze Mann nickte mehrmals und winkte mit resignierter Geste ab.

Hinter ihnen war Narbengesicht in eine private Besprechung mit seinen Kumpanen verwickelt.

Der dunkelhaarige Mann drehte sich zu Narbengesicht um, sprach kurz angebunden ein paar Worte und stieß ihn mehrmals mit dem Zeigefinger gegen die Brust. Narbengesicht nickte beflissen.

Zwei Wagen hielten am Straßenrand, ein großer, schwarzer Mercedes und ein hell orangefarbener Range Rover. Der große Mann und sein weißer Begleiter stiegen hinten in den Mercedes ein. Der Rest kletterte in den Range Rover. Als sie in Richtung der Ampelkreuzung auf der Kenyatta Avenue losfuhren, startete Kimathi durch.

Er hastete quer über die Straße, drängte sich durch die überfüllte Terrasse des Thorn-Tree-Restaurants, und seine Blicke flogen auf der Suche nach Frank hin und her. Er tänzelte zwischen den Tischen hindurch zum hinteren Teil des Restaurants. Drinnen war es dunkler und seine Augen brauchten eine gewisse Zeit, um sich dem Zwielicht anzupassen. Er blickte verzweifelt um sich.

»Frank!«, brüllte er. Gäste sahen verblüfft von ihren Tellern hoch. Nirgends eine Spur von Frank. »Frank!«, rief Kimathi abermals.

»Johnny!« Frank antwortete von einem Ecktisch aus, wo er mit Sofia ins Gespräch vertieft saß. »Was ist los, Mann?«

»Schnell!«, rief Kimathi ihm zu und hastete wieder zurück auf die Terrasse.

Frank folgte ihm ebenso schnell, krachte unterwegs in den einen oder anderen Tisch und zog laute Flüche der irritierten Gäste auf sich. Auf dem Gehsteig holte er Kimathi ein. »Was ist denn, Mann?«, keuchte er.

»Der Range Rover!« Kimathi deutete auf die Autos, die immer noch vor der roten Ampel standen. »Hinter dem schwarzen Mercedes.«

»Ich sehe ihn«, sagte Frank ruhig.

»Hast du einen Wagen?«

»Ja.«

»Los!« Kimathi lief zum Parkplatz an der Kenyatta Avenue.

Sofia holte sie ein, gefolgt von einem besorgten Kellner, der sie ohne ihre Getränke zu bezahlen aus dem Lokal hatte rennen sehen. »Johnny, warte!«, rief sie.

Kimathi blieb gerade lange genug stehen, um ihr eine Handvoll Geldscheine in die Hand zu drücken.

»Geh nach Hause, Sofi«, drängte er. »Geh heim!«, schnappte er ungeduldig und sprintete hinter Frank her.

Frank stieß mit dem weißen Datsun-Leihwagen aus der Parkbucht zurück, und Kimathi sprang herein und knallte die Tür hinter sich zu. Der Wagen machte einen Satz und fuhr los. Die Ampel schaltete auf Grün, und der Mercedes donnerte die Kenyatta Avenue hinauf, dicht gefolgt von dem Range Rover.

Frank trat das Gaspedal des Datsun durch und fädelte sich durch die verstopfte linke Hälfte der Kenyatta Avenue, bis sie auf einer Höhe mit dem orangefarbenen Range Rover fuhren. Die Mittelspur war schneller als die linke, und der Range Rover gewann langsam an Vorsprung. Frank fluchte und betätigte die Hupe, um langsamere Verkehrsteilnehmer zur Seite zu scheuchen.

An der Kreuzung Koinange Street wurde die Ampel rot und

stoppte die Fahrt des Range Rover und des Mercedes mit den getönten Scheiben.

Frank kam auf der Parallelspur bis auf hundert Meter heran, aber dann bekam seine Spur in demselben Moment Rot, als die mittlere wieder Grün sah. Er musste hilflos zusehen, wie der Range Rover am Postamt vorbei zum Uhuru Highway davon raste, sich an der Schnellstraße links einordnete und aus dem Blickfeld entschwand.

»Verdammt!«, fluchte Kimathi.

»Achtung!«, gellte Frank und knallte den ersten Gang hinein.

Der Datsun schoss durch die sich verengende Lücke zwischen zwei dahinkriechenden Autos hindurch, bog trotz roten Lichts und kreischender Bremsen des Gegenverkehrs links ab und brauste durch die Koinange Street zur Kathedrale. Er raste durch zwei schnelle S- Kurven, driftete um den Kreisverkehr am City Hall Way und stieß ein paar Sekunden später auf den Uhuru Highway.

Der Range Rover steckte fünfhundert Meter weiter vorne im Verkehr fest und überquerte gerade die Haile Selassie Avenue. Frank raste den Highway entlang und wechselte mit abrupten, gefährlichen Manövern die Spur, überholte langsamere Autos und lieferte sich Rennen mit den schnelleren, bis sie wieder von einer Ampel gestoppt wurden. Sie konnten sehen, wie der Range Rover weiter vorne die Auffahrt zur Brücke über die Eisenbahn hinauffuhr. Er verschwand auf der anderen Seite der Überführung.

Kimathi fluchte.

»Immer mit der Ruhe, Mann«, sagte Frank und behielt die Ampel im Auge.

Es hatte kaum von Rot auf Gelb geschaltet, als der Datsun schon halb um den Kreisverkehr herum war und auf die Mombasa Road jagte. Sie schossen die Eisenbahnüberführung hinauf, und von diesem erhöhten Punkt aus konnten sie erkennen, wie der Range Rover beinahe einen Kilometer weiter Richtung Nairobi West abbog. Dann flogen sie schon das Gefälle hinunter auf die nächste Kreuzung zu.

Vier Minuten später kam der Range Rover wieder in Sicht, jenseits des Flughafens. Frank trat aufs Gaspedal und der Abstand zu dem orangefarbenen Fahrzeug verringerte sich beträchtlich. Er reihte sich vier Autos weiter hinten in Sichtweite des Range Rover ein und ging auf ein gleichmäßig schnelles Tempo zurück, während sie sich den Vorstädten von Karen näherten.

»Tja«, sagte er zu Kimathi. »Dir ist wahrscheinlich aufgefallen, dass ich bis jetzt keine blöden Fragen gestellt habe.«

»Ist mir aufgefallen«, sagte Kimathi.

»Wie gehen die Geschäfte?«

»Ordentlich.«

»Was ist mit deiner Visage passiert?«

»Hab eine Mauer geküsst.«

»Erzähl keinen Mist, Johnny!«

Kimathi zündete zwei Zigaretten an und gab eine davon Frank. »Sofi hat geredet?«, fragte er.

»Sie macht sich Sorgen. Sie hat mir alles erzählt.«

»Es gibt keinen Grund, sich Sorgen zu machen. Ich komme schon zurecht … Hast du mir mitgebracht, worum ich dich gebeten habe?«

Frank schüttelte den Kopf. »Das ist eine ernste Sache, Johnny. Ich brauche einen verdammt guten Grund, um meinen Arsch zu riskieren.«

Kimathi schwieg eine Weile. »Wie geht's Dan?«, fragte er.

»Dan geht's gut«, antwortete Frank. »Dein Gesicht sieht aus wie eine gebackene Kartoffel.«

»Es heilt …«

Danach sagten sie nichts mehr. Der Range Rover fuhr vor ihnen her nach Karen hinein und führte sie immer weiter. Inzwischen lagen nur noch der Mercedes und der Rover vor dem Datsun.

Endlich fragte Frank: »Möchtest du mir vielleicht sagen, warum wir zwei fremden Autos folgen?«

»Die Kerle, die mich fertiggemacht haben«, erwiderte Kimathi. »Die sitzen in dem Range Rover.«

»Aha.« Frank nickte nachdenklich, ohne den Blick von der holprigen Asphaltstraße zu wenden. »Dann hatte Sofi recht, es waren keine Straßenräuber.«

»Nein.«

»Wer sind sie?«

»Gangster.«

»Das ist nicht gerade aussagekräftig«, sagte Frank.

»Mehr weiß ich auch nicht.«

Hinter Karen nahm der Mercedes wieder Geschwindigkeit auf, dicht gefolgt von dem Range Rover.

»Wer sitzt in dem Mercedes?«, fragte Frank.

»Ich würde sagen, der Rattenkönig höchstpersönlich.«

»Der Rattenkönig?«, fragte Frank. »Sag mal, was geht hier eigentlich vor?«

Kimathi nahm einen Zug von seiner Zigarette, bevor er antwortete. »Du würdest es nicht glauben. Aber wir zahlen Schutzgeld in der Grogan Road.«

Frank warf ihm einen Seitenblick zu, und die Ungläubigkeit stand ihm ins Gesicht geschrieben.

»Onkel Esser hat mir nichts davon gesagt, bis Narbengesicht zum Eintreiben vorbeikam«, sagte Kimathi. »Sieben Pfund die Woche, damit dein Laden nicht ausgeraubt, verwüstet oder einfach bis auf die Grundmauern niedergebrannt wird.«

Frank hieb mit der flachen Hand aufs Lenkrad. »Warum sind sie auf dein Gesicht losgegangen?«

»Es hat ihnen nicht gefallen«, sagte er.

»Hast du versucht, die Zahlungen zu verweigern?«

»Na ja, ich habe ihnen gesagt, dass Schutzgelderpressung illegal ist«, antwortete Kimathi. »Viel mehr kann man nicht vorbringen, wenn sie einem einen Revolver in den Bauch pressen, also haben wir bezahlt, wie alle anderen auch. Ich glaube, es hat ihnen nicht gefallen, dass ich plötzlich auf der Bildfläche aufgetaucht bin und Onkel Esser gesagt habe, was Sache ist.«

»Die Polizei?«

»Sinnlos«, sagte Kimathi. »So lautet die einhellige Meinung in der Grogan Road.«

Sie folgten dem Range Rover über die Stadtgrenze hinaus in Richtung Magadi.

»Ist das der Grund, warum du dir die Ausrüstung ausborgen willst, von der du letzten Donnerstag am Telefon gesprochen hast?«, fragte Frank.

»Ja.«

»Inwiefern würde das helfen?«, fragte Frank nachdenklich.

»Das habe ich noch nicht so genau überlegt. Aber um Himmels willen, Frank, wenn ich mich jetzt damit abfinde, erpresst zu werden, was mache ich dann in zwanzig Jahren? In der Grogan Road trauen sie sich schon kaum noch Luft zu holen, so viel Angst haben sie.«

»Die Kerle wirken gut organisiert«, meinte Frank ruhig.

»Das sehe ich auch so.«

»Du kannst es nicht solo mit einem ganzen Syndikat aufnehmen«, bemerkte Frank. »Warum ziehst du nicht mit deinem Onkel aus der Gegend weg?«

»Das Gebäude gehört Onkel Esser. Sie würden es im selben Augenblick in Brand stecken, in dem sie merken, dass wir uns ihrem Zugriff entziehen wollen.«

Frank schüttelte den Kopf und fluchte leise. Danach schwiegen sie eine Weile, jeder in seine eigenen Gedanken vertieft.

Fünfundzwanzig Kilometer außerhalb von Nairobi leuchteten die Bremslichter des Range Rover auf und Frank nahm Gas weg, während der Mercedes links abbog und vor dem Rover her auf ein hohes Stahltor zuhielt, ein paar Meter abseits der Straße nach Magadi.

Frank fuhr weiter und nahm im Vorbeifahren das schwere Tor, die Wächter und den Namen »Orange Estate« in großen schwarzen Lettern auf dem weißgetünchten Wachhäuschen zur Kenntnis. Er wechselte einen Blick mit Kimathi, während ihr Wagen an der Abzweigung vorbeihuschte. Etwa einen Kilometer weiter auf der Schotterstraße hielt Frank an.

»Orange Estate?« Kimathi zündete sich eine Zigarette an. »Das habe ich doch schon einmal gehört.«

»Ich auch«, bestätigte Frank. »Wem gehört es?«

Kimathi zuckte die Achseln. »Muss wohl der große Mann in dem schwarzen Mercedes sein. Es sollte nicht schwierig sein, das auf dem Grundbuchamt herauszufinden.«

»Warum fragen wir nicht die Jungs am Tor?«, fragte Frank und ließ den Motor an. »Gar nicht schlecht, dass ich unseren Landrover in die Werkstatt gebracht und diesen Wagen gemietet habe. Jetzt bin ich ein Tourist, der nach dem Haus eines Freundes sucht.«

Sie kehrten um und hielten gegenüber dem Tor an. Frank kletterte ohne Eile aus dem Wagen, wischte sich unsichtbaren Staub von der Kleidung, zündete sich eine Zigarette an und schlenderte zum Tor.

»Hallo Sie da drüben«, begrüßte er die drei Wächter, die ihn beobachteten.

»Was wollen Sie?«, fragte einer von ihnen.

»Ich suche das Farasi Estate«, meinte er und stellte fest, dass sie versteckte Waffen trugen.

Die Wachtposten wechselten fragende Blicke. Durch das geschlossene Tor konnte Frank die Auffahrt bis zu einem stattlichen Herrenhaus auf dem Gipfel eines kleinen Hügels überblicken.

»Farasi Estate?«, fragte der selbe Wächter wie zuvor.

»Oder so ähnlich«, meinte Frank. »Wissen Sie, ich mache hier Urlaub und mein Freund, der Besitzer, hat mir den Namen am Telefon durchgegeben. Wem gehört denn das Anwesen hier?«

»Al Haji«, antwortete einer der anderen Posten.

Durch die Gitterstäbe des Tores konnte Frank den Mercedes neben dem Range Rover vor dem Haus stehen sehen. Drei Schwarze kletterten gerade in den Range Rover.

»Dann muss ich irgendwo eine falsche Abzweigung erwischt haben«, sagte er zu den Wachtposten.

»Wo kommen Sie denn her?«

»Aus Nairobi«, sagte er, während der Range Rover zurücksetzte und sich der Ausfahrt näherte.

»Farasi Estate?«, wiederholte der hilfsbereite Posten verwirrt. »Das muss in Karen sein. Wo die Pferdezucht ist. Sie sind zu weit gefahren. Karen liegt ein paar Meilen zurück Richtung Nairobi.«

»Vielen Dank«, sagte Frank, während der Range Rover das Tor erreichte.

Er war schon halb zurück zu seinem Datsun, als der Rover neben ihm anhielt. »Haben Sie Probleme?«, fragte Narbengesicht hinter dem Steuer.

»Bin nur auf der Suche nach einem Freund«, sagte Frank.

»Dann scheren Sie sich zum Teufel«, zischte der Mann. »Hier gibt's keine Freunde.«

Der Range Rover bog langsam auf die Hauptstraße ein, während die Augen des Fahrers Frank im Rückspiegel musterten. Den schwarzen Mann, der sich auf dem Boden des Leihwagens neben der Hauptstraße zusammenkauerte, bemerkten sie nicht.

»Habt ihr den Kerl schon mal gesehen?«, fragte Kuria seine Handlanger. Sie machten sich nicht die Mühe zu antworten. Ihre Gehirne hatten auf Leerlauf geschaltet, immer noch verlangsamt durch das spezielle Samstagsangebot des New Stanley Hotels – Smorgasbord und Bier.

»Mir kommt er irgendwie bekannt vor«, sagte Kuria, dann verdrängte er den Gedanken vollständig aus seinem Gehirn. Er musste sich mit wichtigeren Dingen befassen. Heute würden sie einen Laden in der River Road dem Erdboden gleichmachen.

Frank Burkell hatte keinerlei Schwierigkeiten gehabt, Kuria und seine Handlanger zu erkennen.

Der staubige, orangefarbene Range Rover und die ausdruckslosen schwarzen Gesichter der Schläger hatten die Erinnerung ausgelöst. Sie führte ihn vier Monate zurück in ein staubverwehtes, gottverlassenes Kaff und zu vier aggressiven Männern in einer leeren Bar. Mühsam unterdrückte er die Erregung, die in ihm aufstieg, schlenderte nonchalant über die Straße, öffnete die Fahrertür und stieg in den Datsun. Er ließ den Motor an und fuhr langsam zurück nach Nairobi.

»Jetzt wird mir einiges klar«, sagte Frank, während Kimathi aus seinem Versteck auftauchte und wieder auf den Beifahrersitz kletterte.

Der Datsun rollte in gemütlichem Tempo zurück in die Stadt. Frank wollte nicht den Eindruck erwecken, als ob er dem Rover folgte.

17

Es war ein kühler Abend, der in starkem Kontrast stand zu der sengenden Hitze des gerade verstrichenen Tages. Die Sonne war untergegangen, wie eine überreife Orange vom Baum einfach aus dem azurblauen Himmel gefallen, und Dunkelheit kroch langsam durch die erschöpfte Stadt, wie eine hungrige Löwin, die sich an ein verschlafenes Gnu heranschleicht. Straßenlaternen blinkten zaghaft auf und glühten kalt und stumpf in der hereinbrechenden Finsternis. Entlang der Government Road sprühte ein Regenbogen von Neonreklamen seine verlockenden Botschaften in die Nacht.

Die Läden hatten geschlossen. Ein weiterer, betriebsamer Tag war vorüber. Auch die Bettler machten Feierabend. Wieder ein harter Tag vorbei. Durchtriebene Händler hatten begonnen, künstlich gealterte Kuriositäten und falsche Edelsteine an Touristen zu verhökern. Die Schönen der Nacht tauchten aus den grauen Schatten auf, in die sie sich bei Sonnenaufgang verzogen hatten, und nahmen ihre Posten wieder ein – an Lichtmasten oder Straßenschilder gelehnt warteten sie auf Kundschaft. Die Straßen machten sich bereit für eine weitere lange Nacht.

Anders als die europäischen Hauptstädte, nach denen Nairobi gestaltet ist und mit denen sie viel verbindet, ist diese Stadt ein reines Geschäftszentrum. Wolkenkratzer schießen wie Pilze aus trockenem, unfruchtbarem Staub. Nach jedem arbeitsreichen Tag schließen die Läden und Büros und die Bevölkerung verlässt das

Zentrum, um sich in die Vororte zurückzuziehen, während die City desorientierten Touristen, Prostituierten und vereinzelten, verirrten Betrunkenen überlassen bleibt. Nairobi, tagsüber eine quirlige Metropole, bei Nacht eine Stadt der Fremden und der Schönen der Nacht: Eine einsame alte Vettel, ungeliebt und lieblos. Sie gehört niemandem, und niemand gehört zu ihr. Wenn man sie nach ihrer Heimat fragte, würden die Einwohner von Nairobi irgendein obskures kleines Bergdorf im Hinterland nennen, zu klein, um auf einer Landkarte aufzutauchen. Sie kamen hierher, um zu arbeiten, Geld zu verdienen, sich zu amüsieren und dann wieder ins Dunkel der entlegenen Hügel und Hochebenen zurückzukehren. Für viele ist Nairobi wie eine Hure. Alle machen gerne Gebrauch von ihr, rühmen ihre Schönheit und sonstigen Vorzüge, aber jeder würde lauthals bestreiten, dass er ihr die geringste Loyalität schuldet. Nairobi, tagsüber ein rastloses, pulsierendes Zentrum der wimmelnden Massen, liegt erbärmlich einsam und verlassen da in der Nacht und wartet auf eine Wiederauferstehung. Ein verwirrter Mutant, am falschen Ort, außer Takt.

Von den zahllosen Veranda-Bars und Restaurant-Terrassen aus sehen die Nachtschwärmer gleichgültig zu, wie die erschöpfte Stadt in Schlummer sinkt. Über die Terrasse des Thorn Tree schieben sich die Menschen in einer endlosen Prozession, ein ewiges Kommen und Gehen. Hunderte von Touristen aus Europa und Amerika schlürfen ihre Abendcocktails und freuten sich auf die kühle und sanfte Tropennacht, die eben eingesetzt hat. Die Straßenmädchen, die sich einen Drink leisten können, sammeln sich an der Bar, um ihre Vorzüge zur Geltung zu bringen: lange schwarze Beine, nackte Schultern und halb entblößte Brüste. Mit ihren durchtriebenen, maskarageschönten Augen laden sie den safaritrunkenen Touristen dazu ein, vom wahren afrikanischen Genuss zu kosten.

Kimathi bestellte noch eine Runde Bier.

»Der Grund, warum du Narbengesicht nicht wieder erkannt hast«, sagte Frank gerade, »ist, dass du ihn so im Gedächtnis hattest, wie er aussah, bevor du ihm in der Affenbar die Bierflasche über den Schädel gezogen hast. Verdammt, mir wäre es genauso gegangen, wenn ich sie nicht heute Nachmittag alle zusammen in diesem staubigen Range Rover gesehen hätte.«

Kimathi nickte nachdenklich.

»Außerdem«, fuhr Frank fort, »wie hättest du einen bewaffneten Schutzgelderpresser aus der Grogan Road mit einem betrunkenen Fremden in Verbindung bringen sollen, den du einmal in so einem gottverlassenen Nest wie Manyani verprügelt hast?«

Kimathi trank einen großen Schluck Bier. Langsam fing die ganze verdammte Geschichte an, einen Sinn zu ergeben.

»Und jetzt hör dir den Rest an«, sagte Frank.

Er hatte den größten Teil des späten Nachmittags und frühen Abends am Telefon verbracht. Er hatte eine Menge Freunde in Nairobis europäischer Gemeinde, sowohl in Regierungs- als auch Geschäftskreisen, alles Leute, die im Allgemeinen gut informiert waren. Was sie auf seine bohrenden Fragen zu sagen hatten, hatte seine schlimmsten Befürchtungen bestätigt.

Sie alle kannten Al Haji gut und hatten zu irgendeinem Zeitpunkt einmal irgendwelche zweifelhaften Geschäfte mit ihm getätigt. Jeder wusste ein gutes Wort für den Herrn von Orange Estate einzulegen, diesen großzügigen Gastgeber, guten Golfspieler und genialen Geschäftsmann.

»Al Haji ist ein naturalisierter Kenianer, der früher Amerikaner war«, sagte Frank und steckte sich eine Zigarette an. »Nach meinen Informanten scheint niemand zu wissen, wie er hieß, bevor er nach Afrika kam, oder wo genau er hergekommen ist. Er ist wie aus dem Nichts aufgetaucht, gründete eine mäßig erfolgreiche Import-Export-Firma und hat dann irgendwann begonnen zu diversifizieren, unter anderem in eine recht bekannte Spedition. Dann muss er plötzlich auf eine Goldader gestoßen sein, niemand weiß genau wie, hat diese sechshundert Morgen Massai-Land gekauft und sie in ein modernes Gut nach amerikanischem Vorbild verwandelt, einschließlich Forellengewässern, künstlichen Seen, einem Golfplatz mit neun Löchern, 50-Meter-Pool, Tennisplätzen … Was eben so dazugehört.«

Frank trank noch einen großen Schluck von seinem Bier und fuhr dann fort: »Einer meiner Kontakte sagte, er sei ein skrupelloser Dreckskerl, und hat sofort aufgelegt. Trotz seiner vielen Partys und obwohl er viel ausgeht, führt Al Haji eine Art Einsiedlerdasein. Er lebt im Herrenhaus allein mit seiner Suahelifrau Tess, sie stammt aus Mombasa, keine Kinder, hält sich sehr im Hintergrund. Außerdem hat er noch eine Handvoll Bedienstete und Wächter. Habe ich schon gesagt, dass die Posten am Tor bewaffnet waren?«

Kimathi schüttelte den Kopf. »Die Sache ist größer, als ich gedacht hätte.«

»Warte erst mal, bis du gehört hast, was ich so denke«, meinte Frank und winkte einem Kellner.

»Stell dir einen Amerikaner vor«, sagte Frank, »einen unbekannten Amerikaner, der plötzlich mit einem Suaheli-Namen und einer Suaheli-Frau in Nairobi auftaucht und eine Import-Export-Firma gründet. Plötzlich steht er mit Zoll und Polizei auf Du und Du, ist gut Freund mit prominenten Politikern und Geschäftsleuten. Dann setz noch einen sechshundert Morgen großen Privatbesitz auf die Rechnung, auf dem bewaffnete Wächter patrouillieren, mehrere Handlanger und einen weißen Leibwächter. Kommst du zum selben Schluss wie ich?«

Frank fuhr fort: »Erinnerst du dich, wo wir diesen orangen Range Rover zum ersten Mal gesehen haben? Direkt am Eingang zu einem Naturpark, wo es von Wilderern nur so wimmelt, staubig und schlammverkrustet, als wäre er eine lange Strecke quer durch den Park gefahren. Also, warum sollten ein paar einheimische Kleinkriminelle wie Narbengesicht und seine Bande plötzlich Lust haben, einen Naturpark zu besuchen?«

»Um nach Rubinen zu buddeln?«, riet Kimathi.

»Das wäre höchstens glaubhaft, wenn es keine Wilderer im selben Park gäbe«, sagte Frank. »Wilderer mit Maschinenpistolen und einem anscheinend unerschöpflichen Vorrat an Munition und Ausrüstung. Gut organisierte Banden, wie sie einem früher als Wildhüter nie über den Weg gelaufen sind. Wenn du mich fragst, diese Waffen werden durch unsere eigenen Häfen geschleust. Und was wäre da geeigneter, als eine Speditionsfirma, die einem respektablen und wohlhabenden Mitbürger gehört?«

»Beweise?«, fragte Kimathi.

»Keine Beweise«, sagte Frank. »Aber wahrscheinlich ein straff geführtes Syndikat mit ausgedehnten internationalen Verbindungen. Du hast gedacht, da bist du fein raus, du und dein sicherer kleiner Laden. Du hast gedacht, du läufst der Gefahr davon, wenn du in die große zivilisierte Stadt ziehst. Mann, mir sind ein Dutzend Wilderer, die auf mich schießen, allemal lieber. Bei den Wilderern darf man wenigstens zurückschießen ...«

Sie trennten sich nach zwei weiteren Bier und einer Stunde hitziger Diskussionen.

Frank fuhr los, um die Nacht mit einer seiner Freundinnen zu verbringen, während Kimathi lieber die kurze Strecke bis zur Grogan Road zu Fuß gehen wollte.

Als er die River Road überquerte, stieß Kimathi auf eine große Menschenmenge, die zusah, wie das Tuchgeschäft der Familie Shah von heftig lodernden Flammen verzehrt wurde, während die Feuerwehr hilflos daneben stand. Der Laden brannte wie ein mit Benzin getränkter Lappen, spuckte Wolken schwarzen Rauchs und riesige Flammenzungen in die Luft, die die Läden links und rechts davon bedrohten.

Kimathi fiel in Laufschritt, kürzte durch eine Gasse ab und spurtete in kaltem Schweiß gebadet zur Grogan Road.

Onkel Esser saß allein hinter der Theke und las seine tägliche *Nation.*

»Wo ist Sofi?«, keuchte Kimathi.

»Oben«, sagte der alte Mann und blätterte um.

Sofi lag auf dem Bett und las einen Liebesroman. Kimathi legte sich neben sie und zog sie schützend an sich.

18

Um sechs am Samstag Abend rief Kuria beim Orange Estate an, um zu melden, dass die Tuchhandlung der widerspenstigen Shah-Familie wie eine Streichholzschachtel brannte. »Heiße Nacht«, meinte er.

»Gut«, sagte Al Haji.

»Lesen Sie morgen die *Sunday Nation*«, empfahl Kuria.

»Mache ich«, sagte Al Haji und legte auf. Ein paar Dutzend Tonnen Stoffballen, die in Rauch aufgingen, sollten die Händler an der River Road zur Vernunft bringen.

Al Haji zündete eine Zigarre an, mixte sich einen Martini und wartete auf den Anruf aus New York. Mittlerweile arbeiteten seine Gedanken fieberhaft weiter. Er hatte bis auf tausend Kilo das gesamte Elfenbein geliefert, das die Deloris-Familie der chinesischen Mafia in Hongkong versprochen hatte. Diese tausend Kilo würden in einer Woche auf die Reise gehen. Happy Joe musste das verstehen.

Dunkelheit senkte sich auf die Rasenfläche draußen. Die Fenster des Arbeitszimmers standen offen, damit die kühle Abendbrise die stickige Hitze vertreiben konnte, die sich während eines Tages voller unnatürlich heißer Temperaturen und trockener Winde angestaut hatte.

Er legte sich auf die Couch, kickte seine Schuhe weg und versuchte, sich zu entspannen. Er hatte einen schweren Tag hinter sich. Den Morgen hatte er am Telefon verbracht, um einen Zollbeamten im Hafen von Mombasa – auch ein Kreditnehmer, der ihm verpflichtet war – dazu zu überreden, die Exportformalitäten für mehrere Kisten mit Holzschnitzereien für Hongkong abzukürzen, die in Wirklichkeit ein paar hundert Kilo gewilderte Elefantenstoßzähne enthielten. Dann, am Mittag, speiste Al Haji mit Hamadi, dem zähen Wildereranführer, der versucht hatte, ihn um ganze zwei Kisten geschmuggelter amerikanischer Gewehre zu betrügen, unter dem Vorwand, dass sie veraltet wären und nicht zu den mitgelieferten Patronen passten. Hamadi hatte sich in der Hoffnung gewiegt, dass Al Haji nichts von Waffen verstand. Al Haji hatte diesen Irrtum korrigiert, indem er den Wilderer auf seinen privaten Schießstand in Orange Estate einlud, um das AR 10 aus seinem Safe auszuprobieren, ein leichtes, nichtrostendes und durchschlagkräftiges Modell. Speziell für die rauen Bedingungen des Vietnamkriegs entwickelt, hatte es sich hervorragend bewährt.

Nach einem kleinen Einführungslehrgang hatte Hamadi versprochen, die Beschwerden seiner Männer noch einmal zu überprüfen. Das private Mittagessen hatte in einer kühlen Note geendet. In drei Tagen von jetzt an gerechnet würde die letzte Ladung Stoßzähne die Reise aus ihrem Versteck im Nationalpark Tsavo Ost nach dem Hafen von Mombasa antreten, um anschließend in den Fernen Osten verschifft zu werden.

Ricardo platzte ohne anzuklopfen in Al Hajis Arbeitszimmer und schloss die Tür hinter sich.

»Was wollen Sie?« Al Haji hatte es aufgegeben, Ricardo zum Klopfen aufzufordern, bevor er eintrat.

»Reden«, sagte Ricardo.

»Raus«, befahl Al Haji. »Ich bin müde und habe zu arbeiten.«

»Ich auch.« Ricardo schenkte sich ein Glas Brandy ein.

»Gehen Sie raus und reden Sie mit den Bäumen«, empfahl Al Haji. Wenn Ricardo sich langweilte, schlich er durchs Gelände in der Umgebung des Hauses, starrte die Bäume an und brütete vor sich hin.

»Ich habe Befehl, die Dinge hier im Auge zu behalten«, sagte Ricardo und setzte sich statt dessen auf den Tisch. Er beugte sich vor, griff in die rechte Schublade und zog eine der extra für Al importierten Zigarren heraus. Er roch daran, rollte sie unter seiner Nase hin und her und zündete sie dann an und paffte mit offensichtlichem Behagen. »Al«, sagte er. »Was müsste Ihre Frau tun, dass Sie sie umbringen wollten?«

Das darauf folgende Schweigen war so tief wie die Frage ernst gemeint war. Al Haji starrte den Italiener lange Zeit an. »Was haben Sie gesagt?«, fragte er.

»Ich habe sie am Telefon erwischt«, sagte Ricardo.

Al Haji setzte sich stocksteif auf und der Zorn kochte in ihm hoch. »Ich habe Ihnen gesagt, Sie sollen aufhören, hier herumzuschnüffeln!«, bellte er.

»Vor drei Tagen«, ergänzte Ricardo. Es war ihm nicht gelungen, Tess dazu zu erpressen, mit ihm zu schlafen. »Sie hat mit einem Mann gesprochen, Al. Sie hat ihm gesagt, Sie würden sie umbringen, wenn Sie dahinterkommen.«

Al Hajis Ausdruck würde plötzlich gemein und hässlich. Sein Sexualleben war ein Geheimnis, das er für immer zu verbergen gehofft hatte. Er stand von der Couch auf, ein verstörter Mann, ging zu den Glastüren und starrte blicklos auf den finster werdenden Rasen. Tess mit einem anderen Mann? Unmöglich! Auf die eine oder andere Art hätte er davon erfahren. Und trotzdem, die Zweifel blieben. Wie konnte sie nur!

Hinter ihm lächelte Ricardo zufrieden in sich hinein. Er liebte es, Al in Nöten zu sehen. »Es geht mich ja wirklich nichts an«, sagte er jetzt. »Ob sie jemand anderen drüberlässt oder …«

Al Haji wirbelte herum und in seinen Augen loderte pure Mordlust. »Raus hier!« brüllte er.

Das Telefon klingelte.

»Dachte nur, Sie sollten es wissen, Al, das ist alles«, sagte Ricardo und traf keine Anstalten, vom Tisch aufzustehen.

Das Telefon klingelte weiter.

»Raus!«, bellte Al Haji.

»Gehen Sie doch ans Telefon, Al«, sagte Ricardo völlig gelassen.

Al Haji stürmte mit geballten Fäusten auf ihn los. Ricardo nahm das klingelnde Telefon ab. »Hallo?«, sagte er. »Ja, er steht neben mir.« Er wandte sich zu Al Haji. »New York am Apparat.« Er hielt den Hörer zwischen sich und dem wütenden Mann ausgestreckt.

Al Haji sah vom Telefon zu dem lächelnden Ricardo. Wenn er jetzt eine Schlägerei vom Zaun brach, konnte man sie die ganze Strecke bis nach New York hören, wo Arturo Spinelli oder sogar

Giuseppe Deloris selbst am Apparat war. Er nahm den Hörer. »Ja«, bellte er, die Augen starr auf Ricardo gerichtet.

Es war Arturo Spinelli. Er sprach mehrere Minuten lang, ohne Al Haji Gelegenheit zu geben, etwas zu erwidern. Ganz New York wartete ungeduldig auf die Ankunft von Al Hajis Ladung speziellen afrikanischen Haschischs. Der Winter wäre unerträglich, wenn sie ausblieb. Die Chinesen in Hongkong drohten damit, nie wieder Geschäfte mit der Deloris-Familie zu machen. Happy Joe sei unglücklich, so sagte Arturo Spinelli, und nur aus einem einzigen Grund ließ er Al Haji nicht sofort ablösen. Nämlich weil er noch niemanden hatte, der Orange Estate übernehmen konnte. Ja, so schlecht sei die Stimmung.

»Ich verstehe«, sagte Al Haji in die Sprechmuschel, nachdem er sich Spinellis Tirade drei Minuten lang angehört hatte. »Aber wie schon gesagt, das letzte Kontingent von … von Schnitzereien wird in ein paar Tagen geliefert werden. Ja … das ist spät, ich weiß, aber hier laufen die Uhren anders. Ich mache Überstunden. Die Menschen hier haben ihren eigenen Rhythmus … Wir sind hier nicht in New York, wissen Sie.«

Er nickte mehrfach, setzte sich dann an den Schreibtisch.

»Ich weiß, dass ich das schon einmal gesagt habe, Arthur«, sagte er. »Aber wir haben dieses ganze verdammte Gespräch schon viel zu oft geführt … Das ist in Ordnung, Arthur. Schön, regen Sie sich nicht auf, ich weiß, dass Sie es nicht leiden können, Arthur genannt zu werden, aber was zum Teufel stellen Sie sich eigentlich vor? Dass ich jedes Mal Arturo Spinelli sage, wenn ich mit Ihnen rede? Ich bin doch kein Sizilianer!«

Er warf Ricardo, der kühl auf ihn herablächelte, einen bösartigen Blick zu. Er lauschte ein paar Sekunden lang und wischte sich den Schweiß von der Stirn.

»Das hilft nichts«, sagte er wütend. »Es gibt nichts, was Ricardo hier tun könnte. Das hier ist nicht Chicago, Arthur … Also schön. Na gut, reden Sie erst mit ihm, aber sagen Sie ihm, er soll seinen Arsch von meinem Schreibtisch befördern.«

Er stieß Ricardo das Telefon entgegen, der sich lange Zeit ließ, es zu nehmen. Über den Tisch hinweg trafen sich ihre Blicke und sprühten vor Hass.

»Ja«, sagte Ricardo schleppend, als er endlich den Hörer ans Ohr hob. »Nein, ich mache keine Schwierigkeiten. Sie haben mir eine Aufgabe erteilt.« Er sah Al Haji an, dann stand er widerwillig auf.

»Bin ich«, sagte er ins Telefon. »Bin ich wirklich, fragen Sie ihn selbst.«

Er streckte Al Haji das Telefon hin. »Sagen Sie's ihm, Al«, sagte er. »Er will wissen, ob ich meinen Arsch von Ihrem Tisch entfernt habe.«

»Hören Sie schon auf«, sagte Al Haji und winkte ab. »Ihr Italiener fangt an, mir auf die Nerven zu gehen.« Er stand auf, wanderte zum Fenster und starrte nachdenklich hinaus.

Hinter ihm ging Ricardo zum Italienischen über und sprach eine Weile am Telefon. Dann legte er auf, trat an Als Seite und sah auf den dunklen Rasen hinaus.

»Grüße von Happy Joe«, sagte er gedehnt.

»Hat mir Arthur gesagt.«

»Er möchte, dass ich mir den Schlamassel mal ansehe, in den Sie sich da manövriert haben.«

»Das hat mir Arthur nicht gesagt.«

Ricardo sagte ruhig: »Ich habe mit Happy Joe selbst gesprochen. Er sagte, Sie hätten ein Problem mit … mit gewissen Leuten.«

»Ranger«, meinte Al Haji.

»Darum soll ich mich kümmern.«

»Wie?« Al Haji drehte sich zu ihm um.

»Ich muss darüber nachdenken«, sagte Ricardo. »Alles, was wir zu tun haben, ist … sie auszuschalten.«

»Die sind eine ganze Armee.«

»Töten Sie ihre obersten drei Leute«, sagte Ricardo. »Danach wird der Rest es langsamer angehen lassen.«

Al Haji dachte kurz darüber nach. »Sie werden gesucht. Falls man Sie bis hierher zurückverfolgt …«

»Keine Sorge.« Ricardo legte ihm die Hand auf seine enorme Schulter. »Es wird nichts schief gehen. Warten Sie's ab.«

Al Haji nickte. Die Dinge konnten nicht viel schlimmer werden, als sie schon waren.

Ricardo sagte: »Gut, und jetzt erzählen Sie mir bitte mehr darüber.«

Sie setzten sich hin und besprachen die Angelegenheit noch zwei Stunden lang.

19

Zwei Tage später bestieg Ricardo die Maschine nach Malindi. Das Flugzeug landete nach einer Stunde, um zehn Uhr, und er nahm ein Taxi vom Flughafen zum Eden Rock Beach Hotel, wo er unter einem seiner Decknamen ein Zimmer gebucht hatte. Sein Gepäck bestand aus einer kleinen braunen Reisetasche, die zwei Garnituren Kleidung zum Wechseln, sein Rasierzeug und die in ein Gesichtshandtuch eingewickelte 38er enthielt. Er bezahlte die Übernachtung in bar und nahm seine Quittung in Empfang. Dann suchte er sein Zimmer auf, schlüpfte in eine hellblaue Badehose und ging zum Schwimmen ans Meer.

Es war ein schöner, sonniger Morgen und der Strand glitzerte in Silber- und Goldtönen. Auf vier Kilometern in beide Richtungen lagen sonnenbadende Touristen vor den zahlreichen Strandhotels oder vergnügten sich in der leicht kabbeligen See. Draußen in der seichten Bucht tauchten Schnorchler von vor Anker liegenden Motorbooten aus, und die Dhaus der Fischer kamen mit dem morgendlichen Fang herein.

Ricardo schwamm mit kraftvollen Zügen ins Meer hinaus, langsam und kontrolliert. Als er etwas über hundert Meter in die Bucht hinausgeschwommen war, trat er Wasser und ruhte sich aus. Von hier aus konnte er zum ersten Mal die wunderschöne weiße Küstenlinie in ihrer vollen Ausdehnung überblicken, die sich in gewaltigem Bogen von rechts nach links erstreckte, bis sie an beiden Enden der Bucht von dunklen Korallenklippen begrenzt wurde. Der Frieden und die Einsamkeit erinnerten ihn mit einem leichten Anfall von Heimweh an einige Küstengegenden im heimatlichen Miami.

Nachdem er ein paar Minuten lang Wasser getreten hatte, schwamm er gemächlich zum Strand zurück und legte sich zum Ausruhen in den weichen Sand. Es tat gut, sich zu entspannen. Er döste ein.

Als er aufwachte, lag der Strand verlassen da. Die Schwimmer und Sonnenanbeter hatten sich zum Mittagessen in ihre Hotels zurückgezogen. Er hatte selbst einen Bärenhunger, da die Sonne und das Schwimmen einen Großteil seiner Energie aufgezehrt hatten. Er sprang noch einmal ins Wasser, um den Sand abzuwaschen, dann ging er über den sandigen Pfad zum Hotel zurück.

Ein paar Bikinischönheiten planschten im Swimmingpool des Hotels, und auf den Liegen um den Pool herum präsentierten sich wohlgeformte Beine und Hinterteile. Der Anblick weckte ein wildes Verlangen in ihm, das sich in seiner Magengrube sammelte wie eine kalte, klebrige Flüssigkeit.

Nicht heute Nacht, sagte er sich. Heute Nacht hatte er etwas zu erledigen, aber wenn seine Mission beendet war …

Er aß an einem Einzeltisch zu Mittag, auf der angenehm kühlen, luftigen Veranda, die auf den Strand hinausging. Ein großes Steak, halb roh und blutig, mit gebackenen Kartoffeln, und das Ganze spülte er mit zwei großen Gläsern Chianti hinunter. Langsam fing er wieder an, richtig zu leben. Nach dem Kaffee zog er sich auf ein Nickerchen in sein Zimmer zurück.

Als er um vier aufwachte, schwitzte er in Strömen, obwohl die Klimaanlage auf höchster Stufe lief. Er duschte, zog sich an und ging zur Rezeption hinunter, um zu fragen, ob es Nachrichten für ihn gab. Ein Umschlag mit dem Schlüssel zu einem Hertz-Leihwagen. Das Auto, ein kleiner gelb-brauner Suzuki mit Allradantrieb, stand unter den Palmen in der Auffahrt geparkt.

Ricardo setzte sich ans Steuer und unternahm eine Probefahrt. Er fuhr aus der Stadt hinaus und die Küstenstraße entlang bis zum Sabaki-Delta, bevor er umkehrte. Obwohl er sehr leicht war, fuhr sich der Wagen auf der Straße recht angenehm. Er tankte an einer Tankstelle kurz vor dem Hotel, füllte Öl und Wasser auf und ließ den Reifendruck überprüfen.

Im Handschuhfach befand sich die Straßenkarte, die er zusammen mit dem Wagen angefordert hatte. Er verbrachte eine Stunde in seinem Zimmer, vertiefte sich in die Karte, nahm die Geländekonturen in sich auf und berechnete die nicht angegebenen Entfernungen nach dem Maßstab.

Um sieben ging er zum Abendessen hinunter, aß gebratene Garnelen mit Reis, trank diesmal aber lieber zwei Gläser Bier statt Wein dazu. Er saß still an seinem Tisch im Restaurant und sah den urlaubstrunkenen Touristinnen zu, wie sie in ihren schulterfreien sexy Abendkleidern herumstolzierten.

Immer mit der Ruhe, befahl sich Ricardo. Du bist fast am Ziel. Sobald der Auftrag erledigt ist, kannst du zurückkommen und dich amüsieren. Und wenn der große schwarze Mistkerl Al Haji heute Nacht tot umfallen sollte ... unbegrenzte Möglichkeiten.

Nach dem Abendessen machte er einen Spaziergang durch den Hotelgarten. Es war eine kühle, wolkenlose Nacht und die Palmen raschelten leise in der Brise. Weniger als einen Steinwurf entfernt donnerte das Meer heftig gegen die Küste, während die Flut zurückkehrte. Die Band beim Pool stimmte ihre Gitarren für eine nächtliche Tanzfete unter freiem Himmel.

Ricardo kehrte in sein Zimmer zurück. Um acht Uhr war er bereits fest eingeschlafen.

Kurz nach Mitternacht erwachte er ausgeruht und in Hochstimmung. Er duschte, rasierte sich und trug großzügig Aftershave auf, um den Juckreiz zu bekämpfen, den das salzhaltige Meerwasser hervorgerufen hatte. Er zog einen hellbraunen Safarianzug und bequeme Wildlederstiefel an. Dann packte er seine kleine Reisetasche, schob die Automatik ins Schulterhalfter und ging.

Die Band spielte inzwischen vor einer enthusiastischen Menge von Nachtschwärmern. Hier und da lagen Pärchen eng umschlungen in den dunklen Schatten. Der Parkplatz war vollgestopft mit Autos und Ausflugsbussen.

Ricardo lenkte den Suzuki aus dem Hotelgelände und fuhr auf der Küstenstraße nach Norden, hellwach und munter. Er sog die warme, salzhaltige Brise in tiefen Zügen ein. Zwei Kilometer außerhalb der Stadt bog er links ab, auf die Straße nach Ganda.

Es war eine holprige, staubige Straße, aber um diese Nachtzeit glücklicherweise so gut wie nicht befahren. Der Wagen war sogar noch handlicher, als er erwartet hatte, und flog schnell und leise über die unebene, behelfsmäßige Straßendecke, nahm die Kurven mit einer Leichtigkeit, dass es ein Vergnügen für den Fahrer war.

Er zündete sich eine Zigarette an und dachte nach.

Jilore kam und ging, ein schlafendes kleines Nest am Rand des Arabuko-Waldes.

Ricardo grübelte. Wenn diese Sache so ausging, wie er es geplant hatte, konnte er sich sehr wohl als Chef der Deloris-Unternehmungen in Ostafrika wiederfinden. Aber erst musste er seine Führungsqualitäten unter Beweis stellen. So viel hatte Happy Joe angedeutet.

Er verdrängte alle Gedanken an die Zukunft aus seinem Kopf und konzentrierte sich darauf, rechtzeitig sein Ziel zu erreichen.

In Chakama war lediglich ein alter Esel wach, der gemütlich die staubige Hauptstraße überquerte. Beim Anblick des Wagens blieb das Tier mitten auf der Straße stehen und starrte in die Scheinwerfer, als ob es sich fragte, warum jemand zu so früher Stunde schon auf war. Beim Klang der Hupe iahte der Esel unheilkündend und trottete davon in die dunklen Gassen zwischen den Hütten des Dorfs.

Die Straße stieg aus dem Küstenwald empor in das trockene Dornbuschgebiet im Westen und die Luft wurde kälter. Hinter Chakama mündete die kurvenreiche Straße in einen langen, geraden Streifen grauer Schotterpiste und der Wagen konnte schneller fahren.

Fünfzig Kilometer weiter verringerte Ricardo das Tempo und hielt Ausschau nach der Abzweigung nach Sobaso. Er brauchte fünf Minuten, um die unebene, nur bei Trockenheit benutzbare Fahrspur zu finden. Es ging auf vier Uhr, als der Suzuki sich nach Norden wandte und mit mäßigem Tempo durch den trockenen Busch auf Sobaso zuhielt.

Ricardo hätte das Wasserloch unmöglich übersehen können. Die Fahrspur führte nur einen Steinwurf entfernt vorbei, und die Vegetation war dunkler als auf dem umgebenden Plateau.

Die Morgendämmerung brach an und der Himmel im Osten rötete sich langsam. Ricardo fröstelte. Es war kalt, verdammt kalt. Seine Uhr zeigte fünf Uhr dreißig. Al Haji hatte ihm eingehämmert, vor sechs am vereinbarten Treffpunkt zu sein, aber soweit er in der langsam weichenden Dunkelheit erkennen konnte, war das Empfangskomitee noch nicht eingetroffen.

Er war müde von der langen, holprigen Nachtfahrt. Er öffnete seine Jacke, um schnell zur Waffe greifen zu können, senkte die Rückenlehne und schloss die Augen, um auszuruhen. Trotz des pfeifenden, kalten Windes döste er ein.

Er erwachte von einem Geräusch außerhalb des Wagens. Ein breites, bärtiges Gesicht spähte durch die Scheibe zu ihm herein. Der Morgen war angebrochen und es war schon ziemlich hell. Das zerklüftete Gesicht lächelte und sagte etwas, das er nicht verstand. Ricardo ließ das Fenster herunter.

»Willkommen«, sagte Hamadi, der Anführer der Wilderer. »Sie sind pünktlich.«

»Ja«, erwiderte Ricardo.

Hinter Hamadi standen drei ernst dreinblickende Männer, wie Hamadi auch in dunklen, schweren Überziehern. Sie hielten automatische Gewehre in der Hand.

»Wie geht's Al?«, fragte Hamadi.

»Okay«, antwortete Ricardo.

»Und Nairobi?«

»Okay.«

»Schön.«

Sie starrten einander in bedeutungsschwangerem Schweigen an.

»Wie geht's Al?«, wiederholte Hamadi.

»Okay«, antwortete Ricardo.

Zum Beweis, wie okay Al war, griff er in seine Tasche und übergab dem Wildererführer einen dicken Umschlag, der dreißigtausend Shilling enthielt.

»Schön«, sagte Hamadi. Er wog den Umschlag nachdenklich in der Hand, bevor er ihn einsteckte. Dann ging er herum zur Beifahrertür des Suzuki und Ricardo schwang sie für ihn auf.

Er zwängte sich herein. Ein großer Mann, dieser Hamadi, beinahe so groß wie Al Haji, aber durch sein Leben im Freien viel besser in Form. Er hatte einen leichtfüßigen, beinahe trägen, katzenhaften Gang, der die dahinter steckende Kraft und Schnelligkeit noch betonte.

»Hier können wir nicht reden«, sagte er, während er die Tür zuschlug. »Manchmal schicken sie kleine Flugzeuge hoch, um die Grenzen des Parks zu kontrollieren. Fahren Sie.«

Ricardo ließ den Motor an. Er ließ sich nicht gerne von einem afrikanischen Banditen herumkommandieren.

Hamadi sagte: »Sie mögen es nicht, wenn unbekannte Autos zu nahe an den Zaun herankommen. Fahren Sie.«

»Wohin?«

»Den Weg entlang.«

Hamadi roch nach Staub, Schweiß und einer Mischung aus gegrilltem Fleisch und wilden Bäumen. Ein ganz anderer Mensch als der vornehme afrikanische Herr mit Anzug und Krawatte, den Ricardo ein paar Tage zuvor beim Mittagessen im New Stanley Hotel kennen gelernt hatte. Dieser andere Hamadi hatte nach Eau de Cologne und Aftershave gerochen, Zigarren geraucht und Al Hajis Durst nach Brandy Glas für Glas geteilt.

Ein grüner Land Cruiser tauchte aus dem Busch vor ihnen auf

und hielt an. Die drei Männer, die hinter dem Suzuki her getrottet waren, kletterten in den Cruiser. Der Kleinlaster fuhr voraus.

Einen Kilometer weiter verließ er den Weg, fuhr in ein trockenes Flussbett hinab und folgte ihm durch eine tiefe, felsige Schlucht. Der Suzuki bekam mehr und mehr Probleme, während die Felsbrocken und Dornbüsche größer wurden und der Pfad kaum noch benutzt schien.

»Es wird bald wieder«, sagte Hamadi.

Ricardo warf ihm einen Seitenblick zu und schwieg.

Hamadi fragte: »Es hätte nicht warten können … dieses Gespräch?«

»Nein.«

Die Sonne war bereits aufgegangen, als sie den Teil des Flussbetts erreichten, wo der Weg wieder einfacher wurde und sie in schnellem Tempo zu dem Versteck drei Kilometer tiefer in der Schlucht fahren konnten. Hamadis Hauptquartier befand sich in einer Felshöhle etwa zehn Meter bergauf am Ufer des ausgetrockneten Flussbetts. Sie versteckten die Fahrzeuge hinter ein paar Felsblöcken und stiegen zur Höhle hinauf.

»Willkommen.« Hamadi führte ihn hinein. In der Höhle, die so groß war wie Al Hajis Arbeitszimmer, war es dunkel und kühl. Am einen Ende des Raums stapelten sich tonnenweise gewilderte Stoßzähne und Tierfelle. Der Teil gleich hinter dem Eingang diente Hamadi und seinen Männern als Wohnraum. In der Höhle hielten sich fünf Männer auf, zwei am Feuer, einer bearbeitete ein getrocknetes Zebrafell und zwei reparierten einen platten Reifen des Land Cruisers.

Der Duft nach gutem Kaffee hing in der Luft.

»Setzen Sie sich«, sagte Hamadi und deutete dabei auf zwei niedrige Hocker. »Möchten Sie Kaffee?«

Ricardo setzte sich.

»Juba«, rief Hamadi den Männern beim Feuer zu. »Kaffee!« Dann ließ er sich auf den anderen Hocker sinken und griff nach einem Päckchen Zigaretten. »Diesen Ort benutzen wir während der

Trockenzeit«, sagte er und bot Ricardo eine Zigarette an. »Wenn der Regen kommt, dann wird hier alles, das ganze Tal unter uns, zu einem einzigen, gewaltigen Fluss.«

Ricardo nickte unbestimmt.

»Während der Regenzeit können wir in den Wildreservaten nicht existieren«, sagte Hamadi. »Wenn man nicht tagelang im Schlamm stecken bleibt, hinterlässt man eine Spur, die man aus der Luft so deutlich erkennen kann wie den Highway nach Mombasa.«

Ricardo nickte wieder und ließ seine dunklen Augen durch die Höhle schweifen. Das alles, dachte er, würde eines Tages ihm gehören.

Während sie den heißen, ungesüßten Kaffee tranken, erklärte ihm Hamadi seine Vorgehensweise. Dann gingen sie hinaus auf den sonnenbeschienenen Hang und besprachen die ernsthaften Geschäftsangelegenheiten im Schatten einer Schirmakazie.

Hamadi kannte den Grund für den Besuch des weißen Mannes genau. Al Haji hatte es ihm am Telefon in Dakawachu tags zuvor erklärt. Er hatte auch deutlich durchblicken lassen, dass er nicht im Geringsten böse wäre, sollte Ricardo während der Aktion zufällig den Tod finden. Im Gegenteil, Al Haji würde möglicherweise eine gewisse Summe als Zeichen seiner Wertschätzung springen lassen, sollte es möglich sein, eine solche Eventualität zu arrangieren.

Hamadi hatte genickt.

Ricardo erläuterte seinen Auftrag. Einige sehr wichtige Personen waren besorgt wegen der Rückschläge, die der Elfenbeinhandel hatte hinnehmen müssen. Eine große Menge Brötchen standen auf dem Spiel.

»Menschenleben auch«, sagte Hamadi, dessen eigener Bruder bei einer Razzia der Ranger getötet worden war.

Ricardo nickte und sprach weiter. Wenn die Lieferungsverzögerungen weitergingen, würde das in jeder Hinsicht verheerende Folgen haben. Also mussten die Ranger in die Schranken gewiesen werden. Die Oberbosse hatten die Mission abgesegnet. Die Angreifer anzugreifen. Eine Rangerstation zu überfallen und drei ihrer besten Leute auszuschalten. Das würde die Kerle von ihrem hohen Ross herunterholen.

Hamadi schüttelte den Kopf. »Kommt nicht in Frage! So gern ich den Tod meines Bruders rächen würde, aber ich werde keine Rangerstation überfallen. Wir müssen an Morgen denken. Die Regierung würde verrückt spielen, vielleicht sogar die GSU schicken. Wissen Sie, wer das ist? Die sind vergleichbar mit Ihren US-Marines, harte, bösartige, kampflustige Mistkerle. Wenn die erst mal in den Wildreservaten auftauchen, dann sind wir erledigt, mein Freund. Die würden uns hetzen, bis keiner mehr übrig ist. Nein, mein Freund, wir müssen an Morgen denken.«

Ricardo starrte ihn lange an. »Was können wir dann tun?«

Hamadi zuckte die Achseln. »Im Kampf können wir zuschlagen. So hart wir wollen. Wie schon gesagt, mein eigener Bruder wurde bei einer dieser Razzien getötet. Mein eigener Bruder. Wir wissen außerdem, dass einige dieser Razzien auf Verrat innerhalb der Organisation zurückgehen ... Mehr noch, ich vermute, dass ich weiß, wer der Verräter ist.«

Ricardo ließ sich Zeit mit der Erwiderung. »Und wer?«

Hamadi bot ihm eine Zigarette an. »Seien Sie vorsichtig mit dem Stummel. Die Büsche hier brennen wie ein benzingetränkter Lappen. Bei starkem Wind, wie er jetzt bläst, sind tausend Morgen in Nullkommanichts abgebrannt. Feuer tötet das Wild und zerstört unsere Verstecke. Für uns ist es noch schlimmer als für die Ranger. Es ist schlecht fürs Geschäft.«

Ricardo nickte geduldig und wiederholte: »Wer ist der Verräter?«

»Ziehen Sie Ihre eigenen Schlüsse«, sagte Hamadi. »Ich habe einen Freund in der Lali Hills Rangerstation. Er hat mir vor ein paar Tagen die Nachricht zukommen lassen, dass irgendwann morgen eine Razzia stattfinden wird. Ein Versteck, wo ich große Mengen von Waren lagere, wird betroffen sein. Am meisten hat mich verwirrt, dass ich morgen bei diesem Versteck sein wollte, um die letzte Sendung von Als Ware abzuholen. Also habe ich eine Nachricht an meinen Mann in Lali Hills geschickt, dass er die Quelle der

Information herausfinden soll. Verstehen Sie, außer mir und Al wusste niemand, dass ich morgen dort sein würde. Al war immer ein Pedant, was Details angeht.«

Er sog an seiner Zigarette und seine wilden, geröteten Augen richteten sich auf irgendeinen Punkt in der riesigen Ebene unter ihnen. »Letzte Nacht kam der Bericht von Lali Hills«, sagte er ruhig. »Eine Frau hatte aus Nairobi angerufen.«

»Gottverdammte Schlampe!« Ricardo fluchte wild. »Diese stinkende, verräterische Schlampe!«

Hamadi nickte stumm. Dann sagte er: »Wie ich sehe, ziehen wir die selben Schlüsse. Ein Ranger namens Frank Burkell wird die Razzia leiten. Soweit ich weiß, haben er und ein anderer Ranger, John Kimathi, der inzwischen nicht mehr im Dienst ist, meinen Bruder getötet.«

Ricardo schwieg und nahm tiefe Züge von seiner Zigarette, als ob sie ein Joint wäre.

»Ich weiß, was Ihnen durch den Kopf geht, mein Freund.« Hamadi entblößte seine großen, weißen Zähne in einem vorsichtigen Lächeln. »Alles, was wir tun müssen, ist, die Angreifer in einen Hinterhalt zu locken, richtig?«

Ricardo nickte.

Hamadi schüttelte den Kopf. »Ich werde mich aus zwei Gründen nicht an einem Hinterhalt beteiligen. Einer davon ist, dass ich meine Pläne bereits geändert und das betreffende Elfenbein aus dem Park geschafft habe. Der Zweite ist, dass ich diese Ladung bis morgen früh nach Mombasa bringen will. Sie werden überall in der Gegend Straßensperren errichten, wenn sie merken, dass das Versteck verlassen ist. Und, wie Sie es ausdrücken … es stehen eine Menge Brötchen auf dem Spiel.«

Ricardo war tief in Gedanken versunken. »Wie viele werden es sein?«

»Das kann ich nicht sicher sagen.« Hamadi zuckte die Achseln. »So viele, wie in einen Landrover passen. Nicht mehr als sechs, vermute ich.«

Ricardo regte sich, als würde er aus tiefem Schlaf erwachen und sah dem Wilderer in die Augen. »Geben Sie mir drei gute Männer. Männer, die sich hier auskennen, die mit Waffen gut umgehen können. Mit drei solchen Leuten kann ich es mit einem Dutzend aufnehmen.«

Hamadi tat so, als würde er scharf nachdenken. Er sagte gewichtig: »Ich würde ungern das Leben meiner besten Soldaten riskieren.«

»Ich riskiere meines.«

»Dafür werden Sie bezahlt.«

»Sie werden auch bezahlt werden.«

Hamadi blieb still. Nach einer Weile sagte er: »Ich weiß nicht, ob ich das tun soll.«

»Ich miete sie von Ihnen«, meinte Ricardo.

Hamadi schüttelte den Kopf und zupfte abwesend an seinem Schnurrbart. »Ich weiß nicht«, wiederholte er. »Ich werde fragen, ob es Freiwillige gibt. Aber wenn nicht …« Er stand auf. Ricardo tat es ihm gleich.

»Gehen wir und suchen ein paar Kämpfer für Sie«, sagte der Anführer der Wilderer.

Während sie den Hügel hinab zum Versteck zurückgingen, dachte Hamadi an Al Hajis Angebot einer großzügigen Belohnung, wenn der Amerikaner bei dem Überfall getötet werden sollte. Und Hamadi war ein gerissener Geschäftsmann, der sich nicht so leicht eine Chance entgehen ließ.

Den Rest des Vormittags verbrachten sie dösend im Versteck. Am Nachmittag machten sie sich fertig zum Aufbruch, Hamadi mit seiner Beute zu einer Nachtfahrt nach Nairobi und Ricardo mit seinen Freiwilligen zum Tsavo-Nationalpark.

Hamadi hatte keine Schwierigkeiten gehabt, Freiwillige für Ricardos Armee zu finden. Er hatte eine vertrauliche Besprechung mit den drei Männern und erteilte ihnen genaue Anweisungen, was sie zu tun hatten, wenn die Schießerei losging. Ricardo erklärte sich bereit, jedem von ihnen nach dem Hinterhalt zweitausend Shilling zu bezahlen.

Um sechs Uhr verließen die beiden Fahrzeuge die Schlucht. Der Land Cruiser, beladen mit Stoßzähnen, Fellen und anderen Jagdtrophäen, wandte sich nach Süden, vorbei am Sobaso-Wasserloch, und nahm den Weg, den Ricardo im Morgengrauen gekommen war. Hamadi wollte sich mit Ricardo in zwei Tagen in Malindi treffen, um die zweitausend Shilling Prämie für das Ausleihen seiner Männer zu kassieren.

Bewaffnet mit Karte, Kompass und einem fast neuen Maschinengewehr, genau wie seine Begleiter, chauffierte Ricardo seine Überfalltruppe durch eine Lücke im Zaun in den Tsavo-Nationalpark. Langsam holperten sie über einen unebenen Wildwechsel in den roten und gelben Sonnenuntergang hinein.

Niemand hatte ihm von der tatsächlichen Stärke der Ranger-Einheit erzählt, noch von dem Hubschrauber, der plötzlich wie aus dem Nichts aus der Ebene aufstieg, um Verstärkung zu bringen.

20

Sie erreichten das Versteck kurz nach neun. Ricardo holte seine Karte heraus und ging den Plan für den Hinterhalt noch einmal durch. Das mit Hamadis Hilfe ausgewählte Gelände lag zwei Kilometer entfernt an dem Weg, der von Süden zum Versteck führte. Es war unwahrscheinlich, dass die Ranger direkt zum Versteck fahren würden. Damit hätten sie ihre Beute nur vorgewarnt. Ricardo plante zuzuschlagen, während sie noch im fahrenden Auto saßen, um sie alle zusammen zu erwischen.

Hamadi hatte Ricardos Wahl des Angriffspunkts gutgeheißen, ein Gebiet, wo der Weg um einen kleinen Felshügel herumführte, bevor er zur Hochebene und dem Unterschlupf der Wilderer anstieg. Ricardo versteckte den Wagen auf einem Wildpfad in einiger Entfernung vom Fahrweg und wartete. Sie warteten.

Es war kalt im Wagen. Die drei Schwarzen hatten ihre schweren

Mäntel dabei, aber Ricardo trug immer noch seinen leichten Safarianzug. Er hätte sich nie träumen lassen, dass es in den Tropen so frostig werden konnte. Er verteilte Zigaretten unter seiner schweigenden Armee.

Draußen pfiff der Nordwind durch die Dornbäume. Tiefer im Park lachten Hyänen über die Liebesgesänge der Nachtvögel; jenseits der Hügel keckerten die Schakale und brüllten die Löwen.

Die Wilderer unterhielten sich untereinander auf Suaheli. Ricardo rauchte schweigend, und die Erregung baute sich in seinem Körper auf wie ein schlafender Vulkan. Er ließ ruhelos seine Knöchel knacken. Es war lange her, seit er im Kampf gestanden hatte.

Das letzte Mal war in Miami gewesen, als er den Kripobeamten in den Kopf geschossen hatte – der Grund dafür, dass Arturo Spinelli ihn dann schleunigst außer Landes schaffen musste. Der Polizist hatte nicht einmal seine Waffe gezogen gehabt, deshalb hatte sich der Adrenalinstoß in Grenzen gehalten. Aber das hier ... das war etwas anderes. Ein Auto voller bewaffneter Soldaten sollte ihm genügend Nervenkitzel verschaffen, dass es für ein ganzes Leben reichte.

Das einzige Problem war, dass er sie nicht aus dem Landrover herauslassen konnte. Es hätte viel mehr Spaß gemacht, sie durch die Hügel zu jagen und einen nach dem anderen abzuknallen. Ricardo hatte alles wieder und wieder mit Hamadi besprochen. Er musste die Ranger schnell erledigen und auf dem Weg aus dem Park sein, bevor ihre Leichen kalt waren.

Er dachte an Al Haji. Der Mann war inzwischen ziemlich erledigt. Endgültig am Ende würde er sein, sobald die in New York zu hören bekamen, was Ricardo über Tess zu berichten hatte. Ricardo fragte sich, ob er sie nicht vielleicht doch noch dazu erpressen konnte, mit ihm zu schlafen. Und Al? Da war ein nagender Zweifel in Ricardos Hinterkopf. Es gab keine Garantie, dass Deloris ihm das ostafrikanische Büro übergeben würde. Möglicherweise würde er darauf bestehen, wieder einen Schwarzen in

Orange Estate einzusetzen. In diesem Fall würde Ricardo besser dran sein, wenn er auch Al mit Tess' verräterischen Aktivitäten erpresste.

Geld! Ricardo war vor ein paar Tagen abermals in Al Hajis Arbeitszimmer eingebrochen. In beiden Safes lag keinerlei Geld mehr. Al Haji war ein vorsichtiger Mann. Er hatte sein Geld in einen anderen Geheimsafe irgendwo im Haus transferiert.

Ricardo weckte seine Wilderer um vier Uhr früh. Er führte sie vom Wagen zum Weg hinunter. Sie bezogen Stellung an der Hügelflanke, wo die Fahrspur nach oben um den Felshügel herum abknickte. Zwei von ihnen blieben auf einer Seite des Wegs, einer begleitete Ricardo zur anderen. Er musste ihnen nicht viel erklären, da Hamadi ihnen Anweisungen in ihrem eigenen Dialekt erteilt hatte. Wenn die Sache erledigt war, sollten sie unverzüglich zum Wagen zurückkehren und auf dem schnellsten Weg aus dem Park verschwinden.

Ricardo verteilte sie sorgfältig und merkte sich ihre Stellungen. Wenn sie bei dem Überfall getötet wurden, ersparte ihm das sechstausend Shilling. Er war nicht gerade scharf darauf, diesem bescheuerten Trio so viele Brötchen zu überlassen.

Er drückte sich in einen Spalt zwischen zwei Felsblöcken, zog sein automatisches Gewehr an sich und wartete. Drei Reservemagazine waren in seinen Taschen. Das würde reichen.

Nicht allzu weit entfernt brüllte ein Löwe, nachdem er seine Beute geschlagen hatte. Der Laut riss Ricardo aus seinen Gedanken. Ein leises Scharren ganz aus der Nähe drang an seine Ohren. Er erstarrte und lauschte. Da war es wieder, ein dumpfes, trockenes Rascheln. Mehrere furchteinflößende Gedanken wirbelten ihm durch den Kopf. Ganz oben auf der Liste der Möglichkeiten stand: Schlange. Der Gedanke jagte ihm eiskalte Schauer über den Rücken. Es war eine seiner schlimmsten Ängste, von einem giftigen Reptil gebissen zu werden. Gab es hier im Park Klapperschlangen? Herrgott ... Es war eine Sache, von Menschen gejagt und beschossen zu werden. Aber Raubtiere ... Von einem Löwen zermalmt zu werden! Ein äußerst beunruhigender Gedanke.

Da sah er das Licht, weit im Süden, das sich genau in nördlicher Richtung durch die Ebene vorarbeitete.

Ricardo vergaß seine Ängste, bei lebendigem Leib aufgefressen zu werden oder an Schlangengift zu sterben. Er umklammerte sein Gewehr und konzentrierte sich auf den näher kommenden Landrover.

21

Frank Burkell fuhr den Wagen, Daniel Bokassi schlief. So lief das immer ab mit ihnen beiden.

Frank fluchte, als der Rover über die Bodenwellen holperte und dabei laut genug schepperte, um ganz Tsavo aus dem Schlaf zu wecken. Es wäre ein glattes Wunder, wenn die Wilderer sie nicht schon aus zehn Kilometer Entfernung kommen hörten.

Sie waren noch keine fünf Minuten von Einheit Zwei aus aufgebrochen, als der alte Mann schon fest eingeschlafen war. Dabei hatte er schon die ganze Nacht durchgeschlafen, in ihrem provisorischen Camp in der Mulde um das Wasserloch von Bareito Wasanya, zehn Kilometer vor ihrem Ziel.

Frank und Dan waren um sechs Uhr am vergangenen Abend in ihrem verbeulten Landrover am Lagerplatz eingetroffen, nur ein paar Minuten vor Einheit Zwei, die mit dem Helikopter kam.

Während Dan und die anderen Scouts schliefen, war Frank die Pläne für die Razzia mehrmals mit dem Chief Warden durchgegangen, dem Einsatzleiter von Einheit Zwei.

Während Einheit Eins jetzt auf diesem Pfad auf die Hügel zuholperte und Dan vor sich hin schnarchte, summte Frank ein Lied, um seinen Geist frei von Furcht zu halten. Er fragte sich, warum er sich überhaupt die Mühe machte, Dan mit herumzuschleppen. Abgesehen davon, dass er ein guter Fährtenleser war, war Dan in einer Notsituation so gut wie nutzlos. Er war so hoffnungslos weitsichtig, dass er mit einem automatischen Gewehr nicht hantieren konnte.

Aber die Vorschriften verlangten, dass jede Patrouille aus mindestens zwei Mann bestand, und Frank musste zugeben, dass er lieber Dan als Partner bei einer Patrouille dabei hatte, als irgendeinen anderen der klugscheißerischen, großmäuligen Ranger. Es ging nichts über einen Partner, mit dem man nicht reden musste. Deshalb war er auch immer so gut mit Kimathi ausgekommen.

Er schaltete auf Standlicht herunter und fuhr langsam weiter. Er dachte über Kimathi nach. Selbst wenn man mich zehn bösartigen Wilderern gegenüberstellt, würde ich nicht mit Johnny tauschen wollen, dachte er.

An der Stelle, wo die Straße begann, in einer Kurve um den Hügel abzuknicken, hielt er den Landrover an und schaltete das Licht aus. Sie waren noch ein paar Kilometer vom Zielpunkt entfernt. Jeder Wilderer, der zufällig schon wach war, würde auch das kleinste Licht entdecken, das sich hinter dem Hügel blicken ließ.

Früher einmal hatten die Wildhüter einfach einen Hubschrauber vorausgeschickt. Das taten sie jetzt nicht mehr. Nicht mehr, seit einer von der Granate aus einer Bazooka glatt aus dem Himmel gepustet worden war. Jetzt schickten sie einen Spähtrupp voraus, um das Camp auszukundschaften und dafür zu sorgen, dass die Wilderer die Köpfe unten hielten, wenn der Haupttrupp eintraf. Ein Konvoi von Landrovern, der voll beleuchtet durch die Morgendämmerung fuhr, wäre etwa so unauffällig gewesen, wie ein Kriegsschiff in einem Swimmingpool. Und zu viele Personen in einem Landrover hätten seine Geschwindigkeit bei einer Verfolgungsjagd durch den Busch beeinträchtigt.

Also blieb es Einheit Eins überlassen, Frank und Dan, den Überraschungsschlag zu führen.

Es war nicht mehr lange hin bis zum Tagesanbruch. In der Landschaft begannen sich bereits die täuschenden dunklen Schatten zu formen, die der Morgen mit sich brachte.

Frank drückte den Sprechknopf des Funkgeräts. »Einheit Eins«, sagte er.

»Einheit Zwei«, kam die schnelle Antwort.

»Sind jetzt in Position A«, sagte Frank.

»Roger, Over und Aus.« Das war das Signal für Einheit Zwei, das Camp abzubrechen und den Helikopter zu beladen. Diese Razzia war sehr sorgfältig ausgearbeitet worden. Ohne weiteren Funkkontakt würde der Hubschrauber beim Knall des ersten Schusses aufsteigen. Frank wollte diesmal keinerlei Risiko eingehen. Nicht mit dem verschlafenen Dan an seiner Seite.

Er wartete auf das Morgengrauen und versuchte, sich zu entspannen. Dan Bokassi schlief. Unnötig, ihn zu wecken, bevor der Spaß losging. Das würde bloß damit enden, dass er vorher wieder einnickte. Genau genommen gab es keinen Grund, ihn überhaupt zu wecken. Außer, die Wilderer suchten ihr Heil in der Flucht und es gab Fährten, denen man nachspüren musste. An den Lagerfeuern ging das Gerücht, dass der alte Dan eine wochenalte Spur selbst nach einem schweren Regenguss noch wittern konnte. Der alte Dan war eine lebende Legende, solange er nicht seine Augen, seinen Kopf oder sein Gewehr benutzen musste.

Die Morgendämmerung ließ sich Zeit, aber urplötzlich war sie da. Es blies ein frostiger Wind, kalt und frisch, wie nur die Luft des anbrechenden Morgens sein kann. Zeit zum Aufbruch. Aber da war wieder das uralte Bedürfnis, der Drang zu pinkeln, bevor es in den Kampf ging, über den sich Johnny so amüsiert hatte. Frank öffnete leise die Tür des Landrovers, kletterte hinaus und genoss es, sich zu erleichtern, ein Akt so erfrischend wie das erste kalte Bier an einem heißen Tag.

Er wollte gerade wieder in den Wagen steigen, als er plötzlich stutzte. Der Wind hatte gedreht und blies wie durch einen Trichter den Weg entlang auf ihn zu. In der sauberen frühmorgendlichen Luft empfing seine geübte Nase einen ungewohnten Duft, einen Geruch, den in diesem Teil der Welt keine Pflanze der Wildnis verströmte, das süßliche Aroma von Aftershave und Eau de Cologne.

Das Lager der Wilderer lag immer noch zwei Kilometer weit entfernt. Außerdem benutzten Wilderer niemals Seife und schon gar kein Deodorant, um die Wildtiere, die sie jagten, nicht zu warnen.

Auf einmal fielen Frank wieder die Zweifel ein, die er bezüglich der Anruferin gehegt hatte. Er erinnerte sich genau an die Worte, die er ihr gegenüber benutzt hatte: »Woher sollen wir wissen, dass Sie uns diesmal nicht in eine Falle locken?«

Plötzlich war die Hügelflanke voller dunkler, drohender Schatten, und dieser fremde Geruch aus der zivilisierten Welt hing immer noch in der Luft und wurde eher noch stärker.

Frank griff nach seinem Gewehr im Waffenständer. Die Magazine waren im Handschuhfach. Er tastete leise danach und steckte zwei in die Taschen seiner Buschjacke. Sinnlos, den alten Dan aufzuwecken. Der konnte in diesem Zwielicht sowieso nicht die Hand vor Augen erkennen.

Er ließ seine Tür angelehnt, duckte sich und sprintete in die Büsche links des Weges. Wer immer da oben war, er führte möglicherweise nichts Gutes im Schilde. Frank kroch auf dem Bauch weiter und arbeitete sich den Hang hinauf, bis er bessere Deckung etwa zehn Meter vom Wagen erreichte. Auf dieser Höhe schlich er gegen den Wind weiter, so geschickt und lautlos, wie es nur ein Buschläufer konnte.

Der Geruch nach Kölnisch Wasser verschwand so schnell, wie er gekommen war. Der Wind blies immer noch in Franks Richtung. Das konnte nur eines bedeuten – die Quelle des Geruchs hatte sich bewegt. Wer immer sich da oben an der Hügelflanke befand, er hatte die Position verändert.

Frank hielt inne und lauschte angestrengt. Nicht der geringste Laut war zu vernehmen. Er weitete die Nasenlöcher. Sein Riechorgan war darauf trainiert, einen anschleichenden Löwen oder eine schlafende Schlange zu wittern, aber es konnte den menschlichen Geruch nicht wieder einfangen. Verdammt, was nun?

Unter ihm klickte die Tür des Landrover und ging auf. Das Geräusch trug in der stillen Morgenluft so weit wie ein Gewehrschuss.

»Frank?«, rief Dan leise. Die Stille des stehenden Fahrzeuges hatte ihn aufgeweckt. »Frank?«

Frank fluchte unterdrückt und betete, dass Dan den Mund halten würde.

»Frank?«

Dann brach die Hölle los. Abrupt hämmerte heftiges Gewehrfeuer durch die stille Morgendämmerung und hallte wie das Donnern eines Erdbebens in den Ohren und in den Hügeln wider.

Frank duckte sich und drückte sein Gesicht ins Gras. Er lag eine ganze Weile mucksmäuschenstill, bevor er begriff, dass das Feuer nicht auf ihn gerichtet war.

Dann hörte er Dan schreien, ein grässlicher, qualvoller Schrei, der beinahe augenblicklich von einer zweiten Salve Gewehrfeuer übertönt wurde. Glas splitterte, Kugeln klatschten ins Metall und sirrten als Querschläger durch die Dunkelheit, wenn sie von den Felsen abprallten.

Frank hob den Kopf, um die Quelle des Gewehrfeuers zu erkennen. Es kam von den dunkleren Schatten auf der anderen Seite des Weges, aber von wo genau war unmöglich auszumachen. Er schaltete sein Gewehr auf Einzelfeuer, richtete sich auf ein Knie auf und feuerte zehn schnelle Schüsse ab. Er verteilte sie gleichmäßig über die ganze Länge der Schatten, dann ging er wieder in Deckung.

Totenstille.

Frank hoffte, dass seine Schüsse ein Ziel gefunden hatten. Die Stille dauerte wenige Sekunden lang, aber es kam ihm vor wie Monate. Dann donnerte das Gewehr wieder los und Frank presste seinen Körper ins taunasse Gras, bis er die feuchte Erde darunter riechen konnte und lag sehr, sehr still.

Plötzlich gab es eine laute Explosion und ein helles, orangefarbenes Licht leuchtete durch die trockenen Grashalme vor Franks verblüfften Augen.

Das Gewehrfeuer erstarb.

Langsam hob Frank den Kopf und spähte aus seiner Deckung. Sein Herz zog sich schmerzhaft zusammen. »Heilige Scheiße!«, fluchte er, während er auf den Landrover hinunterblickte, der jetzt von einem sich ausbreitenden Feuervorhang eingehüllt wurde.

Die Kugeln aus dem Hinterhalt hatten einen der beiden Benzinkanister zur Explosion gebracht, die an einem Träger an der vorderen Stoßstange befestigt waren. Das brennende Benzin breitete sich vor dem Rover aus und setzte das Gras zu beiden Seiten der Straße in Brand.

Franks erster Gedanke galt Dan. Er musste den alten Dan aus dem brennenden Fahrzeug herausbekommen. Als er sich geduckt aufrichtete, um zum Rover zurückzurennen, warf er einen Blick über die Straße, die jetzt vom Flackern des Feuers hell erleuchtet war und erstarrte mitten in der Bewegung. Deutlich erkennbar im Licht des brennenden Rover sah er den Mann mit dem automatischen Gewehr, der seine Deckung verlassen hatte, einen schwarzhaarigen Weißen im Safarianzug.

Vor Überraschung wie gelähmt, starrten sie sich über den hell erleuchteten Pfad hinweg an, kaum sechzig Meter voneinander entfernt. Dann duckten sich beide und feuerten. Der zweite Benzinkanister explodierte und ein Feuerregen ging über der Umgebung nieder. Der Wagen wurde von einem Feuerball verschlungen.

Als Frank wieder aufblickte, war die Erscheinung verschwunden. Er konnte nur noch Felsen und Sträucher sehen. Er leerte ein Magazin in die Büsche und sprintete tief gebückt hangaufwärts, um bessere Deckung zu finden.

Dan war nicht mehr zu retten. Die trockene Savanne brannte wie Zunder, und die Flammen breiteten sich rasend schnell zu beiden Seiten des Weges aus, angefacht von der morgendlichen Brise. Die tanzenden Schatten, die das Feuer warf, waren dunkler und bedrohlicher als die der Morgendämmerung.

Frank sprang von Deckung zu Deckung in die einzige Richtung, die der fliehende Schütze eingeschlagen haben konnte. Er lauschte angestrengt, aber das Prasseln des Feuers hinter ihm übertönte jeden Laut. Er rannte weiter. Dann hörte er ein Auto anspringen und mit hoher Geschwindigkeit davonrasen. Er ließ sich auf einen Felsen sinken, plötzlich erschöpft und sehr deprimiert. Das muss ich alles geträumt haben, dachte er. Was zum Teufel, fragte er sich, hatte ein weißer Mann bei einer Bande von Wilderern zu suchen?

Aber sobald der Hubschrauber ankam, so überlegte er, würde

sich das fliehende Fahrzeug von der Landschaft abheben wie ein Elefant auf einem Golfplatz.

Wo zum Teufel blieb Einheit Zwei, verdammt noch mal! Sie mussten doch zumindest die Explosionen gehört haben. Und das Feuer musste meilenweit zu sehen sein.

Feuer! Der Gedanke traf ihn wie ein Blitzschlag. Feuer, die schlimmste Katastrophe, die einen Wildpark neben der Dürre treffen konnte. Nur ein paar Meter hinter ihm knisterte es. Feuer! Franks Kopf fuhr herum. Die Flammen züngelten bereits die Hügelflanke hinauf. Der Wind trieb sie südwärts, auf die noch trockenere Hochebene zu. Unter den derzeitigen Verhältnissen konnte sich ein hungriges Buschfeuer binnen Minuten durch Tausende von Morgen Grasland fressen.

Herrgott, dachte Frank. Wo blieb der verdammte Hubschrauber?

Er traf drei Minuten später ein, kam von Norden her, nachdem er den aufsteigenden Rauch umflogen hatte, um möglichst nahe bei Frank landen zu können.

»Dan ist tot«, sagte Frank zum Chief Warden, als der seinen Männern voraus aus dem Hubschrauber sprang.

»Verdammter Mist!«, knurrte der Chief Warden mit einem finsteren Blick auf das Feuer. »Was ist das?«

»Feuer«, sagte Frank ruhig.

»Das sehe ich selbst!«

Die Männer von Einheit Zwei kamen nacheinander aus dem Hubschrauber geklettert und standen unentschlossen herum. Die Scouts waren darauf vorbereitet gewesen, ein paar Wilderer auszulöschen, aber jetzt sahen sie sich einem tobenden Buschbrand gegenüber. Ihr erster Impuls war, grünes Buschwerk abzuschneiden und zu versuchen, das Feuer auszuschlagen, aber sie hielten nur Gewehre in der Hand, keine Buschmesser, und sie trugen Kampfanzüge, nicht ihre Ausrüstung zur Brandbekämpfung.

Der Chief Warden wandte sich unheilverkündend an Frank und fragte: »Was zum Teufel war hier los, Frank? Na?«

»Dan ist tot«, sagte Frank.

»Was ist schief gegangen?!« Schmerz verzerrte das Gesicht des Chief Warden.

»Es war ein Hinterhalt. Sie haben uns erwartet. Ein Stück weiter die Straße lang. Der Rover ist explodiert, und Dan … er ist im Rover. In den Flammen.« Frank erzählte ihnen von dem Hinterhalt. Bei der Erwähnung eines schwarzhaarigen weißen Wilderers wackelten die lauschenden Scouts zweifelnd mit den Köpfen.

Der Warden begann, Befehle auszugeben.

Die Sonne stieg über den Wachu-Hügeln auf, als der Helikopter mit Frank an Bord abhob und die nahegelegene Savanne nach dem Wagen des Heckenschützen durchkämmte. Sie flogen Zickzack, huschten im Tiefflug über das Gelände, schwebten über jeder Versteckmöglichkeit, überprüften jeden Pfad, der aus der Gegend des Feuers wegführte. Alles vergebens.

Fünfzehn Minuten später gaben sie die Suche auf und widmeten ihre Anstrengungen der dringlicheren Aufgabe, das Feuer unter Kontrolle zu bringen. Der Chief Warden erteilte die Anweisung, alle Parkeingänge zu schließen, alle hinausfahrenden Autos zu kontrollieren, jeden, der auch nur verdächtig aussah, festzunehmen und bis auf weiteres keine Besucher mehr einzulassen.

Der Hubschrauber flog nach Lali Hills zurück, um weitere Männer und Material zur Brandbekämpfung zu holen.

Fünf Stunden später, während böige Winde über das Plateau fegten, wurde das Feuer offiziell als außer Kontrolle erklärt.

22

Das Buschfeuer wütete zwei Tage lang. Tausende Hektar des Parkgebiets verwandelten sich in kahles, ausgeglühtes Ödland. Tausende von Tieren verbrannten bei lebendigem Leib, gefangen in Wäldern und Lichtungen aus Feuer. Tausende wurden vor dem wütenden Inferno her aus ihren Weidegebieten in den Kilifi-Distrikt getrieben. Der dichte, schwarze Rauch war noch in hundert Kilometern Entfernung zu sehen.

Die Armee, der National Youth Service und zivile Freiwillige wurden mit einer Luftbrücke von Militärhubschraubern ins Katastrophengebiet transportiert. Kleine Flugzeuge wurden eingesetzt, um die Feuerwehrleute zu den kritischen Zonen zu dirigieren und das Zentrum des Brandes mit Wasserbomben einzudecken.

Dutzende der Brandbekämpfer landeten im Krankenhaus, einige mit schweren Verbrennungen, und die Fliegenden Ärzte hatten alle Hände voll zu tun, um die Opfer nach Nairobi zu überführen.

Sie brachten das Feuer schließlich unter Kontrolle, als seine Ausbreitung nach Süden am Galana-Fluss zum Stillstand kam. Am Morgen des dritten Tages war es vollständig erstorben.

Das »Flammende Inferno« machte landesweit Schlagzeilen. Die Reporter, die vom Schauplatz der Tragödie kamen, hatten Geschichten von Heldenmut und Opferbereitschaft im Gepäck. Außerdem brachten sie Hochglanzfotos mit von verkohlten Tierkadavern, von riesigen Wolken feuerroten Rauchs und Feuerwehrleuten im verzweifelten Einsatz. Es gab nur ein oder zwei Fotos der verbogenen, ausgeglühten Überreste des Landrovers, in dem Daniel Bokassi, Game Scout erster Klasse, schon in den ersten paar Minuten des Infernos zu Asche verbrannt war.

In der ganzen Aufregung fand Daniel Bokassis unglückliches Ableben nur in einer einzigen Zeitung in einem sechszeiligen Absatz Erwähnung. Der Hinterhalt, Ausgangspunkt des Buschfeuers, wurde vergessen, und Frank Burkell, der Wildhüter, der wie durch ein Wunder überlebt hatte, lediglich kurz als Augenzeuge zitiert.

Angesichts der allgemeinen Konfusion und Aufregung schien es Frank eine weise Entscheidung zu sein, der Nation nicht den Spaß zu verderben. Also behielt er für sich, wie er haarscharf einem hinterhältigen Mordanschlag entgangen war und erzählte auch nichts von der dunkelhaarigen Erscheinung, die das ganze Chaos ausgelöst hatte.

In genau diesem Chaos, während Armee, freiwillige Brandbekämpfer und Journalisten durch die Tore von Tsavo Ost strömten, wurde die Anweisung des Chief Warden völlig vergessen und Ricardo konnte den Park unbehelligt in seinem kleinen Suzuki verlassen.

Er hatte sich in einer kleinen Gruppe von Dornbüschen verkrochen, die den Wagen vor einer Suche aus der Luft vollständig abschirmte, bis der Helikopter endlich aufgab. Am späten Nachmittag, während die Feuerwehren im Park ausschwärmten und Herden von Wildtieren in alle Richtungen durchgingen, fuhr er querfeldein durch den Busch und wandte sich nach Verlassen des Parks nach Osten. Er hatte seinen Kompass verloren, und seine bezahlten Revolvermänner und Führer hatten sich nach den ersten paar Schüssen verdrückt.

Er verbrachte eine beängstigende Nacht im Busch, nachdem er sich in den Sümpfen nördlich des Sabaki verirrt hatte. Während er im eiskalten Wagen auf den Tagesanbruch wartete und nach den herumsummenden Moskitos schlug, versuchte er zu begreifen, was geschehen war. Warum hatte der Landrover noch vor der vorgesehenen Todeszone angehalten und ihn damit gezwungen, seine Deckung zu verlassen und näher heranzugehen? Waren sie am Ende gewarnt worden? Oder hatte ihn jemand ans Messer liefern wollen?

Wie war es gekommen, dass der weiße Ranger das Fahrzeug bereits verlassen hatte und in Deckung lag, als die Schießerei losging? Warum hatten Hamadis Marionetten nur eine einzige Salve abgefeuert? Das war das größte Rätsel. Die Wilderer hatten zweitausend Shilling pro Nase einfach sausen lassen und waren klammheimlich in der Dunkelheit verschwunden. Warum hatte ihm niemand etwas von dem Helikopter erzählt? Wäre nicht das Verschwinden seiner Söldlinge gewesen, das ihn hellwach und misstrauisch gemacht hatte, hätte der Hubschrauber ihn in der offenen Ebene kalt erwischt.

Ricardos einziger Trost war, dass seine Mission vom Erfolg gekrönt gewesen war. Er hatte den Rangern etwas zum Knabbern gegeben, an dem sie sich die Zähne ausbeißen würden. Hatte der weiße Ranger ihn deutlich sehen können? Aber das war nicht wichtig. Niemand kannte ihn in diesem Land außer Al und seinen Männern, und Al war auf seiner Seite. Aber der Vorfall hatte ihm die ansonsten erfolgreiche Mission vergällt.

Bei Morgengrauen war Ricardo vom vielen Nachdenken erschöpft. Im Licht des Tages fand er schließlich die Straße zwischen Koito und Baricho, entledigte sich des Gewehrs und fuhr nach Osten, nach Malindi.

Am Nachmittag trug er sich im Eden Rock Hotel ein. Er war staub- und schweißbedeckt und stank beinahe so schlimm wie Hamadi und seine Banditen. Er trank einen steifen Whisky, duschte und legte sich anschließend sofort schlafen. Um fünf wachte er auf, zog sich an, packte seine Reisetasche, die Hamadis Halsabschneider zu seinem Erstaunen nicht hatten mitgehen lassen, und verließ das Hotel. Die Schlüssel des Suzuki warf er wie vereinbart ins Handschuhfach und nahm ein Taxi zum Flughafen, wo er die Sechs-Uhr-Maschine bestieg.

Um sechs Uhr fünfzehn schlürfte er einen Brandy auf Eis, sechstausend Meter über dem flammenden Inferno im Tsavo-Nationalpark. Er war auf dem Rückweg nach Nairobi.

23

Johnny Kimathi überflog die Zeitungsberichte zwischen zwei Kunden hinter der Theke von Essers Gemischtwarenhandlung. Nach Geschäftsschluss am Abend nahm er sein Exemplar der *Nation* mit zu seiner »Tränke« in der Keekorok Road, um bei ein paar Bier darüber nachzusinnen.

Er las die Geschichte mit einem schmerzhaften Gefühl persönlichen Verlustes. Er dachte an die Täler und Ebenen, die er gekannt und geliebt hatte und die nun bis zu den nächsten Regenfällen schwarzes Ödland bleiben würden. Er trauerte, als er den Absatz über den Tod von Daniel Bokassi las, dem freundlichen Alten, der mit jedem gut ausgekommen war.

Und er fühlte mit Frank und dem liebenswerten alten Landrover, der nun nie mehr über die Straßen des Parks scheppern würde. Er konnte sich besser als jeder andere lebende Mensch vorstellen, wie nahe Frank dem Tod gekommen war. Er sah sich selbst, wie er anstelle von Dan in dem Rover verbrannte. Wenn er nicht den Dienst quittiert hätte, wäre zweifellos er der Mann im Beifahrersitz gewesen.

Kimathi war so in seine Überlegungen vertieft, dass er gar nicht merkte, dass einer von Narbengesichts Männern ihm von der Grogan Road gefolgt war. Der Mann wartete, bis Kimathi sich ein zweites Bier bestellt hatte, dann ging er wieder hinaus.

Er schlurfte unsicheren Schritts zu Kurias Alfa Romeo zurück, der in einer dunklen Gasse ein paar Blocks von Essers Gemischtwarenhandlung geparkt stand. »Er ist in der Bar«, sagte er mit unsicherer Zunge durchs Fenster.

Kuria öffnete die Tür. »Gut. Gehen wir.« Er stolperte aus dem Wagen und blieb auf schwankenden Beinen stehen.

Sie hatten schon den ganzen Nachmittag gezecht. Dann, auf halbem Weg durch die dritte Flasche Whisky, war ihm plötzlich die Demütigung wieder eingefallen, die er unter Ricardos Händen erlitten hatte und die Lust auf Gewalt ballte sich in seinem Schädel zusammen.

Zwei weitere Männer, von denen jeder ein abgesägtes Rohrstück trug, stiegen hinter Kuria aus dem Auto. Die Vier hasteten die Straße zur Grogan Road hinunter.

Essers Gemischtwarenhandlung war geschlossen. Sie klopften. Onkel Esser war drinnen damit beschäftigt, Kartons mit neuer Ware auszupacken. Da es ihm immer schwer fiel, Kunden abzuweisen, ging er zur Tür und öffnete sie einen Spalt weit.

»Ja?«, fragte er, bevor ihm die Tür ins Gesicht flog und ihn gegen die Theke zurückschleuderte.

Die vier Männer kamen herein und schlossen die Tür. Onkel

Esser blutete aus der Nase. Er musste nur einen einzigen Blick auf die betrunkenen Gangster werfen und sein Blut gefror zu Eis. Es war offensichtlich, dass sie nichts Gutes im Schilde führten. Mit angsterfüllter Stimme fragte er: »Warum?«

Kuria schlug ihm heftig mit dem Handrücken ins Gesicht, so dass Speichel und Blut aus dem Mund des alten Mannes sprühten. »Wo ist die Schlampe?«, knurrte er.

Onkel Esser wich voller Entsetzen zurück. Plötzlich wünschte er sich, Kimathi wäre zuhause.

»Wo ist sie?«, bellte Kuria.

»Bei ihrem Mann«, heulte Onkel Esser.

Die Männer wechselten Blicke und lachten.

»In der Bar?« Kuria holte zu einem weiteren Schlag aus, dem der alte Mann gerade noch ausweichen konnte.

»Bitte!«, bettelte er. »Gehen Sie …«

Kuria trat ihm gegen die Schienbeine. Er drehte sich um und versuchte, ins Hinterzimmer zu rennen. Kuria erwischte ihn von hinten, hob ihn wie ein Kleinkind in die Höhe und schmiss ihn zur Seite in einen Stapel Säcke, leere Kartons und Büchsen.

»Wo ist sie?«, wollte Kuria wissen.

Onkel Esser blieb liegen, wo er hingeflogen war, zu sehr angeschlagen, um aufstehen zu können.

»Was wollen Sie?«, fragte Sofia aus der Türöffnung zum Hinterzimmer. Von dem plötzlichen Lärm aufgestört, war sie lautlos heruntergekommen. Als sie sah, wer Onkel Esser verprügelte, war sie erschrocken und wütend. Sie hatten kein Recht, hier zu sein. Heute war Donnerstag, und sie kamen nur freitags zum Eintreiben.

»Sie haben kein Recht, hier zu sein«, sagte sie fest. »Ihr Geld ist erst morgen fällig.«

Kurias Gesicht verzog sich zu einem boshaften Lächeln. »Und da ist sie schon, die Königin von Saba persönlich.«

Seine Männer lachten. Langsam begannen sie, das Spielchen zu genießen.

»Was wollen Sie?«, fragte Sofia abermals.

»Was will ich nur?« Kuria tat so, als würde er nachdenken. »Was will ich nur? Na, was ich schon immer gewollt habe, reizende Lady.«

Sofia versuchte, ihre aufsteigende Furcht unter Kontrolle zu halten. »Gehen Sie. Bevor ich meinen Mann rufe.«

Das fanden sie wirklich komisch. Sie amüsierten sich prächtig.

»Ja, lass uns mit deinem Mann reden.« Kuria streckte die Hand aus und griff nach ihrer Brust.

Sie zuckte zurück, packte eine Halbkilodose mit Kochfett, schleuderte sie nach ihm und traf ihn ins Gesicht. Er brüllte auf vor Schmerz und Wut, griff wild nach ihr, bekam sie zu fassen und riss ihr das Kleid vom Leib. Er schlug sie so hart, dass sie glaubte, der Kopf würde ihr von den Schultern fliegen, dann packte er sie und zerrte sie an sich.

Eine unerträgliche Spannung lag in der Luft.

Sofia schluchzte, wehrte sich und schlug mit ihren schwachen Fäusten nach ihm. Ihr Widerstand machte ihn nur noch gewalttätiger. Er versetzte ihn in eine Raserei der Lust. Er packte ihren weißen Slip und fetzte ihn weg.

Niemand sah, wie sich Onkel Esser bewegte. Plötzlich hing er an Kurias Rücken, die Arme um seinen Hals geklammert. Kuria mühte sich, ihn abzuschütteln, ohne die Frau loszulassen. Einer seiner Halsabschneider trat vor und schwang das mitgebrachte Stück Wasserrohr hart gegen den Schädel des alten Mannes. Onkel Esser rutschte wie ein Sack Kartoffeln von Kurias Rücken und regte sich nicht mehr.

Sofia schrie.

Kuria packte sie am Hals, würgte sie und bedeckte ihren Mund mit einer Hand. Sie biss ihn. Er fluchte und ließ sie los. Als sie den Mund zu einem erneuten Schrei öffnete, wirbelte er sie herum und knallte ihr die Faust in den Magen. Sie würgte, krümmte sich zusammen, fiel mit dem Kopf gegen die Kante eines Regals und wurde ohnmächtig.

Kuria schleppte die bewusstlose, nackte Frau ins Hinterzimmer und warf sie auf Onkel Essers Bett.

Seine betrunkenen Handlanger machten sich daran, den Laden

zu verwüsten, Schachteln von den Regalen zu zerren und sie durch die Gegend zu werfen, Flaschen zu zerschmettern, Kartons aufzureißen und ihren Inhalt über Onkel Essers leblos hingestreckten Körper zu verstreuen. Damit war ihr Durst nach Gewalt noch nicht gestillt und sie gesellten sich zu Kuria im Hinterzimmer.

Eine Stunde später gingen sie und ließen die Ladentüren hinter sich weit offen stehen.

Eine Weile später rief ein Passant die Polizei.

Kimathi kam gerade nach Hause gestolpert, als sie die immer noch bewusstlose Sofia in einen Krankenwagen hoben.

24

Sofia starb am folgenden Nachmittag, ohne das Bewusstsein wiedererlangt zu haben. Kimathi saß an ihrem Bett und hielt ihre fühllose Hand. Er hatte die ganze Nacht und den ganzen Tag hier gesessen und vor Trauer wie hypnotisiert die zahllosen Schläuche und Maschinen angestarrt, die an ihren im Koma liegenden Körper angeschlossen waren. Um drei Uhr berührte der behandelnde Arzt ihn sachte am Arm.

»Es tut mir Leid«, war alles, was der Arzt sagte.

Es dauerte eine volle Minute, bis die Botschaft in Kimathis betäubten Geist einsank. Er blickte ungläubig zu dem Arzt hoch. Der Arzt nickte ernst.

Kimathi blickte Sofia an, streichelte ihre schlaffe Hand, küsste sie und legte sie aufs Bett. Dann stand er auf und ging aus dem Krankenhaus, ohne noch einen Blick auf seine tote Frau zu werfen oder ein Wort mit jemandem zu wechseln. Er ging zu einer Bushaltestelle und bestieg einen Bus in die Innenstadt. Auf der Kimathi Street stieg er aus, schob sich, ohne die von der Arbeit nach Hause strömenden Menschen überhaupt zu bemerken, durch die Menge und machte sich auf den Weg in die Grogan Road.

Er schloss auf, betrat den Laden und knallte die Tür hinter sich zu. Stolpernd ertastete er sich den Weg zum Hinterzimmer durch die Trümmer, die die Mörder seiner Frau und seines Onkels hinterlassen hatten. Immer noch hing der Geruch nach Zigarettenrauch, Erbrochenem, Blut und Tod in der Luft. Er stieg die Treppen hinauf in die Wohnung, wo kaum vierundzwanzig Stunden zuvor noch Sofia gelebt, gelacht und sich um ihn gesorgt hatte.

Die Vorhänge waren geschlossen, genau wie Sofia sie hinterlassen hatte, als die Mörder letzte Nacht gekommen waren. Es schien eine Ewigkeit her zu sein.

Er warf sich aufs Bett und lag lange Zeit in der Dunkelheit, überlegte. Sofias Duft schwebte noch in der Luft, ihre körperlose Stimme schien unhörbar aus den Wänden, den Schränken und der Luft zu dringen und auf ihn einzustürmen. Fast glaubte er, ihre Stimme tatsächlich hören zu können, aber die Stille war vollkommen, ein Schweigen so absolut wie in einem Sarg, nachdem das Grab aufgefüllt ist, die Blumen arrangiert sind und Freunde und Verwandte den Friedhof verlassen haben, um einsam jeder für sich zu trauern.

Obwohl sein Verstand inzwischen nicht mehr wie betäubt war, fand er keine Tränen. Er wollte schreien, toben, die Wände zum Einsturz bringen. Aber da war nur eine absolute Leere in ihm, in der nichts mehr existierte außer seinem Willen.

Die Stadt draußen vor dem Fenster klang entfernt und unwirklich, Stimmen aus einer anderen Welt, einer anderen Zeit. Autos hupten, Füße scharrten und Menschen plauderten, lachten, lebten. In der Ferne heulte die Sirene eines Rettungswagens.

Die Polizei hatte ihm gesagt, dass es keine Zeugen gab, keine Fingerabdrücke, keine Verdächtigen. Die Ärzte hatten gesagt: mehrfache Vergewaltigung, Gehirnerschütterung, Gehirnblutung, Fehlgeburt. Sein Verstand hatte geschrien: Warum, warum?

Und nun lag er hier auf dem Bett, bekümmert über alle Trauer hinaus, während Blut nach Blut schrie, leere Augen in die Dunkelheit starrten, nach einem Strahl des Lebens suchten und doch nur auf Schwärze trafen. Sein Geist hatte endlich seinen Frieden mit dem Tod gemacht, jener unausweichlichen Realität.

Draußen ging die Sonne unter. Straßenlaternen leuchteten auf und das Leben ging weiter.

Er stand vom Bett auf und schaltete das Licht ein. Er zog sich vollständig aus und schlüpfte in seine alte Ranger-Uniform: dunkelgrüne Hosen, weiche Segeltuchstiefel, ein schweres, warmes, hellgrünes Hemd und die tarnfarbene Buschjacke. Dann setzte er seinen weichen Stoffhut auf.

Hinten aus dem Schrank hievte er die Kiste heraus, die seine Kriegsbeute enthielt. Er öffnete den Deckel und saß ein paar Minuten lang da und starrte auf die Sammlung von Jagdmessern, Pangas, Keulen, Pfeilen und Bögen herab. Schließlich wählte er ein schweres deutsches Wurfmesser, einen langen, starken Akamba-Bogen, bespannt mit der getrockneten Sehne eines Giraffenbeins und einen Köcher mit Giftpfeilen.

Vom Ankleidetisch daneben runzelte Sofias Bild traurig die Stirn über sein Tun. Er griff danach und sperrte es in eine Schublade. Die Zeit der Rücksicht war lange vorbei. Er steckte das Wurfmesser in seinen Patronengurt, hängte sich den Köcher mit den Pfeilspitzen nach unten weisend über die Schulter und zog die Buschjacke darüber. Den noch unbespannten Bogen klemmte er sich wie einen harmlosen Stock unter den Arm, schaltete das Licht aus, trat auf die Grogan Road hinaus und sperrte den Laden ab. Er sog eine Lunge voll der gewohnten, abgestandenen Luft ein, die nun nie wieder dieselbe sein würde.

Langsam ging er die Straße entlang Richtung River Road. Er kannte den Ablauf gut. Erst die Tom-Mboya-Straße, dann die Seitenstraßen bis zur River Road und Keekorok Road, und zuletzt die Grogan Road, gegen zehn Uhr dreißig. Es war jetzt acht Uhr. Er schritt das finstere östliche Ende der Keekorok Road hinunter, bis er einen dunklen Hauseingang fand. Er setzte sich hin und zündete eine Zigarette an.

Betrunkene, Obdachlose und Gelegenheitsgauner gingen nur

ein paar Meter entfernt vorbei, aber niemand würdigte den einsamen Beobachter eines zweiten Blicks. Ehrbare Leute hatten um diese Zeit nichts in diesen Bezirken verloren. Bei Nacht war kaum Verkehr in der Keekorok Road, und während Kimathi wartete, kam kein einziges Auto vorbei.

Um neun Uhr bog ein Wagen von Westen her in die Straße ein. Er hielt an. Drei Männer stiegen aus und betraten den ersten Laden. Sie waren nur ein paar Minuten lang drin, dann kamen sie wieder heraus und gingen in den nächsten, dann den übernächsten und immer so weiter. Der Wagen, der nur das Standlicht eingeschaltet hatte, kroch am Bürgersteig entlang und blieb auf gleicher Höhe mit den Männern.

Kimathi rauchte und verfolgte den Fortschritt der Gruppe entlang der Straße. Sie gingen methodisch vor, schnell, aber ohne Eile. Wenn ein Laden abgeschlossen war, klopften sie oder klingelten an der Tür, warteten, bis sie bekommen hatten, was sie wollten, und gingen dann weiter. Sie wurden erwartet und mussten vor keinem Haus länger als eine Minute stehen.

Sie gingen zwei Meter von Kimathi entfernt vorbei und klopften an den Laden nebenan. Während sie warteten, bog Kimathi seinen Stock übers Knie, streifte die Schlinge der Sehne über das eine Ende, wickelte sie um das andere herum und fixierte sie mit einem Knoten. Er griff unter seine Jacke und zog vorsichtig einen Pfeil heraus, indem er ihn an den Federn hielt.

Als die Männer weitergingen und der Wagen neben ihnen her kroch, stand er auf, legte den Pfeil ein, spannte die Sehne, zielte ohne Hast und schoss aus kaum dreißig Metern Entfernung. Der Mann in der Mitte schrie auf, strauchelte und fiel der Länge nach aufs Pflaster. Der Pfeil ragte aus seinem Rücken.

Kimathi trat zurück in die Schatten und setzte sich hin.

Auf der Straße entstand plötzliche Verwirrung. Zwei ungezielte Schüsse hallten von den Häuserwänden wider. Die entsetzten Männer stießen ihren sterbenden Kumpan in den Wagen, sprangen hinterher und das Auto raste davon.

Noch lange Zeit später saß Kimathi ganz still, beinahe wie in Trance, und wartete darauf, dass sie zurückkamen. Aber sie kamen nicht. Um Mitternacht stand er auf, entspannte den Bogen und benutzte ihn wie einen Spazierstock, tappte damit abwesend den Weg zurück, den er gekommen war, zur Grogan Road.

Diese Nacht verbrachte er zusammengerollt in einem Sessel im Wohnzimmer, wo er durch einen Spalt in den Vorhängen zum Fenster hinaussehen konnte, über die Dächer der benachbarten Häuser hinweg.

Der Pfeil, den er benutzt hatte, war mit einer Mischung aus Schlangengift und dem Wurzelsaft einiger wilder Pflanzen aus dem Kilifi-Distrikt präpariert gewesen.

Unmittelbar nach ihrer Ankunft in Kurias Appartement, während sie noch debattierten, ob sie einen Arzt rufen sollten, um den Pfeil in seinem Rücken herauszuziehen, verfiel das Opfer in konvulsivische Zuckungen. Seine Pupillen weiteten sich. Er begann am ganzen Körper anzuschwellen und seine Haut verfärbte sich grün. Sie sahen voller Grauen zu, wie er mit den Zähnen mahlte, sich die eigene Zunge abbiss und aus dem Mund zu schäumen begann, eine Mischung aus Blut und Schleim. Seine Hände krallten sich in den Boden, bis die Fingernägel abbrachen und zu bluten begannen. Er warf sich auf dem Boden hin und her wie ein sterbendes Krokodil und drei Minuten später war er tot.

Während der nächsten zehn Minuten saßen Kuria und seine Männer reglos da und starrten die groteske Gestalt auf dem Fußboden an, zu entsetzt, um einer Regung oder eines Wortes fähig zu sein.

Endlich, auf Kurias Drängen, schleppten sie die bereits steif werdende Leiche zum Wagen, fuhren sie aus der Stadt und luden sie in einem Wald mehrere Kilometer außerhalb ab. Die beiden anderen Männer wären gerne nach Hause gegangen, aber Kuria wollte nicht allein gelassen werden. Sie kehrten in Kurias Appartement zurück und machten zwei Flaschen Whisky auf.

Bei Morgengrauen waren sie immer noch nüchtern und hellwach. Um sechs Uhr gingen sie nach unten und machten den Wagen sauber. Niemandem war nach Frühstück zumute.

Sie kamen in Orange Estate an, noch bevor Al Haji mit dem Frühstück fertig war. Er ließ sie in der Auffahrt warten, bis er gegessen hatte, dann schloss er sein Arbeitszimmer auf und ließ Kuria rufen.

»Es ist zehn nach acht«, waren seine ersten, irritierten Worte.

»Wir haben ein Problem«, sagte Kuria. »Toni ist tot.«

Al Haji starrte den Mann auf der anderen Seite des Tisches an, aufgelöst, verstört, die Augen klein vor Schlaflosigkeit. Toni war Kurias Nummer zwei gewesen, ruhig, effizient und loyal. Der Mann, der höchstwahrscheinlich Kurias Nachfolge angetreten hätte, sollte der einmal in Ungnade fallen. Toni tot?

»Wie?«, fragte Al Haji und griff in der offenen Schublade nach einer Zigarre.

»Erschossen«, sagte Kuria. »Mit einem Giftpfeil.«

Al Hajis Augen verengten sich, während er Kuria misstrauisch musterte. »Von wem?«

Kuria berichtete, was geschehen war, und ließ nur das Detail aus, wie und wo sie die Leiche losgeworden waren. Die Erinnerung an den aufgedunsenen Körper jagte ihm immer noch eiskalte Schauer über den Rücken.

»Warum?«

Kuria schüttelte den Kopf.

Al Hajis Stimme war hart wie Mvuli-Holz, als er schließlich sprach. »Wollen Sie mir etwa weismachen, dass Sie kein Geld eintreiben konnten, weil irgendein Pfeilschießer Ihnen auf der Straße aufgelauert hat? Ich würde es nicht glauben, wenn ich nicht Ihre Inkompetenz kennen würde.«

Kuria starrte auf den grünen Teppichboden und ließ die Gardinenpredigt über sich ergehen.

»Drei bewaffnete Männer!« Al Haji knallte die geballte Faust auf die Tischplatte. »Ricardo! Drei bewaffnete Männer machen sich in die Hosen wegen eines Pfeil und Bogen schwingenden Eingeborenen! Hören Sie, ich habe jetzt genug von Ihrer Inkompetenz. Ich will, dass die Kollekte stattfindet, und zwar heute Nacht! Kapiert? Es ist mir egal, ob der ganze Bezirk unter Waffen steht; aber beschaffen Sie heute Nacht das Geld! Ricardo!«

Sie warteten. Endlich erschien der Italiener, walzte wortlos ins Arbeitszimmer, lehnte sich gegen die Tür und musterte sie. Er konnte es nicht ausstehen, wenn Al Haji nach ihm schrie.

»Erzählen Sie's ihm«, sagte Al Haji zu Kuria.

Ricardos Gesicht verzog sich langsam zu einem verächtlichen Lächeln, während er zuhörte. »Heute komme ich mit«, sagte er, als Kuria fertig war.

Al Haji sagte ruhig: »Nein, das tun Sie nicht. Erinnern Sie sich, was ich Ihnen gesagt habe? Kein direkter Kontakt irgendwelcher Art mit Kurias Territorium. Sie bleiben hier.«

Ricardo erwiderte sein Starren und sein Lächeln verwandelte sich in ein unverschämtes Grinsen. »Nicht vergessen, Al«, sagte er. »Ich habe einen fünfzigprozentigen Anteil an diesem Unternehmen.«

Sie funkelten sich gegenseitig an.

»Wenn irgendetwas schief geht«, sagte Al Haji, »wenn Sie der Polizei in die Hände fallen, dann denken Sie daran: Niemand auf Orange Estate hat je von Ihnen gehört. Sie sind ein völlig Fremder. Ich werde Ihnen nicht helfen.«

Nachdem Kuria gegangen war, berichtete Ricardo Al Haji von Tess' Anruf bei Frank Burkell. Es war Ricardo abermals nicht gelungen, sie mit seinem Wissen dazu zu erpressen, mit ihm zu schlafen.

25

Frank Burkell traf an diesem Samstag Morgen um zehn in der Grogan Road ein. Er hatte einen dunkelblauen Datsun gemietet. Er fuhr vor Essers Gemischtwarenhandlung vor, parkte ein, blieb im Wagen sitzen und betrachtete nachdenklich die geschlossene Tür. Alle Vorhänge im ersten Stock waren zugezogen.

Er stieg aus, um sich im Laden nebenan zu erkundigen und hörte zum ersten Mal die Geschichte von dem Überfall auf Essers Gemischtwarenhandlung. Die Nachbarn wussten, dass der alte Mann umgebracht worden war, aber soweit sie informiert waren, lag Sofia noch im Krankenhaus. Niemand hatte Kimathi seit dem Nachmittag des vergangenen Tages gesehen.

Franks Gedanken wirbelten durcheinander, während er wieder in seinen Wagen stieg und wegfuhr, um die Krankenhäuser abzuklappern. Sofias Name tauchte nirgendwo in den Listen der drei größten Krankenhäuser in der Stadt auf. Zunächst hatte ihn das mit der Hoffnung erfüllt, dass sie sich schnell erholt hatte und mit Johnny zusammen wieder gegangen war. Aber dann ließ ihn der Gedanke frösteln, dass die Nachbarn gesagt hatten, sie sei ernsthaft verletzt. Er stieg wieder in den Wagen und machte eine weitere Runde bei den Krankenhäusern, wobei er diesmal alle Einlieferungen von vor zwei Tagen überprüfte. Ihre Karteikarte tauchte schließlich im Nairobi-Hospital auf, in einem Karteikasten mit der Aufschrift: Verstorben.

Der Schock ließ alle Kraft aus seinem Körper weichen und betäubte seinen Verstand, so dass er kaum mehr ein Wort hervorbrachte. Tränen stiegen ihm in die Augen, während er sich benommen zum Wagen zurückschleppte. Er saß noch eine halbe Stunde reglos hinter dem Steuer, bevor er sich weit genug erholt hatte, um fahren zu können.

Gebetsmühlenartig drehten sich seine Gedanken im Kreis: Was haben sie Johnny angetan?

Langsam rollte der Wagen vom Krankenhausparkplatz und

kroch Richtung Hurlingham Grove hinauf, wo Myra wohnte, der einzige Ort, wo er jetzt Erleichterung finden konnte. Dann fiel ihm ein, dass heute ja Samstag war und Myra nicht vor ein Uhr von der Arbeit kam. Frank umrundete den Kreisverkehr und nahm die Valley Road zurück ins Zentrum.

Frank war müde. Er war durcheinander und fühlte sich einsam.

Wo war Johnny? Unwillkürlich hatte er den Weg zurück zur Grogan Road eingeschlagen. Es war heiß und stickig und wimmelte von Leuten, die zum Einkaufen gingen, aber Essers Gemischtwarenhandlung hatte immer noch geschlossen. Er fragte noch einmal am selben Ort nach wie zuvor, erfuhr aber nur, dass Johnny immer noch nicht aufgetaucht war. Mit grimmiger Miene kehrte er zum Wagen zurück und setzte sich hinein, unentschlossen, was er als Nächstes tun, wohin er sich wenden sollte.

Geistige und emotionale Erschöpfung drückten ihn nieder. Er hatte seit fünf Tagen nicht mehr richtig geschlafen, seit der Nacht vor Dans Ermordung. Herrgott, das schien schon wieder eine Ewigkeit her zu sein, eine andere, unwirkliche Welt. Er hatte während der Feuersbrunst den Park nicht verlassen, hatte geholfen, die Löscharbeiten zu koordinieren und den umliegenden Busch nach der schwarzhaarigen Erscheinung zu durchkämmen.

Nach dem Brand war jede Menge Papierkrieg angefallen, Berichte in dreifacher Ausfertigung, Schadensaufnahme. Dann hatte er eine Woche Urlaub genommen, vorgeblich um sich zu erholen, tatsächlich aber, um nach Dans Mörder oder Mördern zu suchen. Und als er dann in Nairobi eintraf, musste er feststellen, dass Sofia und Onkel Esser beide ermordet waren und er Johnny nirgends finden konnte.

Er schlief bis zwei Uhr. Dann erwachte er schwitzend in dem heißen, engen Wagen, fühlte sich aber viel frischer und konnte wieder klarer denken. Onkel Essers Ladentüren waren immer noch geschlossen, die Vorhänge immer noch zugezogen.

Wo bist du, verdammt noch mal?, dachte er und kletterte aus dem Wagen. Er ging zur Tür und klopfte. Als sich nichts tat, versetzte er der Tür in einem Ausbruch wilden Zorns einen heftigen Tritt. Die Tür war nicht verriegelt gewesen und flog auf. Er hielt verwirrt inne, dann blickte er sich um. Drinnen war ein einziges Schlachtfeld. Überall zerbrochene, verschüttete und verstreute Sachen. Auf dem Boden nahe der Tür zum Hinterzimmer sah er einen Flecken eingetrockneten Bluts.

Frank zögerte, dann trat er ein und zog die Tür hinter sich zu.

»Johnny?«, rief er unterdrückt.

Kein Laut, keine Bewegung drang aus dem Halbdunkel. Er ging ins Hinterzimmer und suchte nach dem Schalter, der, wie er sich erinnerte, hinter der Tür war. Das Licht ging an und enthüllte noch mehr Chaos und Zerstörung. Er sog scharf die Luft ein. Der Vorhang, der den Raum unterteilt hatte, war weggerissen. Onkel Essers Bett war mit getrockneten Blutflecken übersät. Er knipste das Licht aus und tastete sich im Dunkeln die Treppe hinauf.

»Johnny?«, rief er wieder.

Er fand ihn allein im Halbdunkel sitzend, mit Augen, die ins Nichts starrten, gekleidet in seine alte Rangeruniform einschließlich des Stoffhuts.

»Johnny?«, rief Frank ihn an.

Kimathi regte sich nicht.

Frank ging zu den Fenstern und öffnete alle Vorhänge, durchflutete den Raum mit Licht. Dann öffnete er ein Fenster, um frische Luft hereinzulassen. Es kam ihm vor, als wäre es erst gestern gewesen, dass er hier oben stand und zusah, wie ein kleiner Junge sich in der Gasse unterhalb entleerte, während Sofia im Nebenzimmer auspackte und Johnny sein neues Heim besichtigte.

»Ich bin im Krankenhaus gewesen«, sagte er mit einem Kloß in der Kehle.

Kimathi regte sich und erschauerte. Der Bann war gebrochen. Als er aufsah, glitzerten Tränen in seinen Augen und rollten ihm über das eingefallene Gesicht.

Frank knirschte mit den Zähnen, gab ihm noch einen Klaps.

Kimathi nickte nur.

Frank bemerkte den Bogen auf dem Tisch und den Köcher mit Pfeilen unter Kimathis Jacke.

Er ging zum Wagen hinunter und kehrte mit einem langen, schweren, in einen Segeltuchbeutel gehüllten Bündel zurück. Er legte es neben den unbespannten Bogen auf den Tisch.

»Ich habe mitgebracht, was du wolltest«, sagte er, während er begann, das Paket aufzuschnüren.

Darin befanden sich zwei automatische Gewehre, ein russisches AK 47, das andere eine westeuropäische Marke, beide von Wilderern beschlagnahmt und in der Stahlkammer des Chief Warden eingelagert. Frank hatte sie tags zuvor unbeobachtet herausgeschmuggelt, während er eine Inventur der Waffen und anderer während des Feuers verloren gegangener Gegenstände durchgeführt hatte.

Ein winziges Aufleuchten glitt über Kimathis Gesicht, während er Frank zusah, wie er die Waffen und Ersatzmagazine auspackte und überprüfte.

Um zehn Uhr an diesem Abend wickelten sie die Gewehre in ein Handtuch, Frank warf seine Jacke darüber und trug sie zum Wagen hinunter. Er legte sie auf den Rücksitz. Kimathi, der den unbespannten Bogen mitführte, schloss den Laden ab und stieg ein.

Frank lenkte den Wagen die Straße entlang bis zur Kreuzung mit der Keekorok Road. Dort bog er ab und ließ das Auto lautlos am Gehsteig entlang rollen. Zu dieser Nachtzeit waren keine anderen Fahrzeuge unterwegs. Gruppen von Fußgängern, zu zweit oder zu dritt aus Angst vor Überfällen, gingen hastig ihren Geschäften nach. Alle Läden und die Wäschereien und Metzgereien hatten geschlossen, nur ein oder zwei schäbige Bars waren noch offen.

Etwa fünfzig Meter vor der Kreuzung zwischen Keekorok und Reata Road ließ ihn Kimathi anhalten.

Frank stellte den Wagen ab und schaltete das Licht aus. Er suchte nach einer Zigarette und steckte sie sich an. Johnny war weder nach Rauchen noch sonst etwas zumute.

»Sie haben Dan ermordet«, sagte Frank nach einer Weile.

Sie hatten tags zuvor seine Asche aus einem hochfliegenden Hubschrauber über dem geschwärzten Park verstreut. Da es keinerlei Verwandte gab, war es ihnen nur recht und billig erschienen, seine sterblichen Überreste in dem Park zu beizusetzen, wo er den größten Teil seines Lebens zugebracht und in dessen Verteidigung er sein Leben gelassen hatte. Frank und der Chief Warden waren mehrere Minuten mit dem Helikopter, der die Asche transportierte, über dem verbrannten Park geschwebt, bevor sie die Urne öffneten und aus dem Fenster kippten.

Kimathi lehnte sich in seinen Sitz zurück und starrte tief atmend auf die Straße hinaus.

Franks Gesicht hatte sich bei dem Gedanken an Dan zu einer hasserfüllten Grimasse verzogen. Dass sie auch versucht hatten, ihn selbst zu töten, war nicht so wichtig wie die Tatsache, dass der alte Dan in einem lodernden Wagen bei lebendigem Leib verbrannt war und dabei vielleicht nicht einmal begriffen hatte, was eigentlich vorging.

»Da sind sie«, sagte Kimathi plötzlich.

Ein Wagen war vom anderen Ende in die Keekorok Road eingebogen und kroch mit Standlicht auf sie zu.

»Woher weißt du das?«, fragte Frank, nachdem er den näherkommenden Wagen eine Weile lang beobachtet hatte.

»Ich weiß es«, sagte Kimathi.

Frank meinte: »Ich muss pissen.«

Er stieg aus und urinierte gegen einen abgeknickten Lampenmast. Als er wieder in den Wagen kletterte, war ein Teil seines alten Kampfgeistes zurückgekehrt. Er griff nach dem AK 47 auf dem Rücksitz und legte es sich quer über die Brust.

Kimathi stellte das andere Gewehr zwischen seine Füße und legte die Ersatzmagazine vorne in den Fußraum.

Der näher kommende Wagen hatte angehalten. Vier Männer in dunklen Mänteln stiegen aus und leuchteten mit starken Taschenlampen in die umliegenden Schatten. Als sie sich vergewissert hatten, dass ihnen dort niemand auflauerte, gingen sie zum nächstgelegenen Laden und klopften an die Tür. Der Vorderste nahm den Umschlag in Empfang, stopfte ihn in die Tasche und ging den anderen voraus zum nächsten Laden.

»Narbengesicht bei der Kollekte«, klärte Kimathi seinen Gefährten auf.

»Verdammt noch mal«, sagte Frank. »Woher hast du gewusst, dass sie heute Nacht hier sein würden?«

»Sie waren letzte Nacht schon hier«, antwortete Kimathi. »Ich habe einen von ihnen getötet.«

Frank warf einen Blick auf ihn und den Köcher voller Pfeile, der seine Buschjacke ausbeulte. »Damit?«

Kimathi nickte. »Sie sind vergiftet.«

Frank sog scharf die Luft ein. »Jesus! Halt die verdammten Dinger bloß von mir fern.«

Die vier Männer auf der Straße kamen immer näher, während ihr Wagen mit eingeschaltetem Standlicht neben ihnen her schlich.

Frank fragte: »Wie willst du vorgehen?«

Sie sahen sich im Halbdunkel an, wechselten einen Blick des Einverständnisses.

Kimathi sagte: »Ich will Narbengesicht. Lebendig.«

»Du hast gesagt, sie sind bewaffnet.«

»Ja.«

»Das wird nicht einfach.«

»Nein.«

Frank kurbelte das Fenster des Datsun herunter, öffnete die Tür einen Spalt weit und stellte das AK 47 auf Einzelfeuer. Er drehte sich zu Johnny um.

Johnny bespannte gerade seinen Bogen.

»Musst du das Ding unbedingt benutzen?«, fragte er.

Johnny nickte. »Ich will ihnen eine Dosis ihrer eigenen Medizin verpassen. Einen Hauch von Terror.«

Die Männer klingelten jetzt nur zwanzig Meter entfernt an einer Tür.

»Nun«, sagte Kimathi und griff nach einem Pfeil. »Dann los.« Er stieß die Tür auf und stieg aus. Die Männer warfen einen Blick in seine Richtung, dann klingelten sie nochmals. Er legte einen Pfeil auf die Sehne.

Frank ließ den Motor an, kuppelte aus und legte den ersten Gang ein. Dann stieß er seine Tür auf und legte – immer noch im Sitz und mit einem Fuß auf der Kupplung – die Mündung des AK 47 auf den Fensterrahmen und wartete darauf, dass Johnny in Aktion trat. Die Straße lag still und verlassen. Er zielte auf die vier Männer und harrte der Dinge. Dann, ganz zufällig, warf er einen Blick in den Rückspiegel und sein Herz setzte ein paar Schläge lang aus.

Unbemerkt von ihnen hatte sich von hinten ein großer, orangefarbener Range Rover ohne Licht herangeschlichen und stand jetzt kaum zwanzig Meter hinter dem blauen Datsun geparkt.

Im Spiegel sah Frank, wie die Tür aufging. Er zog das AK 47 vom Fenster zurück, wirbelte im Sitz herum und feuerte noch aus der Bewegung heraus zwei schnelle Schüsse durch das Heckfenster des Datsun. In der Enge des Wagens klangen die Explosionen ohrenbetäubend. Glas splitterte und klirrte auf den Asphalt. Er schnellte wieder zu den Männern vor ihnen herum.

Die Szenerie schien wie zu einem Standbild eingefroren. Einer der Männer lag auf den Knien und ein Pfeilschaft ragte aus seiner Brust. Die anderen waren beim Krachen des AK 47 mitten in der Bewegung erstarrt, mit der sie zu ihren Waffen greifen wollten. Dann traten sie wie ein Mann in Aktion. Einer zog seine Automatik und richtete sie auf Kimathi.

Die Durchschlagkraft der Kugel aus dem AK 47 fällte ihn wie ein Hurrikan einen Baum.

Ein weiterer der Halsabschneider machte kehrt und rannte die Straße entlang, verfolgt von Kimathis Pfeil. Er holte ihn ein, bevor er zehn Schritte getan hatte.

Kuria warf sich in den dahinschleichenden Wagen, gerade als der Motor plötzlich aufheulte und er vorwärts schoss. Frank ließ die

Kupplung kommen und kurbelte mit der Linken am Lenkrad. Der Datsun macht einen Satz, schleuderte quer über die Straße und bremste dann, so dass er die Durchfahrt völlig blockierte. Der Alfa kam mit kreischenden Bremsen dreißig Zentimeter vor dem Datsun zum Stehen und begann zurückzusetzen, während die Räder wie wild auf dem glatten Asphalt durchdrehten. Frank beugte sich über den Beifahrersitz und erschoss den Fahrer durch die Windschutzscheibe.

Plötzlich erwachte der Range Rover weiter hinten zum Leben, vollführte mit quietschenden Reifen einen Rallyeturn und raste in entgegengesetzter Richtung davon. Wild schlingernd verschwand er um die nächste Ecke und fuhr Richtung River Road.

Die Tür des Alfa Romeo ging auf, und Kuria, das Narbengesicht, kam mit hoch in die Luft gereckten Armen heraus. »Nicht schießen«, gellte er.

Kimathi rannte zu ihm hin, riss ihm die nicht abgefeuerte Automatik aus dem Halfter und scheuchte den verängstigten Gauner auf den Rücksitz des Datsun. Frank setzte zurück, wendete und jagte die Straße hinunter, wohin der Range Rover verschwunden war.

Es würde nicht mehr lange dauern, bis der ganze Bezirk von Polizisten nur so wimmelte.

Sie bogen links auf die River Road ein, rasten die Racecourse Road entlang und bogen dann rechts auf die Haile Selassie Avenue ab. Als sie die Moi Avenue überquerten, ging Frank mit dem Tempo herunter, um keinen Verdacht zu erregen, hielt aber gleichmäßig auf den Uhuru Highway zu.

Als der Wagen die Eisenbahnüberquerung hinaufsauste, presste Kimathi Kuria die Automatik in die Seite und fragte: »Wer war in dem Range Rover?«

»Ricardo«, stöhnte Kuria. Er hatte ein Stadium des Entsetzens erreicht, das sich mit Worten nicht mehr beschreiben ließ. Als er mit erhobenen Händen aus dem Auto gestiegen war, hatte er gedacht, sie wären Polizisten. Jetzt wusste er, dass das nicht stimmte, aber es war ihm immer noch nicht so recht klar, wer sie eigentlich waren. Eine rivalisierende Bande! Aber es hatte nie eine Gang an der River Road gegeben, die es mit der seinen hätte aufnehmen können. Warum hatten sie ihn am Leben gelassen?

Kimathi presste Kuria die Automatik in die Rippen und ließ sie dort. Es fiel kein Wort mehr, bis Frank kurz vor der Abzweigung nach Orange Estate den Wagen an den Straßenrand lenkte.

Kimathi sagte: »Du wirst uns mit Al Haji bekannt machen.«

»Er wird mich umbringen«, protestierte Kuria.

Kimathi meinte nur: »Das können wir auch.«

Sie tauschten die Plätze. Kuria setzte sich hinters Steuer und Kimathi neben ihn auf den Beifahrersitz. Frank nahm auf dem Rücksitz neben den Gewehren Platz, die wieder in das Handtuch gewickelt waren. Er hatte seine Jacke unauffällig darüber drapiert. Kurias Automatik lag in seiner Hand.

»Eine falsche Bewegung und Sie sind tot«, sagte Frank und drückte die Mündung gegen Kurias Hinterkopf.

Kuria ließ den Wagen an und hielt langsam und sehr vorsichtig, damit die Waffe an seinem Kopf nicht aus Versehen auslöste, auf das Tor des Anwesens zu. Die Torwachen bedeuteten ihm anzuhalten. Er blieb stehen und schaltete die Scheinwerfer aus. Frank schob die Automatik diskret unter das Handtuch zu den Gewehren. Eine kleinere, in das Haupttor eingelassene Tür ging auf und einer der Posten kam zu dem Wagen heraus.

»Machen Sie das Tor auf«, sagte Kuria.

Der Mann sah Kuria an, dann die beiden Männer, die bei ihm waren, und zögerte. Er hatte ausdrückliche Anweisung von Ricardo erhalten – später von Al Haji persönlich bekräftigt – niemanden auf das Anwesen zu lassen. Von Kuria war nicht die Rede gewesen.

»Ich habe Befehl, niemanden ...«, fing er an.

»Machen Sie das verdammte Tor auf, aber schleunigst!«, schrie Kuria beinahe hysterisch hinaus.

Der Posten wirkte verunsichert. Ein anderer Wächter kam aus der Tür und trat zu dem ersten. »Was gibt es für Probleme?«, fragte er.

»Kuria ist hier«, sagte der erste Wächter. Sie sahen sich gegenseitig an. Einer blickte auf die Uhr. Es war nach Mitternacht.

Frank stupste Kurias Hinterkopf mit dem Zeigefinger. Kuria fuhr zusammen.

»Aufmachen«, schrie er. »Ich schwöre, dass ich dafür sorge, dass ihr entlassen werdet, wenn ihr nicht ...«

»Schon gut, schon gut«, sagte einer der Wächter unsicher. »Wir lassen Sie rein. Es ist nur, dass wir Befehl haben ...«

»Niemand hat gesagt, dass wir Kuria nicht hereinlassen sollen«, sagte der andere hilfsbereit. Sie zogen sich auf das Gelände zurück und öffneten einen Flügel des hohen Stahltores. Kuria fuhr hindurch.

»Lass die Scheinwerfer aus«, zischte Kimathi.

Kuria gehorchte und sie fuhren langsam ohne Licht die Auffahrt hinauf.

Frank holte die Automatik wieder heraus und presste sie ihm gegen den Kopf. »Langsam«, sagte er.

Der Wagen hielt ein Stück vor den Parkplätzen in der Auffahrt. Als Kimathi nach seinem Gewehr auf dem Rücksitz griff, steckte Frank die Automatik in seine Jackentasche, zog die Jacke an und nahm das AK 47.

»Da wären wir also«, murmelte Kimathi, während sie ausstiegen.

Mit vorgehaltener Waffe führten sie ihren Gefangenen die Auffahrt entlang zum Parkplatz. Neben dem Mercedes stand der Range Rover mit der zerschmetterten Windschutzscheibe. Frank entdeckte mit Befriedigung einen dunklen Blutfleck auf dem Sitz.

Durch die schweren Vorhänge in einem der Fenster fiel ein schwacher Lichtschein.

»Welcher Raum ist das?« Kimathi stieß Kuria mit dem Gewehr an.

»Sein Arbeitszimmer«, sagte Kuria mit gesenkter Stimme.

Frank fragte leise: »Wie kommen wir hinein?«

»Er bringt uns rein«, sagte Kimathi. »Irgend jemand muss einen Schlüssel zum Haus haben. Wer?« Gleichzeitig mit der Frage stieß er Kuria den Gewehrlauf in den Bauch.

»Die Köchin«, japste Kuria.

»Natürlich«, stimmte Frank zu.

»Vorwärts!«

Kuria führte sie hinten ums Haus herum über den Rasen zu den Dienstbotenwohnungen am Rand des Gartens.

Sie klopften. Die Köchin öffnete ihnen arglos die Tür und guckte sie aus verschlafenen Augen an. Sie war eine einfache ältere Frau Ende vierzig, die anfing, kurzsichtig zu werden.

»Ja, bitte?« Sie stand in ihrem weiten Nachthemd in der Tür. Dann blinzelte sie und merkte, dass der weiße Mann vor ihr nicht der nach Lasagne verrückte Irre Ricardo war und dass die Männer Waffen trugen. Sie bekam es sichtlich mit der Angst zu tun.

»Sie müssen keine Angst haben«, sagte Kimathi nicht gerade freundlich. »Holen Sie den Schlüssel zum Haus und dann vorwärts.«

Unter vorgehaltener Waffe führte sie sie zur Küchentür und ließ sie ins Haus. Sie schritten leise durch die endlosen Korridore zu Al Hajis Arbeitszimmer. Durch die geschlossene Tür konnten sie in hitzigem Streit erhobene Stimmen hören.

»Klopfen Sie«, flüsterte Kimathi der Frau ins Ohr und stupste sie mit dem Gewehr.

Sie klopfte.

26

Sie hatten schon eine ganze Weile gestritten.

»Ich habe Ihnen doch gesagt, Sie sollen nicht gehen«, bellte Al Haji. »Sie hätten getötet werden können.«

Ricardo saß auf der grünen Couch, mit einer blutigen Bandage um seine Stirn, wo er sich an herumfliegenden Glassplittern geschnitten hatte. Auch seine linke Hand war bandagiert. Sie war vom Hauptteil der Windschutzscheibe des Rovers getroffen worden, als sie unter dem Einschlag der Kugeln nach innen zusammenfiel. Glücklicherweise waren beide Geschosse danebengegangen. Er war bereits halb ausgestiegen gewesen, als die Schüsse fielen, zwei professionell gesetzte Kugeln, eine für den Fahrer und eine für den Beifahrer.

»Das müssen die Bullen gewesen sein«, murmelte er. »Die waren einfach zu gut. Herrgott … Was für eine Präzision. Genau wie das Scheiß-FBI.«

Al Haji grunzte. Er kauerte vor dem offenen Safe im Kamin, ging seine Papiere durch und stopfte sie in eine dicke Aktentasche. Eine zweite Aktentasche, die sein ganzes Geld, Reiseschecks und Pässe enthielt, stand fertig gepackt auf dem Schreibtisch. Er sagte ernsthaft: »Von Rechts wegen müssten Sie tot sein.«

»Das würde Ihnen so passen, was?«, sagte Ricardo säuerlich. »Zu schade, dass es nicht geklappt hat.«

Al Haji erhob sich von der Feuerstatt und trug die Aktentasche zum Tisch. »Ich hätte nicht auf Arthur hören sollen«, sagte er. »Jetzt muss ich Ihretwegen eine kleine Geschäftsreise auf die Seychellen antreten, und das zu einem Zeitpunkt, wo ich es am wenigsten brauchen kann. Und Sie hatten nicht einmal genug Grips, den Rover irgendwo loszuwerden. Wenn die Bullen ihn vor morgen früh hier finden, sind wir erledigt. Mit der zerschmetterten Frontscheibe und Kugellöchern in der Karosserie … Sie hätten niemals damit zurückkommen dürfen, klar?«

»Damit werden Sie schon fertig, Al«, sagte Ricardo. »Sie sind doch hier der Intelligenzler.«

Al schüttelte den Kopf. »Ich weiß nicht, ich weiß wirklich nicht. Wenn die Polizei Sie nicht bis hierher zurückverfolgen kann, haben wir eine gute Chance. Ich will, dass der Rover hier weggeschafft und vor Tagesanbruch irgendwo deponiert wird. Dann können wir ihn als gestohlen melden.«

Er setzte sich halb auf den Tisch, sog an seiner Zigarre und nippte an einem Glas Brandy. »Sie müssen sich versteckt halten, bis Gras über die Sache gewachsen ist. Bis ich wieder zurück bin.«

»Sie werden mich nicht hier zurücklassen, kapiert?«, sagte Ricardo ruhig.

»Bestimmt nicht«, erwiderte Al zornig. »Der Hubschrauber schafft Sie als Erstes morgen früh hier weg. Ein Freund von mir hat eine Ranch in Laikipia. Ich möchte, dass Sie dort untertauchen. Er besitzt ein paar Pferde, also können Sie mit Ihrer 38er Cowboy und Indianer spielen, bis ich zurückkomme.«

Ricardo fragte misstrauisch. »Und wenn Sie nicht zurückkommen?«

Al Haji sah auf und sein Blick war voller Abscheu. »Nun, dann müssen Sie wohl für immer dort untertauchen, nicht wahr?«

Ricardo lächelte kalt. »Sie werden mich mitnehmen müssen, Al, Sie werden mich mitnehmen müssen. Ihr Schicksal ist meine Zukunft, erinnern Sie sich?«

Al Haji zischte ungeduldig: »Werfen Sie doch mal einen Blick in den Spiegel. Wie können Sie darauf hoffen, durch die Sicherheitskontrollen am Flughafen zu kommen, mit all ihren frischen, blutigen Bandagen wie ein zusammengeschossener Bandit! Und hören Sie zu, Sie Obertrottel … Ich setze mich nicht ab, zum Teufel noch mal. Ich nehme nur einen kleinen Urlaub.«

»Was ist mit Tess?«

»Tess bleibt hier«, meinte Al. »Jemand muss hier die Fäden in der Hand behalten. Es ist Erntesaison für Orangen, verstehen Sie?«

Ricardo erhob sich von der Couch. Sein Kopf tat weh. Er begann, nachdenklich auf und ab zu gehen. »Haben Sie sie gefragt?«, wollte er wissen.

Al Haji nickte seiner Zigarre zu.

»Was hat sie gesagt?«

»Sie hat alles geleugnet«, log Al.

»Das war ja zu erwarten, oder?« Ricardo lachte humorlos. »Warten Sie mal ab, wenn Happy Joe davon hört …«

»Lassen Sie meine Frau zufrieden, ja?«, warnte ihn Al Haji. »Ich kümmere mich selbst um sie, wenn ich zurück bin.«

Die Wahrheit war, dass Tess tatsächlich alles zugegeben hatte –

einschließlich des Verrats der Projekte ihres Ehemannes an die Ranger. Aber schlimmer war, dass sie wieder mit dem alten Quatsch angefangen hatte. Der ganze Mist, den sie aus irgendeinem Frauenmagazin hatte, über Tierquälerei, Naturschutz und so weiter. Und um allem die Krone aufzusetzen, hatte sie gesagt, dass sie ihn innigst liebte und ihn lieber arm, aber ehrlich haben wollte, und dass es ihr egal sei, wenn sie nicht in einem Herrenhaus lebte.

Aber sie hatte ihm auf ganz entwaffnende Art versichert, dass sie ihn niemals mit einem anderen Mann betrogen hatte.

»Wo ist dieser Frank Burkell?«, fragte Al Haji Ricardo.

Es klopfte an der Tür des Arbeitszimmers. Sie erstarrten, wechselten Blicke. Al Haji sah auf seine goldene Armbanduhr. Sie zeigte beinahe halb zwei.

»Wer ist da?«, dröhnte er.

Kimathi stieß die alte Frau mit dem Gewehrlauf an. »Ich bin es, Bwana Haji«, sagte sie mit zitternder Stimme.

Stille hinter der geschlossenen Tür.

Al Haji fragte: »Was gibt es, Martha?«

Kimathi stieß die Frau nochmals. Er war den Text mit ihr durchgegangen. »Es ist … ein Unfall.« Ihre Stimme brach. »Ihre Frau …«

Das genügte. Schwere, schnelle Schritte näherten sich der Tür. Der Riegel klackte zurück und die Tür schwang auf.

Kimathi stieß Martha beiseite und warf sich gegen die Tür, so dass Al Haji zurücktaumelte und auf den Teppich stürzte. Kimathi stürmte ins Zimmer, trat auf eine Seite der Tür und hielt die beiden erschrockenen Männer in Schach.

Ricardo war geistesgegenwärtig genug, nicht nach seiner Waffe zu greifen.

Frank brachte Kuria mit vorgehaltener Pistole herein, schloss die Tür hinter sich und schob den Riegel vor. »Ich bin Frank Burkell«, sagte er und stieß Kuria zu Al Haji hin. »Wer will das wissen?«

Dann bemerkte er Ricardo und heißer Zorn wallte in ihm auf. Plötzlich fühlte er sich in den Park zurückversetzt und sah wieder jenes schwarzhaarige Schreckgespenst vor sich, beleuchtet von dem gelborangen Licht, in dem der alte Dan bei lebendigem Leib verbrannte. Er ging langsam um Kimathi herum und trat dicht an Ricardo heran. Die beiden funkelten sich über die Länge des Gewehrlaufs hinweg an.

»Wer sind Sie?«, verlangte Frank zu wissen.

Ricardo zuckte nicht mit der Wimper, aber seine Gesichtsfarbe hatte einen seltsamen Ton zwischen Rot und Grau angenommen.

Frank langte unter Ricardos Jacke und riss die 38er heraus, die er im Schulterhalfter trug. Frank setzte dazu an, sie in die Tasche gleiten zu lassen, holte dann aber plötzlich aus und schmetterte Ricardo den Pistolenknauf gegen die bandagierte Stirn. Ricardo ging in die Knie und vor seinen Augen verschwamm alles in einem roten Nebel. Frisches Blut sickerte aus der Schnittwunde und lief ihm übers Gesicht.

Frank trat zurück, steckte Ricardos Pistole ein und blieb neben Johnny stehen. »Er hat Dan getötet.«

Kimathi nickte. Sein Kopf fuhr zu Al Haji herum. »Und der ist der Pate dieser kleinen Familie.«

»Ich habe nie jemanden umgebracht«, sagte Al Haji.

»Nie?«, schrie Kimathi. »Allein im letzten Jahr sind in Tsavo zwei Ranger und drei Scouts getötet worden, ermordet mit den Waffen, die Sie importiert haben. Sechstausend Elefanten, tausend Löwen, Leoparden und anderes Wild wurden abgeschlachtet.«

»Ich habe noch nie einen Fuß nach Tsavo hineingesetzt«, sagte Al Haji lahm.

»Das erledigen alles Ihre guten Freunde für Sie, nicht wahr?«

Al Haji schüttelte den Kopf und sah plötzlich erschöpft und ausgelaugt aus. Er betrachtete die beiden wilden Männer. »Und wer sind Sie?«, fragte er.

Als ihm keine Antwort zuteil wurde, fuhr er fort: »Hören Sie, wenn Sie Geld wollen …« Er ging zum Tisch und tätschelte die große schwarze Aktentasche. Er machte Anstalten, sie zu öffnen.

»Stopp!«, bellte Kimathi.

Al Haji erstarrte mit beiden Händen auf der Aktentasche.

»Hinsetzen und Mund halten«, befahl Kimathi. »Sie auch.«

Al Haji setzte sich an den Schreibtisch, Ricardo und Kuria auf den Teppich.

»Und jetzt«, meinte Kimathi, »will ich wissen, wer meine Frau ermordet hat.«

Al Haji starrte ihn ehrlich verblüfft an. »Wovon zum Teufel reden Sie?«

»Meine Frau und mein Onkel«, meinte Kimathi. »Sie wurden letzten Donnerstag in meinem Laden in der Grogan Road zu Tode geprügelt. Wer hat es getan?«

Ricardo und Al Haji sahen einander verwirrt an. Dann glitten ihre Blicke wie magnetisch angezogen zu Kuria, der anfing, vor Angst zu zittern. Jetzt war er starr vor Furcht.

»Sind Sie das gewesen?«, fragte Al Haji.

Kuria schüttelte hysterisch den Kopf.

»Toni war es«, plapperte er.

»Warum haben Sie ihn nicht aufgehalten?«, fragte Al Haji. »Sie verdammter Idiot ...«

»Wir waren betrunken«, sabberte er.

»Toni ist tot«, sagte Al Haji.

»Ich weiß«, meinte Kimathi. »Ich habe ihn mit einem von diesen getötet.«

Er griff unter seine Jacke, zog einen Pfeil heraus und stach Kuria damit in die Stirn.

Kuria schrie vor Entsetzen auf und betastete den kleinen Schnitt. Ungläubig betrachtete er das Blut an seiner Hand und begann vor Angst zu schreien. Al Haji und Ricardo sahen versteinert zu, wie das Zittern begann. Schweiß strömte Kuria übers Gesicht, während das Gift in seinem Blutstrom zirkulierte und seine Pupillen zu verschwimmen begannen. Seine Zunge schwoll an, bis sie seinen ganzen Mund ausfüllte, schwoll weiter und erstickte seine Schreie.

Zwei Minuten später setzten die Zuckungen ein und er schnellte auf dem Boden herum wie ein Fisch auf dem Trockenen.

Sie sahen alle schweigend zu.

Plötzlich klopfte es an der Tür. Die Köchin hatte endlich den Mut aufgebracht, die Wachen zu holen.

»Geht weg.« Al Hajis Stimme krächzte, als er endlich einen Ton herausbrachte.

Das Klopfen ging weiter. Dann schlugen sie gegen die Tür und versuchten, sie aufzubrechen.

»Wer will der Nächste sein?«, fragte Kimathi in den stillen Raum hinein.

Al Haji saß wie hypnotisiert und beobachtete den schrecklichen Todeskampf, den das Schlangengift verursachte. Ein Ausdruck von totaler Resignation breitete sich auf seinem Gesicht aus, während er seine Nummer Zwei sterben sah.

Ricardos Teint hatte die Farbe von Tsavo-Schlamm angenommen.

Das Telefon klingelte. Al Haji beäugte es wie eine schlafende Schlange. Er blickte hoch zu Kimathi. Kimathi starrte mit steinerner Miene zurück.

Al Haji nahm den Hörer ab.

»Ja?«, sagte er müde, während er Kurias sich immer noch windenden Körper betrachtete.

»Hallo, Al«, sagte die Stimme von Arturo Spinelli fröhlich.

»Ja, Arthur?«

»Arturo!«, rief Spinelli. »Wie oft muss ich denn noch ...«

Al sagte erschöpft: »Hören Sie zu, Arthur, warum rufen Sie nicht ein andermal an, wie?«

»Happy Joe möchte mit Ihnen ...«

»Ein andermal.«

»Er ist nicht besonders glücklich.«

»Sagen Sie ihm, er kann sich zum Teufel scheren.«

»Das wird ihn nicht glücklicher machen ...«

»Das ist sein Problem.« Es kam ihm so vor, als hätte er sein ganzes, langes, anstrengendes Leben damit verbracht, Happy Joe glücklicher zu machen. »Sagen Sie ihm, er soll zur Hölle gehen«, sagte Al Haji und legte auf.

Kuria hatte aufgehört, um sich zu treten und lag völlig verdreht da wie ein Yogi, den mitten in einer komplizierten Übung der Schlag getroffen hat.

Al Haji blickte zu Kimathi auf. »Und wie soll es weitergehen?«

»Wer will der Nächste sein?«

Al Haji und Ricardo sahen sich gegenseitig an.

Das Telefon klingelte wieder.

Al Haji saß einfach da und starrte es an. Frank trat an den Tisch und nahm den Hörer ab.

»Hallo?«, sagte er. »Happy wer?«

Niemand sah, wie sich Ricardo bewegte. Plötzlich krachte er in einem Schauer klirrenden Glases und zerreißender Vorhänge durch das Fenster des Arbeitszimmers, landete in den Blumenbeeten draußen und hetzte davon.

In Sekundenbruchteilen stand Kimathi am Fenster. Er beugte sich hinaus und sah, wie Ricardo mit unglaublicher Geschwindigkeit den Pool entlang flüchtete. Er hatte beinahe die halbe Länge des Fünfzig-Meter-Beckens hinter sich gebracht, als Kimathi ihn erschoss, mit einem einzigen, heftigen Feuerstoß, der ihn noch mehrere Schritte nach vorne katapultierte, bevor er auf die Fließen am Schwimmbadrand knallte, noch ein Stück weiter rutschte, ins tiefe Ende des Pools glitt und unterging wie ein Sandsack.

Frank hatte sich nach Kimathi umgesehen und drehte sich gerade rechtzeitig wieder zurück, um mitzubekommen, wie Al Hajis Hand mit einer riesigen 45er-Automatik aus der Schreibtischschublade hochkam. Mit einer Hand immer noch den Telefonhörer ans Ohr haltend zog Frank den Abzug durch. Das ohrenbetäubende Donnern der Salve dröhnte wie der Lärm mehrerer Presslufthämmer gleichzeitig durch den Raum. Die Kugeln rissen Al Haji vom Sitz hoch und schleuderten ihn gegen einen Aktenschrank zurück. Er kroch über den Teppich und versuchte, sich aufzurichten, dann brach er zusammen und lag still.

Das Hämmern an der Tür hatte aufgehört. Das Haus lag totenstill.

»Hallo«, sagte Frank ins Telefon. Die Leitung war tot. Er hängte ein.

Sie sahen sich an. Der Geruch nach Blut und Kordit hing durchdringend im Raum.

»Sehen wir zu, dass wir hier schleunigst verschwinden«, sagte Kimathi und hob den Pfeil auf, den er hatte fallen lassen.

Frank griff nach einer der Aktentaschen. »Hilf mir mit denen hier.«

Kimathi ging zum Schreibtisch und nahm die andere. Sie traten durch das zerbrochene Fenster in die Blumen und gingen zu ihrem Wagen, ohne dass jemand sie aufzuhalten versuchte. Am Tor war niemand, um sie hinauszulassen. Kimathi schoss das Schloss weg und öffnete die Torflügel.

Zehn Kilometer weiter kam ihnen ein Polizeiwagen mit heulender Sirene und Blaulicht entgegen und bedeckte sie mit einer Staubwolke. Frank fuhr weiter mit hoher Geschwindigkeit auf die Stadt zu.

Kimathi nahm eine der Aktentaschen hoch und untersuchte ihren Inhalt beim Licht der Innenbeleuchtung. Sie war vollgestopft mit Papieren und Dokumenten.

»Was machen wir damit?«

»Sie gründlich durchgehen«, sagte Frank. »Wer weiß, welche Namen wir darin aufstöbern können. Dann schicken wir sie an die Sonderpolizei. Anonym natürlich.«

Kimathi schleuderte die Aktentasche auf den Rücksitz. Dann packte er die zweite und machte sie auf.

»Hoppla!«, rief er aus. »Sieh dir das an!«

»Mein Gott!«, Frank stieß einen überraschten Pfiff aus.

Die Aktentasche war randvoll gepackt mit Papiergeld: Dollars, Francs, Pfund, Shilling ... Bündel über Bündel davon.

Während der nächsten zwei Kilometer herrschte Schweigen zwischen ihnen. Sie mussten erst über den Schock hinwegkommen, so viel Geld in ihrem Besitz zu haben.

Endlich fragte Kimathi: »Was meinst du?«

»Ich weiß nicht«, antwortete Frank. »Was meinst du?«

»Das dürfte fast eine Million sein hier drin.«

»Vielleicht sogar mehr.«

Pause.

»Keiner weiß, dass wir es haben«, sagte Kimathi.

»Keiner.«

»Wir könnten uns einen kurzen Urlaub auf den Seychellen gönnen.«

»Wir sind Millionäre«, bemerkte Frank. »Wir könnten einen langen, langen Urlaub machen wo immer wir wollen.«

Stille.

Kimathi meinte: »Ich glaube, ein anonymer Wohltäter ist gerade dabei, die größte Spende zu machen, die der Nationale Naturschutzfonds je erhalten hat.«

»Genau mein Gedanke«, sagte Frank.

Johnny Kimathi lehnte sich in seinem Sitz zurück, drückte sein Gewehr an sich und war augenblicklich eingeschlafen. Er hatte seit Mittwoch Nacht kein Auge mehr zugetan.

Frank Burkell, der selbst seit letztem Sonntag nicht mehr richtig geschlafen hatte, fuhr bis in den Sonntagmorgen hinein. Staub wehte durch die zerschmetterte Heckscheibe in den Wagen, und der feine Puder schlug sich allmählich wie ein dünner Film auf den Sitzen nieder, auf dem Armaturenbrett, der Windschutzscheibe und den Körpern der zwei sehr, sehr müden Buschläufer.

Meja Mwangi

Meja Mwangi ist 1948 in Nanyuki, Kenia, geboren. Er gilt neben Ngugi wa Thiong'o als der bekannteste zeitgenössische Autor Kenias. Seine Heimatprovinz liegt im Siedlungsgebiet der Kikuyu und war ein Schauplatz des Mau-Mau-Aufstands gegen die britische Kolonialherrschaft, der seine Jugend prägte. Nach dem Schulbesuch arbeitete er zunächst beim französischen Fernsehstudio in Nairobi und als Filmpädagoge beim British Council. Seit dem Erfolg seines Erstlings »Kill me quick« lebt er als freier Schriftsteller. Er erhielt nach der Veröffentlichung seiner ersten Romane ein Stipendium an der Iowa University in den USA. Später wirkte er bei internationalen Filmproduktionen in Kenia mit (unter anderem »Out of Africa«) und wurde für seinen Dokumentarfilm »Zweimal Kenia« mit dem Adolf-Grimme-Preis ausgezeichnet. Er schreibt Romane, Theaterstücke und Kinderbücher. Er beschreibt realistisch das Leben von Menschen in Kenia, oder thematisiert in »Die achte Plage« den in Afrika oft tabuisierten Umgang mit Aids. In seinem 1976 geschriebenen Stadtroman «Nairobi, River Road», als Taschenbuch im Unionsverlag lieferbar, erzählt er unsentimental, aber mit Wärme vom Leben der Slumbewohner.

Auszeichnungen: Jomo Kenyatta Award (1973), Lotus Award (1978), Adolf-Grimme-Sonderpreis (1982), Deutscher Jugendbuchpreis (für »Kariuki«, 1992).

Bibliografie

Kill Me Quick (1973); *Carcase for Hounds* (1974; dt. *Wie ein Aas für Hunde,* 1985); *Taste of Death* (1975); *Going Down River Road* (1976; dt. *Nairobi, River Road,* 1982); *The Cockroach Dance* (1979); *The Bushtrackers* (1979; dt. *Die Wilderer,* 2001); *Bread of Sorrow* (1987); *Weapon of Hunger* (1989; dt. *Mr. Rivers letztes Solo,* 1995); *The Return of Shaka* (1989); *Striving for the Wind* (1990; dt. *Narben des Himmels,* 1992); *Jimi the Dog* (Kinderbuch, 1990); *Little White Man* (Kinderbuch, 1990; dt. *Kariuki und sein weißer Freund,* 1991); *The Last Plague* (unveröffentlicht; dt. *Die achte Plage,* 1997).

UT *metro*

»Die metro-Bände gehören auf jeden Fall zum Besten, was derzeit an so genannter Spannungsliteratur zu haben ist.«
Michaela Grohm, Südwestrundfunk

Mongo Beti
Sonne, Liebe, Tod

Blue Lightning

Pierre Bourgeade
Das rosa Telefon

R. Bradley, S. Sloan
Temutma

Jerome Charyn
Der Tod des Tango-Königs

Jon Ewo
Torpedo

Santiago Gamboa
Verlieren ist eine Frage der Methode

Alicia Giménez-Bartlett
Hundstage; Boten der Finsternis

Chester Himes
Die Geldmacher von Harlem; Lauf Mann, lauf!; Der Traum vom großen Geld; Fenstersturz in Harlem; Heiße Nacht für kühle Killer; Plan B

Jean-Claude Izzo
Total Cheops; Chourmo; Solea

Stan Jones
Weißer Himmel, schwarzes Eis

Yasmina Khadra
Morituri

Brian Lecomber
Letzter Looping

William Marshall
Manila Bay

Bill Moody
Solo Hand

Christopher G. Moore
Haus der Geister; Nana Plaza

Walter Mosley
Socrates in Watts

Katy Munger
Beinarbeit – Ein Fall für Casey Jones

Celil Oker
Schnee am Bosporus; Foul am Bosporus

Jerry Raine
Frankie Bosser kommt heim

M.K. Wren
Medusa Pool

Helen Zahavi
Donna und der Fettsack; Schmutziges Wochenende

Noch mehr Spannung im Unionsverlag:

Guillermo Arriaga
Der süße Duft des Todes

Pablo De Santis
Die Übersetzung

Garry Disher
Drachenmann

Friedrich Glauser
Schlumpf Erwin Mord; Matto regiert; Die Fieberkurve; Der Chinese; Die Speiche; Der Tee der drei alten Damen

Walter Mosley
Socrates' Welt